어린 연금술사

어린
연금술사

엄창석 장편소설

민음사

차례

프롤로그—열한 살의 신비한 참여 7

1장 아름다움 11
2장 성 52
3장 빈곤과 부유 84
4장 출산 115
5장 지워지지 않는 무늬 138
6장 신(神) 159
7장 사랑 182
8장 선과 악 202

에필로그 242

작가의 말 245

프롤로그
───열한 살의 신비한 참여

오래전에 사람들은 사물에 영혼이 있다고 생각하였다. 숲, 나무, 붉은 소, 악어, 머리카락, 가면, 집단적인 춤, 성교…… 등과 같은 사물이나 행위에 어떤 영혼이 깃들여 있다는 것이다. 이 매력적인 상상을 옛사람들은 수많은 동굴 벽화나 조각으로 고백하였다. 그러나 어느때부터 사람들은 사물에 담긴 영혼들을 지워 나가기 시작했다.

예수 그리스도를 매단 사형 집행용 나무 십자가가 단순한 목재에 지나지 않는다는 점을 믿고 싶었기 때문이었다. 원자폭탄에 영혼이 있어 히로시마에 떨어지지 않고 백악관 지붕 위에 떨어질 수도 있다고 상상하면 끔찍하기 이를 데 없다는 것이다. 이런 합리적인 세계에서도 일부 사람들은 끊임없이 옛사람들의 매력적인 상상력을 찬양하였다. 그들은 사물들이 저마다 영혼을 지니고 우주는 온갖 상징들로 춤을 추던 그 시절을 그리워하였다.

그들은 한걸음 나아가 옛시절을 이렇게 추억하였다. 사물들이 영혼을 가졌을 뿐만 아니라 사람도 동일한 사물의 영혼을 지니고 있었다는 것이다. 가령 나무나 악어의 영혼을 품은 사람은 나무나 악어에 대해서 독특한 유대감을 가졌다는 얘기이다. 인종학자 레비-브륄은 그것을 〈신비한 참여〉라는 말로 요약하였다. 많은 시인들은 〈신비한 참여〉를 하나의 낭만적인 상징이나 시적인 기법의 확대로 써먹었다.

그러나 그들은 오늘날 한 인간에게서도 사물에 영혼을 부여하는 시기가 있다는 사실을 알지 못했다. 사물에 영혼을 부여하는 그 시기에 우리의 내면은 온갖 상징적, 은유적 형상물들로 넘쳐났다는 사실을 잊어버렸다. 우리의 머리가 이성으로 딱딱하게 굳어지기 전에 우리들은 얼마나 많은 상징적이고 은유적인 장치를 몸 안에 아로새겨 왔는지! 마치 옛사람들이 동굴 벽에 그린 섬세한 그림이나 신전 기둥에 새긴 조각처럼.

나는 얼마 전 뜻하지 않은 상황에서 내 속에 새겨져 있던 몇몇 상징들과 마주친 적이 있었다. 그때는 내가 처음 가진 열정적인 사랑을 갑자기 잃어버렸던 때였다. 이루 말할 수 없는 고통과 회한, 절망에 사로잡혀 있었다. 사랑을 잃어버렸을 때, 나는 어이없게도 내 자신의 반응부터가 궁금했다. 내가 극단적인 상황에서 실연을 당할 경우 나는 어떤 반응을 보일까? 그것은 오래전부터 궁금해하던 부분이었다.

이를테면 아파트에서 뛰어내린다든가, 연인의 집을 찾아가 불을 싸지른다든가, 하는 따위로 사랑에 실패한 자들의 다양한 후일담들을 들을 수가 있다. 나는 그런 얘기를 들을 때마다 남의 눈살을 찌푸리게 하든 어떻든 그것은 그들 자신의 어쩔 수 없는 유일한 선택이라고 여겨왔다.

그런데 내가 그녀를 잃은 뒤의 반응은 이러했다. 오히려 그녀에 대한 사랑이 더욱 맹렬하게 타올라, 한 사흘 동안 죽은 듯이 앓아누웠다. 나는 한번도 그만한 육체적인 고통에 빠져본 적이 없었다. 격심한 몸살이 들었을 때처럼, 전장에서 피투성이가 된 병사처럼 겨우 물만 입에 대었을 뿐이었다. 나는 사랑이 가학적인 어떤 것이구나, 하는 생각이 들었다. 나는 그 전엔 사랑이 가학적이라고 생각해 본 적이 없었던 것 같았다. 사랑을 가학적인 것이라고 여겼기 때문에 그녀가 주는 고통을 이렇게 견디고 있는 것이 아닐까 생각했다.

그러던 며칠 뒤, 나는 문득 이미 내 몸속에 사랑이 주는 고통을 고스란히 감내하는 장치가 깃들여 있었음을 느끼고, 놀라워했다. 그것은 내가 까마득히 오래전에 잊어버렸던 내 몸속의 은밀한 장치였다. 나도 알지 못하는 사이에 그 은밀한 장치는 오랜 잠을 자고 깬 듯이 일어나 내 행위를 결정짓고 있었던 것이다.

마치 옛사람들이 사물에 영혼을 심어놓은 것처럼, 오늘날 우리들도 유년의 어느 특정한 시절에 (더 어릴 때일지도 모르지만) 자신의 몸 안에 온갖 경험의 영혼을 새겨놓는다. 그리고 자기가 새겨놓은 영혼에 〈신비한 참여〉를 하는 것이다. 오랜 시일이 흐른 뒤, 성년이 되어 자기 유년 시절의 뚜껑을 열어보면 그것들은 대개 쉽게 알아볼 수 없는 변형된 형태를 취하고 있다. 그런 까닭에 근대 사람들이 옛사람들의 〈사물의 영혼〉을 무시했듯 성인들도 자기 유년 시절의 〈신비한 참여〉를 몰라보는 것이리라.

다행스럽게도 두번째 내게 나타난 유년의 신비는 쉽게 느낄 수 있었다. 그날, 내가 피투성이가 된 병사처럼 며칠을 앓아누웠다가 일어났던 날, 나는 무작정 길을 걸었다. 다른 어떤 행동도 할 만한 일이 없었으므로 줄곧 걷기만 하였다. 대구에서 열 시간 가까이 꼬박 걸어서 경주 외곽을 지나고 있었다. 걷는 것을 좋아하는 것은 내가 아니라 헤어진 그녀였다. 나는 장시간 도보에는 부적합한 발목과 발바닥의 신체 구조를 가지고 있기 때문이었다. 그럼에도 불구하고 단지 그녀와 함께 포항에 간 적이 있다는 이유만으로 그 길을 따라 홀로 걸었다. 경주 외곽을 지날 때 이미 내 발바닥은 심하게 부르텄다. 그 즈음 나는 이상한 경험을 하고 있었다. 유년의 어느때도 나는 어딘가를 끝없이 가고 있었던 것이다. 사랑의 열망은 〈끝없는 도보〉와 동의어로 내 속에 간직되어 있었던가 보았다. 나는 정말이지 어린 시절의 그때처럼 엉덩이와 다리를 잇는 엉치뼈가 닳아 삭아내릴 때까지 걸을 수 있으리라는 생각이 들었다.

하룻밤이 지나고 새벽녘, 동해의 푸른 바다가 멀리 보였다. 유년이 빚어놓은 영혼들은 불현듯 성년의 내 삶을 숨가쁘게 하였다.

1장 아름다움

1 굴뚝에서

내 유년에 새겨진 상징들은 어떤 과정으로 생겨났을까. 시간을 가로질러 아득히 놓여 있는 유년을 바라본다.

그러나 유년을 따라가보면 유년이 보이지 않는다. 유년은 기억의 터널 속에 묻혀 있는 그 무엇이 아니기 때문이다. 유년은 어느 날 돌연히 마주친 사건에서, 이성으로 설명할 수 없는 유혹과 까닭 모를 절망에서, 혹은 어디엔가 낯이 익은 미묘한 이미지에서 불현듯 찾아드는 것이다. 그래서 유년은 단편적이고 또한 관념과 이미지의 뭉치이다. 따라서 유년과의 해후는 거짓인 동시에 가장 깊은 진실이다.

내가 아마 열한 살이 되던 해였을 것이다. 고향을 떠나던 때가 열한 살 겨울이었으니까.

그해 봄날의 독특한 단상은 우리 집 굴뚝에서 시작되었다. 그즈음 나는 이른 아침이면 굴뚝에 올라가기를 좋아했다. 굴뚝에 앉아 있으면 생각지도 못한 영감들이 툭툭 튀어나와 나를 놀라게 했기 때문이었다.

굴뚝은 ㄴ자 한옥인 우리 집 큰채의 가장 왼편 처마를 뚫고 솟아 있었다. 콜타르를 칠한 송판을 사각으로 붙여서 만든 굴뚝이었다. 굴뚝을 세워놓기 위해 아랫둥치를 두툼하게 시멘트로 발라 마치 항아리 모양처럼 된 굴뚝 기단은 그 시절 내 삶을 탐색하기엔 더없이 좋은 장소였다. 거기에 앉아 있으면 온 마을의 정경이 한눈에 들어왔고 멀리 바다와 바다로 이어지는 강이 보였다.

나는 당시 한번도 여느 다른 곳과 견주어볼 기회가 없었지만 이른 아침 굴뚝에서 바라보는 강의 풍광은 지금껏 내 기억 속에 사진처럼 또렷이 새겨져 있을 만큼 벅찬 비경을 지니고 있었다. 이른 아침이면 언제나 긴 강둑을 따라 늘어서 있는 갈대숲 위로 붉은빛 안개가 감돌았다. 강어귀에는 다리가 휘어질 듯 가로놓여 있고 작은 목선 한 척이 교각 곁을 빠져나가고 있었다. 다리 너머로는 광활한 바다가 보였다. 우측 해변을 따라 촘촘히 정박한 선박들은 그물질을 준비하는 부산한 어부들에 의해 미세하게 요동치고 있을 것이었다.

이윽고 아침 해가 다리 위로 한 뼘 정도 떠오르면 오십천(五十川) 강어귀와 우리 마을은 빛의 축제를 벌이는 듯했다. 잠자던 작은 골목길들이 얼굴을 씻은 아이들처럼 벌떡 깨어나 어디론가 달려가고 강둑의 푸른 갈대들은 쏴아아 탄성을 내지른다. 오십천에서는 한 떼의 흰 물새들이 반사되는 빛의 입자처럼 수면을 박차고 공중으로 날아오른다.

이럴 때쯤이면 내가 앉아 있는 굴뚝 밑동에는 아침밥 짓는 연기가 금이 간 자리마다 모락모락 피어올랐다. 나는 그 즈음 갈라진 틈서리에 코를 박고 연기를 맡는 재미에 빠져 있었다. 굴뚝에서 냄새를 맡고 땔감 종류를 알아맞히는 내기를 스스로에게 거는 것이다.

열한 살이란 무엇에든 내기를 걸고 기록 세우기를 좋아하는 나이이다. 이를테면 몇 분 동안 숨을 참을 수 있는가, 높이뛰기는 몇 센티 가능한가, 고추를 잡아당겨서 몇 센티미터까지 늘일 수 있을까, 바람을 집어넣은 고무 풍선을 입으로 들이마시며 허파의 크기를 조사하는 것 따위로 자신의 신체를 둘러싼 실험의 종류는 끝이 없었다. 연기 냄새도 그랬다. 코끝이 까매지도록 틈서리에다 코를 박고 킁킁거리다가 부엌으로 달려가, 할머니 지금 밤나무 때구 있지? 하는 식이었는데, 땔감을 알아맞히는 내 후각의 성능은 할머니를 깜짝 놀라게 할 정도였다.

그런데 이날은 〈후각 실험〉을 그만두고 새로운 실험을 벌이게 되었다. 지금까지와는 전혀 이질적인 실험이었다. 푸른빛이 양탄자처럼 펼쳐져 있는 오십천의 하류를 보면서 강은 어떻게 시작되는지를 알아맞추는 〈상상력 실험〉을 한번 해보자는 것이었다.

이날 나는 닭장 문 뚫어진 곳에 할머니가 임시로 철사를 꿰어서 붙여놓은 달력 사진을 우연히 보게 되었다. 백두산 천지 사진이었다. 오래된 형의 지리과부도 책에도 실려 있는 그 사진이야 장쾌한 광경이긴 하지만 흔히 보던 것에 불과했는데 이날 굴뚝에서 그 사진에 시선이 닿는 순간 이루 말할 수 없는 영감에 사로잡히게 된 것이다. 눈부시게 아름다운 저 오십천도 상류로 끝없이 거슬러 올라가면 천지에 못지않은 신비한 샘이 놓여 있을 거라는.

단순한 상상으로 그 샘을 떠올릴 수는 없는 일이었다. 단순한 상상은 뜨거운 열한 살의 취미가 아니다. 나는 굴뚝에서 피어오르는 연기 냄새를 맡으면서 아궁이의 땔감을 맞춘 것처럼, 하구

1장 아름다움 13

의 풍경을 보면서 시원의 형상을 정확히 그려낼 수 있을 거라고 믿었다. 모든 원인은 결말을 품고 있듯이 결말 속에도 원인이 있는 법이었다.

　나는 눈을 가느스름하게 뜨고 갈대숲 너머 오십천을 골똘히 바라보았다. 갈대 사이로 청둥오리가 날아올랐다. 태양 빛에 반짝이는 은빛 수면을 작은 고깃배 하나가 가로지르고 있었다. 나는 강을 거슬러 상류 쪽으로 시선을 조금씩 옮겼다. 강은 영흥산의 한 갈래 작은 산기슭을 굽이돌며 숨어들었다가 소월동 앞에서 다시 모습을 드러냈다. 자옥한 안개 속으로 가물가물 잠겨드는 강줄기는 소월동 안쪽 미루나무 숲 뒤로 다시 감춰지면서 영영 사라지고 말았다.

　내 상상은 거기서부터 활기를 띠기 시작하였다. 수면 위로 은어떼들이 비늘을 반짝이며 몰려가고 은갈색 부들이 나타나는가 하면 누런 암소가 송아지를 옆구리에 붙이고 강을 건너고 있었다. 강은 자갈 바닥이 훤히 보일 만큼 얕아졌다. 송아지 발걸음에 놀란 송사리들이 자갈 바닥 틈서리로 꼬리를 흔들며 파고들자 마치 조약돌이 몸을 뒤채는 듯보였다.

　이윽고 실개천처럼 좁아진 강폭을 따라 흥겨운 상상이 달음질치고 있을 때, 별안간 낯선 트럭 한 대가 내 시선을 비집고 들어왔다.

　큰길에서 엿공장 옆길을 들어서던 트럭은 앙고라 토끼집으로 가지 않고 왼쪽으로 방향을 틀어 꾸물꾸물거리며 다가오고 있었다. 앙고라 토끼집 쪽의 넓은 길이 아닌, 고추밭과 뽕밭 사이의 비좁은 골목길로 트럭이 들어온다는 것은 좀체 보지 못하던 일이었다. 하루 내내 차를 몇 대밖에 구경할 수 없는 우리 마을에 트럭이, 그것도 아침 일찍 골목에 나타난 것은 일대 사건이었다.

하지만, 웬일일까 싶으면서도 내 상상이 오십천의 시원을 얼마 앞두고 있던 터라 나는 고개를 쳐들고 트럭을 살펴볼 수가 없었다.

「어이, 이거 차가 빠졌어!」

얼마 후 지척에서 부릉부릉 하는 소리가 들리더니 남자의 음성이 튀어나왔다.

「내가 뭐랬어. 좁아 못 들어간다 그랬잖아」

「좁은 게 아니라 갓길이 주저앉아서 그래」

투덜거리는 소리를 주고받으며 두 남자가 차에서 내렸다. 우리 집 닭장 바로 뒤에서 들려오는 소리였다. 나는 굴뚝 위에서 빈 고기상자에 엉덩이를 걸친 채 여전히 꿈적도 하지 않았다. 드디어 오십천의 〈천지〉를 발견하고 그 은밀한 모양새를 눈에 담으려는 찰나였기 때문이었다. 신비한 형용이 눈앞에 나타나기 전에 재빨리 짐작해 보았다. 아마 오십천의 샘은 백두산 천지처럼 언청이 하늘 쳐다보듯이 쩍 벌어지지도 않을 테고 여느 산 속에 있는 옹달샘처럼 싱겁지도 않을 것 같았다. 적어도 배암이 반짝이는 몸을 동그랗게 감아틀고 있거나 부처님이 앉았던 연꽃쯤이 있어서 퐁퐁 솟는 샘물을 받아내고 있으리란 예감이 들었다. 나는 무성한 찔레숲 사이를 들여다보려고 더욱 힘차게 이맛살을 찌푸렸다.

「이게 뭔 소리야?」

그때 우리 집 아래채에 사는 신경쟁이 최씨가 변소에서 바지춤을 여미고 나오다가 닭장 뒤를 쳐다보았다. 최씨는 우리 동네에 단 한 명 있는 이발사였다. 언제나 빡빡 깎기만 하는 동네 아이들의 돌머리를 스포츠 머리로 바꾼 장본인이었기에 그는 아주 명예로운 이발사였다. 이발사 최씨가 관심을 갖는 통에 나는 굴뚝에서 엉덩이를 뗄까 말까 망설였다. 화로 집게를 들고 부엌으로 들어서던 할머니도 웬 소란인가 싶어 마당으로 내려서고 있었고 온 동네에 소문이 퍼진 듯 집집마다 방문이 열리며 아이들의 얼굴이 속속 우리 집 쪽을 향했다. 그 광경에 떠밀려 내 눈앞에 그려지던 오십천 〈천지〉의 영상이 일순간에 사라져버렸기 때문에 나도 할 수 없이 굴뚝에서 내려설 수밖에 없었다. 내가 우리 집 삽짝을(사립문도 없었지만 집 입구를 그렇게 불렀다) 돌아 닭장 뒤로 가보니 놀랍게도 이미 동네 아이들이 죄다 몰려와 있었다. 공부 일등 하는 재빈이도 칫솔을 입귀에 꽂은 채로 숨을 할딱거리며 서 있었다.

우리 집에서 몇 채 뒤에 덩그런 청기와집이 있는데 이삿짐을 실은 트럭은 그 집으로 가는 중이었던가 보았다. 트럭 뒷바퀴가 길가 도랑에 빠져 꼼짝 못하고 있었다.

「이햐 트럭으로 이사하는 모양이네」

사람들은 차가 빠졌다는 것을 안타까워하기보다 이사를 트럭으로 한다는 사실에 놀라워했다. 이사는 으레 소 구루마나 리어카를 이용하는 걸로 알았던 아이들도 아침에 생겨난 난데없는 구경거리를 두고 감탄 어린 눈알을 도록도록 굴려댔다.

두어 달 전 마을길 확장공사 할 때 돋워놓은 길섶의 작은 석축은 트럭이 안간힘을 쓸 때마다 바퀴에 떠밀려 삶은 옥수수 알처럼 비꾸러져 나갔다. 트럭의 꽁무니에서 시커먼 연기가 펑펑 쏟아져 나올 때마다 트럭이 길 위로 오르는 듯하다가 다시 석축을 무너뜨리며 도랑에 빠질 뿐이었다. 어른 아이 뒤섞여 트럭을 떠밀었지만 이미 차 밑이 땅에 닿아 바퀴가 헛 돌았다. 병도 아버지가 황소를 끌고 나온 것은 용감하게 도랑물에 뛰어들어 차를 밀던 아이들이 힘이 다해 혀를 빼물고 있을 때였다.

병도 아버지는 소의 양쪽 어깨에서 뽑은 밧줄을 트럭의 턱 밑에 묶고는 운전사를 트럭에 오르게 하였다. 병도네 황소는 똥이 시커멓게 묻은 궁둥이를 뒤룩뒤룩 흔들더니 드디어 힘을 쓰기 시작했다. 병도 아버지가 이랴, 소리치며 회초리를 황소의 등짝에 연거푸 두드렸다. 황소의 콧구멍에서 흰 물이 펑펑 쏟아지고 트럭 꽁무니에서도 까만 연기가 풍풍거리는 모습은 일대 장관이었다. 아이 어른 할 것 없이 손을 꼭 쥐고 숨을 죽였다. 황소의 다리가 몇 번 꺾어지고 여기저기서 어이 어이, 하는 힘쓰는 소리가 터져나올 때 트럭의 뒷바퀴가 석축을 올라섰다. 아이들 입에서 탄성이 터졌다.

병도 아버지가 손바닥으로 황소 어깨를 툭툭 치며 훈시하듯 운전사에게 소리쳤다.

「이봐 조심해. 담부터 이사는 소 구루마로 하시게!」

어른들도 헛기침을 큼큼거렸다. 운전사가 창 밖으로 목을 내밀고 고개를 주억거렸다. 아이들은 자기들이 차를 끌어올린 듯 흙 묻은 손을 과장스럽게 툭툭 털었다. 그러곤 아쉬움을 나누며 자리를 파하려는데 또다른 차 한 대가 엿공장 골목으로 들어오고 있는 것을 보게 되었다. 그 차는 면내를 통틀어 몇 대 안되는 지프차였다. 아침부터 재미가 봇물 터지는구나 싶어 아이들의 눈이 지프차로 쏠렸다. 지프차도 도랑에 빠지기를 기대했지만 으깨진 길 앞에 이르자 딱 멈췄다. 지프차 운전석에서 내린 청년이 트럭 운전사에게 무어라 말을 건네더니 조수석 문을 열어젖혔다.

그때 마을사람들의 눈이 휘둥그레졌다. 한 여자가 차에서 내렸기 때문이었다. 시골에서 함부로 마주칠 수 있는 그런 여자가 아니어서 나이조차 어림잡기 힘들었다. 정갈하게 빗겨진 갈색 머리가 어깨 위로 출렁였고 감물 하나 묻지 않은 노란 티셔츠는 아침

볕을 받아 눈이 부셨다. 정밀하게 다듬은 듯한 콧날, 물로 만들어진 것 같은 눈망울, 소매 끝을 빠져나온 뽀얗고 가는 손목……. 여자의 용모는 우리 마을 어른들에게 충격을 준 듯 신경쟁이는 큼큼 콧기침 소리를 냈고 병도 아버지는 자랑스러워하던 소의 고삐를 놓치고 말았다. 여자는 반쯤 고개를 숙인 채 트럭 바퀴 자국이 난 곳으로 살푼살푼 걸어왔다. 보일 듯 말 듯한 미소를 입술에 그리며 얼굴을 조금 들어올렸다. 눈에 보이지 않은 신비한 압핀이 양쪽 뺨을 살짝 찌른 듯 보조개가 은은히 생겨났다.

여자를 가까이서 빤히 올려다보고 있던 나에게 이상한 현상이 벌어졌다. 정말 희한한 일이었다. 조금 전까지 굴뚝에 앉아 오십천 천지가 어떻게 생겼을까 〈상상력 실험〉에 골똘했던 머릿속이 갑자기 펑 뚫리는 것 같았다. 그리곤 검게 먹칠한 안경을 막 벗은 듯이 눈앞이 환해지며 오십천의 천지가 느닷없이 떠오르는 게 아닌가. 정말이지 당장 입을 열고 옹달샘의 모양이 여차여차하다고 떠벌릴 수 있을 것만 같았다. 도대체 여자랑 무슨 관계가 있다는 건지 옹달샘이 구체적으로 어떻게 생겼다는 건지 미처 헤아려보기도 전이었다.

「사람은 그저 보리 알갱이처럼 수수하게 생겨야지. 너무 잘생기면 팔자가 사납지. 쯧쯧」

여자 일행이 청기와집으로 사라지자, 풍로에 부칠 부채를 들고 마당에 나와 있던 할머니가 혀를 차며 부엌으로 들어갔다. 신경쟁이 이발사가 할머니를 쫓아가며 물었다.

「할머니 그게 뭔 소리예요?」

「자넨 어서 출근 준비나 하시게」

이발사 최씨는 콧소리를 큼큼 내며 청기와집 쪽을 힐끔거리다가 마당에 널어놓은 이발 가운을 걸었다. 나는 얼마간 아이들과 섞여서 여자가 앉았던 지프차 조수석를 구경하다가 집으로 들어왔다. 앞집 수원 아줌마가 마당으로 들어선 것은 최씨가 방문을 활짝 열어놓고 숯다리미로 이발 가운에 주름을 넣고 있을 때였다.

「할머니 파하고 마늘 좀 주세요」

뒷산 비탈에 두어 마지기 밭뙈기가 있어 우리 집은 종종 작은 채소가게가 되기도 했다.

「곳간 앞에 있는 거 한 무더기 가져가」

할머니가 부엌 밖으로 목소리만 드러내었다. 수원 아줌마가 파를 한 묶음 집어들자 「도루묵 구운 거 맛이나 보고 가게」 하고 덧붙였다. 수원 아줌마도 기다렸다는 듯 위태롭게 빨랫줄을 떠받치고 있던 바지랑대를 바로 세워놓고 부엌문 앞으로 자박자박 걸어왔다. 축담에 걸터앉아 파 껍질을 벗기며 부엌 안으로 말을 던졌다.

「소문대로 참 이쁘네요. 서울약국네 딸이라면서요?」

「딸이 아니라 처제일세. 안사람 막내동생이라네」

도루묵이 구워지는 냄새가 부엌문 밖으로 솔솔 흘러나왔다. 나는 마루에 앉아 여자가 던지고 간 환각 같은 오십천의 옹달샘을 되새기고 있었다. 아무리 생각해도 신기한 일이었다. 그 여자를 보자마자 옹달샘이 떠오르다니. 아래채 최씨는 방문을 열어놓고 이발사 가운에 주름을 잡으며 안채를 힐끔거렸다.

잠시 후 할머니가 도루묵 한 접시를 들고 나왔다.

「싱겁게 구웠으니 맛이나 보게. 어판장에 홍게 얻으러 갔더니 도루묵이 싸더라……. 대구에 공부하라구 보내놓으니 연애질만 한 모양이야. 몹쓸 사내놈까지 따라붙고 해서 존이모댁에다 피신시킨 거라더구만」

수원 아줌마가 도루묵에 젓가락을 대다 말고 걱정이 가득한 얼굴로 말했다.
「그 집에서 알아서 하겠지만 남자 여자 관계는 인력으로 안 되는 일일 텐데요」
「그렇다구 어찌 혼자 내버려두겠나? 사내들끼리 죽자 사자 칼부림까지 벌어지는 판이라던데」
「하기야 아가씨 눈을 보니 남자들 한 트럭쯤은 빠지겠대요」
할머니도 긴 한숨을 토했다.
「어휴우. 인물이 너무 잘생긴 것도 곳간을 가득 채워놓은 것처럼 우환을 쌓아놓는 것일세」
나는 이때만큼 어른들의 생각과 내 생각이 다르다고 여긴 적은 없었다. 홀연히 옹달샘을 떠올리게 했던 그 여자가 저렇듯 우환 덩어리라니. 나는 이해할 수 없었다. 아니, 이해하지 않으려고 노력할 것이다. 어떤 깊은 연유가 있다 한들 어른들의 생각에는 결코 동조할 수 없는 외진 부분이 있기 때문이다.
어른들과 나 사이의 공간. 그 번잡하고도 쓸쓸한 공간에 내 유년의 대장간이 자리잡고 있었으리라. 거기서 지워지지 않을 뜨거운 영혼을 새겨넣느라 밤새 꿈 속을 토닥거리고 이른 아침부터 굴뚝에 오르도록 내 유년을 내몰곤 하였으리라.

2 트라이 앵글의 한 모서리

그 여자의 출현은 마치 오랫동안 정전이 계속되어 왔던 조그만 우리 마을에 갑자기 전깃불이 들어온 것 같았다. 적어도 아이들의 세계에서는 그랬다. 늦잠을 자던 조무래기들이 아침 일찍 일어나 두부물에 머리를 감거나 부러진 칫솔로 양치질을 시작했고, 느닷없이 세련된 옷을 골라 입으려는 계집애들의 고집 때문에 이따금 철 지난 옷들이 마을을 돌아다니기도 했다.

마을 아낙네나 처녀들은 시골 구석으로 쫓겨와 있는 그녀의 신세가 너무 안쓰럽다며 걱정해 주는 표정들이었다. 내가 보기엔 함부로 질투심을 내보이다간 거울처럼 자신의 용모가 드러날까 불안해서 그런 것 같았다. 그녀에 대한 소문을 쑥덕거리는 부류는 비슷한 또래의 남자 청년들이었다. 빼어난 미모를 가진 그녀를 탐낼 수 없을 바에 한번쯤 입에라도 올려보는 것이 사내다운 배짱으로 여기는 것임에 틀림없었다.

그녀의 출현은 나에게 또다른 기이한 충격을 안겨주었다. 이사온 지 이틀 뒤, 두번째로 그녀를 보았을 때였다.

그날 오후 학교에 갔다오면서 이삿짐 트럭이 뭉갠 닭장 뒷길이 제대로 복구되었나 살펴보려고 나가는데 할머니가 나를 불렀다.

「준일아, 라디오 켜봐라. 내일 일기가 어떤지 들어보자. 오늘 보리를 찧어야 내일 대구로 부칠 텐데 말이다」

할머니는 걸핏하면 아버지가 있는 대구 집의 양식을 걱정했다. 대구만한 큰 도시에 쌀가게가 없을라고 아예 돈을 부치든가 하지 꼭 힘들게 쌀 가마니를 통째로 화물취급소로 가져가곤 하였다. 라디오에서는 오후 두시에 일기예보를 했다. 내가 앉은뱅이 책상 위에 놓인 금성 트랜지스터 라디오를 틀자 일본 방송 말고는 채널이 잡히지 않았다. 지난 봄방학 때 대구에 있는 형과 함께 라디오 안테나를 감나무에 높이 세운 후부터 비 오거나 바람 부는 날에도 방송이 잘 들렸었다.

나는 감나무가 있는 뒤뜰로 가보았다. 못 쓰는 라디오에서 뽑아낸 코일이 짧아 감나무 중간쯤에서 빳빳한 철사에다 감아놓았는데 간혹 그 부분이 풀릴 때가 있었기 때문이었다. 나는 원숭이처럼 감나무 밑둥을 타고 올라가 가지가 갈라진 틈에 궁둥이를 끼우고 앉았다. 코일이 풀리진 않았지만 철사에 녹이 잔뜩 슬어 있었다. 철사에 덮인 녹을 손톱으로 긁은 뒤 코일을 다시 감았다. 휘어진 철사를 꼿꼿이 세워 굵은 가지 쪽에 묶고 나무에서 내려오는데 뭔가 이상한 느낌이 눈썹 위를 스치는 것 같았다. 나는 무심코 원숭이처럼 아랫입술을 내밀고 세차게 입바람을 눈썹으로 불어올렸다. 그러고는 얼굴에 드리워진 나무 잎사귀를 피해 고개를 돌렸다. 그때 감꽃 사이로 멀리 여자가 보였다. 전날 아침에 이사온 서울약국집 여자, 꿈결처럼 나폴나폴 지프차에서 내려서던 그 여자가 보인 것이다.

여자는 집으로 들어가는 길 옆 작은 웅덩이 가에 혼자 앉아 있었다. 동네 사람들은 그 웅덩이를 〈샘터〉라 불렀다. 팔을 넣어도 바닥이 닿을 만큼 얕았지만 거기에는 늘 맑은 물이 넘쳐흘렀다. 뒷산을 타고 땅 밑으로 흐르는 지하수가 지표를 뚫고 나오는 지점이라 어지간한 가뭄에도 그곳만큼은 바닥을 드러낸 적이 드물었다. 낮에는 동네 아낙들이 빨래를 하거나 머리를 감기도 했다. 길에 비해 일 미터 정도 낮은 곳이라 칠흑같이 캄캄한 그믐께엔 발가벗고 목욕하는 일도 종종 있었다.

그런데 내가 놀랐던 까닭은 여자가 거기 옹크리고 있었기 때문이 아니라 몸이 너무나 작아 보였기 때문이었다. 처음에는 내가 올라와 있는 감나무에서 50미터 정도 떨어진 거리라서 그런 착각을 하나 보다 싶었다. 그러나 주변의 바위나 나무는 짐작하는 크기 그대로였고 비탈진 언덕이 만든 그림자가 어슷하게 여자의 허리에 걸쳐진 것이 세밀히 보일 만큼 내 눈도 밝았다.

전날 아침에 키가 훤칠하고 학처럼 긴 다리를 가진 여자가 어떻게 저리도 작아졌는지 이해할 수가 없었다. 아무리 가늠해 보아도 내가 품안에 넣을 수 있을 정도였다. 나는 눈을 끔뻑거리다가 손가락으로 눈꺼풀을 집어 눈알을 흔들어보기까지 했다. 그래도 조그만 크기는 조금도 변하지 않았다. 기가 막혀 하던 내게 문득 믿기 어려운 논리 하나가 떠올랐다. 오십천의 〈천지〉 같았던 여자이니만큼 조그만 샘터 앞이라 저 자신도 왜소해져 버린 게 아닌가 하는. 나는 환경에 따라 변색을 하는 청개구리나 몸 크기를 자유자재로 조절하는 달팽이 따위들의 능력을 알고 있었다. 그러나 사람에게까지 그것이 가능할 줄은 미처 상상도 못하였다. 아주 기이한 경험이었다.

안테나에 슨 녹을 닦고 왔는데도 라디오가 잘 들리지 않았다. 책가방만한 라디오를 들어올려 좌우로 흔들고 스피커도 툭툭 쳐보았지만 잡음이 가시질 않았다.

「그것마저 고장 내겠다. 아버지 방학하면 라디오 하나 사오시라고 편지 써라」

할머니는 마루에서 콩을 까고 있다가 한심하다는 투로 말했다. 아버지는 대구에서 초등학교 교편을 잡고 있었다.

「할머니두, 여름방학은 아직 석 달이나 남았어요. 당장 소포로 부쳐달라 그러세요」

「인석아 내 칠십 평생도 낮잠 한숨 잔 듯이 흘렀는데, 기껏 석 달이야 어떨라구」

할머니는 툭하면 내 앞에서 나이 자랑을 해댔다. 나이라면 나 할말이 있다.

「할머닌 내 십일 년 평생은요, 암탉이 씨 없는 달걀 품다가 하는 소리 같은데요」

「허허, 뭐라는데?」

「아휴 지겨워, 라지요」

「저런 말버릇하고는. 참, 내가 그 생각을 못했네. 니가 달걀 하니까 생각나는구나. 나이 든다구 얼굴에 주름살만 파고 있었다니까. 닭장에 가서 달걀 좀 꺼내와야겠다」

할머니는 나에게 자질구레한 일을 시키는 버릇을 가지고 있었다. 그러한 일거리야말로 내가 성장하는 데 반드시 필요한 단계를 밟는 거라는 이상한 미신에 휩싸여 있었다. 손바닥에 먼지가 앉겠다라든가, 일을 안하면 사는 법을 모른다는 둥 하며 하나밖에 안 남은 손주를 늘 골탕먹일 궁리만 하는 것 같았다. 하지만 나로서도 겉으로만 싫증을 낼 뿐 할머니의 잔심부름을 별로 꺼려하지 않았다. 대체로 쉽고 재미난 것을 골라서 일을 맡기곤 했기 때문이었다.

닭장에는 수탉 한 마리와 암탉 여덟 마리가 있었다. 알은 하루에 보통 서너 개를 낳았다. 내가 닭장에 들어가자 알이 놓여 있을 둥우리에 암탉 한 마리가 깃털을 모으고 앉아 있었다. 내가 녀석의 뒷덜미를 잡아올려 알을 꺼내려 하자 암탉은 목털을 톱니처럼 치세우고 나를 쏘아보았다. 할머니의 심부름은 이때처럼 뜻하지 않은 암초에 걸릴 때가 왕왕 있었다. 내가 빈손으로 나가면 할머니는 그런 것을 스스로 해결해 내는 것이 인생 공부다 어쩌다 하며 심부름을 괜히 시키겠냐고 장황하게 떠들 게 틀림없었다. 암탉이 알을 낳고 있는 중이니까 느긋이 기다려야겠지만 주인한테 톱니처럼 목털을 치세우는 버릇없는 놈을 그냥 둘 수 없었다. 나는 다짜고짜 달려들어 녀석을 들어올렸다. 녀석이 꼬꼬꼬오 비명을 지르며 날개를 퍼득거렸다. 그때 녀석의 다리 사이에서 거짓말처럼 알 하나가 쑥 빠져나왔다. 하마터면 미리 놓여 있던 알과 부딪쳐 깨질 뻔했다. 알은 모두 세 개가 되었다.

나는 흐물흐물 웃으며 금방 낳은 따끈한 달걀을 손에 들고 밖으로 나왔다. 할머니는 도장방에서 세 개를 더 가져와 하나씩 신문지로 감싸면서 말했다.
「준일이 오늘 일복 터졌네. 이거 이사온 집에 좀 갖다줘야겠다」
「에구, 매실나무집 할머니네 말예요?」
「그래. 구석진 동네에 와 있으면 얼마나 답답하겠누. 동네 사람들도 이상한 눈으로 볼게구」
할머니는 사실상 최근 들어 가장 훌륭한 일거리를 내게 부탁하고 있었다. 정당한 절차에 의해서 그 처녀를 만나게 된다는 것은 여간한 설레임이 아니었다. 어쩌면 내 뺨에 하얀 손을 대고 〈넌 대구 애들보다 더 잘생겼네〉, 할지도 모를 일이었다. 나는 얼굴이 발그랗게 달아올랐지만 과장스레 마음을 숨겼다. 눈이 좀 어두운 할머니는 잦은 심부름에 내가 싫증이 난 줄 알고 몇 마디 거들었다. 할머니의 입에서 나온 말이 나를 깜짝 놀라게 만들었다.
「손녀 딸도 제 이모랑 함께 와 있다던대? 너 아직 못 봤니? 너처럼 4학년이라더라. 친구로 지내면 좋지 않겠어? 이쁘기도 하고 공부도 잘한다더구나」
나는 할머니 얼굴을 쓱 살펴보았다. 줄기차게 농담을 하며 나를 놀리긴 했지만 이번만은 흰소리가 아닌 것 같았다. 그럼 조금 전 감나무 위에서 보았던 여자가 그 옹달샘 처녀가 아니라 내 또래 계집애란 말인가. 정말 기가 막힐 노릇이었다. 나중에야 밝혀졌지만 나는 그뒤로도 오랫동안 이날 있었던 시선의 착오를 잊을 수가 없었다.
나는 고개를 갸우뚱거리며 달걀이 담긴 봉지를 들고 여자의 집으로 갔다. 그 여자가 앉아 있던 샘터엔 여자는 들어가고 굴뚝새 두 마리가 샘 언저리에 돌아다니고 있었다. 좀전에 본 여자의 모습이 아직도 눈에 선했다. 나와 같은 학년이라면 내가 모를 리가 없을 텐데, 아무래도 터무니없다고 종알거렸다.

하지만 매실나무를 돌아 막 그 집 안으로 들어가려던 나는 깜짝 놀라고 말았다. 마루 끝에 앉아 있는 계집애 하나를 보았기 때문이었다. 그 아이는 박미향이었다. 박미향을 모르는 애는 거의 없었다. 아주 부잣집 애이고, 지금은 3반 부반장인데다 군내에 유일하게 있는 우리 학교 브라스밴드의 트라이 앵글을 치는 소녀였기 때문이었다. 학예발표회 때나 운동회 등의 학교 행사에서 금테가 있는 빨간 제복에 하얀 스타킹을 신고 트라이 앵글을 치는 박미향이가 뒷집에 살게 되었다니. 나는 그 순간 너무나 벅차서 몇 발짝 뒷걸음질을 쳤다. 〈운명적 만남〉이란 게 바로 이런 것이구나 하는 생각이 머리를 스쳤다. 나는 고작 두어 걸음 발을 옮겼는데 몇백 미터를 뛰다가 멈추었을 때처럼 가슴이 쿵쾅거렸다. 들어가서 어떻게 말을 건넬까 생각하며 대문(이 집은 대문까지 있었다) 안으로 발을 조금 들여놓았다. 이번엔 당혹스럽게 대문에서 발을 뺐는데 미향이 앞에 앉아 무어라 지껄이고 있는 사내애 하나를 보았기 때문이었다. 그 녀석은 다름아닌 우리 동네 재빈이란 애였다. 벌써 재빈이가 여기에 와 있다니. 나는 놀라지 않을 수 없었다. 하지만 할머니의 심부름을 당장 어길 수가 없어 안으로 들어가긴 해야 될 판이었다.

그때 내가 영특한 판단을 내리지 않았으면 나는 아주 낭패를 당할 뻔했다. 이번엔 썩 기지가 있게 염탐하듯 대문 돌쩌귀 틈으로 시선을 집어넣어 안쪽의 정황을 살폈던 것이다. 재빈이와 미향이, 미향이 이모 된다는 그 처녀가 이등변삼각형으로 마루에 앉아 무언가를 먹고 있었다. 과자 부스러기 따위나 먹겠지 하며 자세히 살폈는데, 놀랍게도 삶은 달걀을 먹고 있었다. 삶은 달걀은 먼 길을 갈 때 가방에 넣어주는 것이고, 생달걀은 드문 손님에게나 주는 그 무렵의 가장 품격 있는 음식이었다. 그런데 그 귀한 달걀을 아무 거리낌 없이 삶아 마루에 앉아 까먹고 있었다. 나는 어쩔까 망설였다. 봉지에 든 달걀이 고작 여섯 개밖에 되지 않는다는 사실이 나를 더욱 주눅들게 했다. 저쪽에서 까먹고 있는 달걀은 어림잡아 예닐곱 개는 되어 보였다.

내가 들어가서 나눌 대화가 빠르게 머리를 스쳐갔다.

「저어, 달걀 가지고 왔어요」

그럼 미향이 이모 되는 처녀가 이렇게 말할 것이다.

「고맙다만, 네가 보듯이 우린 달걀을 먹고 있는데」

「저, 이건 금방 나온 따뜻한 달걀인데요」

그렇게 말하면 미향이와 재빈이 녀석은 마룻바닥을 치며 웃을지 모른다. 따뜻한 달걀은 더 맛있냐 하며. 나는 봉지를 열어 신문지에 싸인 달걀을 만져보았다. 어느 새 달걀은 싸늘하게 식어 있었다.

나는 비실비실 대문 앞을 물러나왔다. 달걀 여섯 개가 한없이 증오스러웠다. 집에는 달걀이 없고 닭도 많은 알을 한꺼번에 낳을 리도 만무했다. 시장에 가서 한 판을 사올까, 돈은 어디서 구하지? 답답함이 꼬리를 물었다. 나는 찹찹한 걸음으로 골목길을 되짚어 나왔다. 샘터에는 강아지 한 마리가 굴뚝새를 쫓고 있었다.

할머니한테는 뭐라고 둘러대지? 하는 걱정에 이어서 울화통이 치밀었다. 삼각형 꼴로 다정하게 앉아 먹고 있는 저 달걀은 우리집 암탉이 고생하며 낳은 것임에 틀림이 없었기 때문이었다. 오늘 아침 학교 갈 무렵에 재빈이가 우리 집에 와서 달걀을 사간 적이 있었다. 모든 사태가 재빈이한테서 비롯되었음을 알았다. 그것은 곧장 나를 한없는 질투심에 빠뜨렸다. 하지만 재빈이는 매일같이 향기 나는 비누로 세수를 해서 얼굴이 부잣집 애들처럼 뽀얀데다 무엇보다 공부를 일등이나 하는 녀석이었다. 게다가 녀석의 재주는 한도 끝도 없었기 때문에 나는 치미는 울화통과 질투심을 어떻게 처분해야 할지 알 수 없었다.

얼마 전에 재빈이의 능력을 엿볼 수 있는 비밀스런 사건이 하나 있었다. 그날 담임 선생님이 만년필을 잃어버렸다. 교탁 밑 뚜껑 없는 서랍에 놓아둔 만년필이 없어졌다는 것이다. 가져간 사람 나오라고 했는데 아무도 나오지 않았다. 마흔이 좀 넘은 담임은 마치 그동안 갈고 닦아온 훈육의 정신을 모조리 쏟아부을 기회를 만났다는 듯이 다양하고도 집요하게 아이들을 물고 늘어졌다. 모든 아이들을 책상 위에 꿇어앉히는가 하면 눈을 감기고 살짝 코만 만지면 누군지 알겠다면서 훔쳐간 아이의 자존심을 배려하는 등, 체벌과 달래기를 내내 반복하였다. 나중에는 거짓말하는 아이는 밤중에 지붕 위로 검은 고양이가 올라갈 것이라면서 공포심까지 돋우려고 애를 썼지만 훔쳐간 아이는 나올 줄을 몰랐다. 그러기를 한 시간이 다 되어갈 무렵, 아이들만큼이나 선생님의 얼굴에도 피로한 기색이 파르르 떠올랐다. 하지만 선생님은 가끔 있는 도난 사건을 뿌리뽑겠다 해놓고 그만둘 수도 없는 입장인 것 같았다. 지친 만큼 빨리 끝장을 보겠다는 듯 갈수록 체벌과 기합의 강도가 격해졌다.

그때 우리 중에 머리 위로 들고 있던 걸상을 바닥에 내려놓는 애가 있었다. 이제야 범인이 자수하여 광명을 찾나 보다 싶어 모두가 돌아보니, 엉뚱하게도 재빈이었다. 공부를 일등하는 재빈이가 교탁 앞으로 나오는 걸 보자 아이들보다 선생님의 눈이 더 휘둥그레졌다.

「정말 네가 가져갔니?」

「예」

재빈이의 또렷한 목소리는 뒷자리까지 들렸다. 선생님은 겨우 정신을 수습한 듯 긴 한숨을 내뿜으며 만년필을 가져오라고 했다. 재빈이가 머뭇거렸다. 그러다가 이렇게 말했다.

「누군가 한 애가 가져갔을 겁니다. 다른 아이들은 더 이상 벌을 받지 않게 해주세요, 선생님」

선생님은 재빈이가 도둑질 했을 리가 없지, 하고 안도를 하면서도 너무 당돌하게 나서는 바람에 신경질이 난다는 표정을 지었다. 그런데 뒷말이 선생님의 자존심을 아주 무력하게 만들었다.

「선생님, 저만 벌 주세요. 그러면 매를 맞는 저보다 그 아이의 가슴이 더 아플 겁니다」

선생님은 하는 수 없다는 듯 재빈이의 머리를 쓰다듬는 걸로 만년필 사건을 마무리짓고 말았다.

그런데 며칠 후였다. 우연히 재빈이 집에 놀러 갔다가 낯선 만년필 하나를 보게 되었다. 나는 얼핏 선생님의 만년필이 떠올라,

「너 이거 웬 거니?」

「으응, 엄마가 사온 거야」

재빈이가 깜짝 놀라는 걸 봐서 나는 어쩌면 녀석이 범인이 아닐까 싶었다. 그렇다고 함부로 선생님한테 만년필 얘기를 꺼낼 수가 없었다. 재빈이를 의심한다는 것은 공부에 대한 모욕일 뿐만 아니라 우등생의 선행을 흠집 내려는 치졸한 놈으로 몰릴지도 모를 일이었다. 그런데도 나는 자꾸만 재빈이가 선생님과 우리들을 농락했다는 심증을 지울 수가 없었다. 만약 그렇다면 뱀처럼 영악한 녀석이 이젠 대담한 뱃심까지 갖춘 셈이었다. 다음날 체육 시간에 혼자 있는 녀석에게 슬쩍 거꾸로 물어보았다.

「너 그때 만년필 안 가져가 놓고 왜 가져갔다 그랬니?」

녀석은 뭔가 안심을 한 듯 밝은 얼굴로 말했다.

「으응. 그거? 너한테만 일러주겠는데, 오랫동안 벌 서고 있으니까 팔이 아프잖아. 그래서 꾀를 낸 거야」

그때 일을 떠올리자 갑자기 내 다리에 힘이 쑥 빠졌다. 재빈이를 밀어내고 미향이와 가까워진다는 것은 불가능하게 느껴졌다. 녀석은 완벽한 인간이었다. 유일한 약점이 있다면 단지 참을성이 없다는 것뿐이었다. 달걀 하나가 봉지에서 빠져나와 발등에 툭, 떨어졌다.

3 사람의 뿌리

문 밖이 부산스러워 나는 일찍 잠에서 깨어났다. 문고리 옆에 봉합엽서 크기만큼 붙여놓은 유리창으로 밖을 내다보았다. 할머니는 언제 일어나 밭에 다녀왔던지 벌써 마당에 파, 배추, 미나리를 쌓아놓고 있었다. 앞집 수원 아줌마의 모습도 보였다. 어젯밤에 있었던 일들이 꿈결처럼 머릿속을 휘젓고 있었지만 나는 옷을 주섬주섬 챙겨입고 마루로 나왔다. 이날이 수요일이었기 때문이었다.

4학년이 되면서 나는 수요일마다 강구 상설시장에 나가서 채소를 팔았다. 처음에는 할머니와 함께 다녔는데, 내 장사 솜씨가 여간내기가 아니어서 할머니는 아예 나에게 판매권을 넘겨주었다. 나로서도 판매 수익금의 5퍼센트가 내 비밀 금고에 들어가는 재미가 쏠쏠해(동네 사람들이 내가 다 컸다고 대견해하는 것을 보는 일도 재미였다), 채소를 팔러 나가는 수요일을 은근히 기다릴 지경이었다.

사실 채소를 판다고 하지만 할머니와 영미식당 아주머니가 나 모르게 계약이 돼 있는지 내가 리어카를 끌고 시장 어귀에 도착해 좌판 자리를 물색하느라 두리번거리면 식당 아주머니가 냉큼 나와서 채소를 몽땅 사가곤 했다.

마당에 쌓인 배추는 그다지 많은 물량이 아니었다. 할머니는 배추나 파뿌리에 덩어리져 있는 흙을 털어내고 리어카로 옮겼다. 수원 아줌마는 리어카가 무게 중심을 잃고 뒤로 기울어지지 않도록 손잡이를 누르고 있었다.

「준일이 이제 일어났어?」

수원 아줌마가 배시시 웃으며 나를 돌아보았다. 올해 스물다섯 살인 아줌마는 이 년 전 남편과 함께 우리 동네로 와 새살림을 차렸다. 웃을 때면 눈이 천진하게 초승달처럼 변하고 아직 젖살이 덜 빠진 것 같은 발그스름한 볼 때문에 아줌마란 호칭은 그닥 어울리지 않았다. 좀 꺼벙하니 큰 키만 아니면 어디 고등학생쯤 된다 해도 그런가 보다 싶을 것이다.

아줌마가 오기 전에 화장실에 있었던 이발사 최씨가 런닝 차림으로 화장실 문을 나오다 아이쿠우, 공연히 소란을 떨며 종종걸음으로 처마 밑에 들어갔다. 아줌마는 최씨를 돌아보지도 않고 내게 말했다.

「준일아, 리어카 올 때 노가리(명태 새끼)도 좀 싣고 오자. 갈 때는 아줌마가 끌고 갈게. 우리 리어카가 빵꾸 났다」

「제가 타이어를 때워드리죠」

어느새 웃옷을 걸친 이발사 최씨가 마당으로 나오며 끼여들었다.

「괜찮아요. 이따 자전거포에 문 열 때 때우면 돼요. 요즘 같은 홍어 철엔 새벽같이 가도 고기를 떼올까 말까 하거든요」
「잠깐이면 돼요. 어제 내 자전거도 십 분 만에 때웠는걸요」
「아저씬 자전거하구 리어카하구 같은 줄 아세요?」
「넌 어른들 말씀하는데 껴들지 말고 할머니 도와 배추나 실어」
공연히 나까지 핀잔주면서 펑크 때우기를 고집하는 최씨에게 수원 아줌마는 아무런 응대를 하지 않았다.
얼마 전에도 수원 아줌마는 최씨 때문에 곤혹을 치른 적이 있었다. 북한 방송 사건 때문이었다. 지난 겨울 배를 타고 나간 남편이 돌아오지 않자 아줌마는 매일같이 부두에 나가 남편 소식만을 기다렸다. 원래 바닷가에는 먼 바다로 나간 배가 실종되는 일이 왕왕 있어 남정네를 잃은 아낙네들의 슬픔이 끊이지 않는 곳이다. 하지만 조금 내륙에 들어앉아 어부가 드문 우리 마을에서 일어난 변고인 데다 결혼해서 새살림 한 지 이 년도 채 안 된 그들이라 온 마을 사람들이 안타까워하였다.
「기상 이변 때문이라면 무전이라도 쳤을 텐데, 아무래도 북한 괴뢰에 나포된 것 같아」
아주 기민한 추리를 했다고 판단한 최씨는 라디오를 한 대 사왔다. 밤마다 이불을 뒤집어쓰고 북한 방송을 틀었다. 북한에 끌려갔으면 그쪽에서 무슨 소식이 있을 거란 얘기였다. 최씨는 실종된 고달영 씨와 친구간이었다.
며칠 뒤 이장이 눈을 부릅뜨고 마당에 들어섰다.
「야이 사람아. 자네 심정은 알지만 동네 경치게 생겼네. 당장 끄게!」
불과 두 해 전 인근 마을로 무장 공비들이 침입한 사건이 있었다. 사실 동해의 바닷가엔 공비들이 상륙할 가능성은 어디에고 있었다. 만일 그럴 경우 접선한 혐의가 띠끌만큼이라도 있으면

온 마을이 곤혹을 치르게 마련이었다. 하여간 그 같은 소란은 수원 아줌마에겐 오히려 마음을 어느 정도 정리하는 계기가 되었는 듯했다. 눈물을 씻고 사람들 앞에서 남편 얘기를 꺼내지 않았다. 원래가 밝은 성격을 가진 터라 겉으로 보기엔 예전처럼 돌아온 것 같았다. 얼마 전부터는 직접 생계도 꾸려나갔다.

아줌마는 이삼 일에 한번씩 새벽에 부두로 나가 노가리를 가져왔다. 노가리의 창자를 꺼낸 뒤 볕에 말려서 조합에 가져가는 일을 하는 것이다. 자기 논이 없는 동네 아낙들도 상당수 그 일로 생활 수단을 삼았다.

「어휴, 수원네는 안하던 고기 일이 손에 붙나?」

할머니는 혀를 찼다. 고기 일을 하는 아낙네들의 손바닥은 나무껍질 같았다. 수원 아줌마는 솜씨까지 서툴어 칼에 배인 상처가 아물 날이 없었다. 그런데도 일을 시작하면서 아침부터 저녁까지 집 앞에서 고기와 씨름을 했다. 남편을 잊으려는 몸짓처럼 보였다. 그 통에 수원 아줌마에게도 해변가 아낙네다운 인상이 조금씩 배어들었다.

「일이 몸에 익숙한 사람일수록 쉬엄쉬엄 하는 법일세. 수원네처럼 막무가내로 하면 몸이 상해」

「참, 할머니. 뒷집에 온 처녀 얘기 좀 들어보셨어요?」

최씨는 리어카 타이어를 못 떼운 것이 도무지 서운하다는 듯 이번엔 할머니에게 말을 붙였다.

「무슨?」

「글쎄 담배도 피고 자전거도 탄다 하대요?」

「에끼 이 사람. 처녀가 다리 쩍 벌리고 자전거를 타? 자네 눈으로 보기나 했어?」

「보진 못했죠. 하여간 컴컴한 수작이 보통 아닌 것 같더라구요」

최씨는 코끝이 빨개지며 수원 아줌마를 힐끔거렸다. 최씨는 성질이 나거나 흥분되면 코끝이 빨개지는 이상한 특성이 있었다. 어른들은 최씨를 〈신경쟁이〉라고만 부르는 걸 보아 코 따위에는 관심이 없는지도 모르지만 내가 보기에 최씨의 특성은 코끝에 있다 싶었다. 할머니는 괜한 소문 만들지 마라는 듯 이맛살을 찡그렸다.

「아 정말이라구요. 어젯밤에도 동네에 낯선 남자가 얼쩡거리던대요?」

「식전부터 바쁜 사람 붙들구 왜 자꾸 복장 긁어. 동네가 쥐구멍도 아닌데 어디 낯선 사람이 한둘이야?」

쥐구멍에는 늘 같은 쥐가 돌아다닌다는 할머니의 말이 떠올라 픽 웃음이 났다. 하지만 다른 건 몰라도 어젯밤에 낯선 남자가 우리 동네에 들어온 것만은 사실이었다. 미향이 이모를 못살게 따라다닌다는 남자였다. 집에서 전문대학를 휴학시킬 만큼 반대를 했던 그 남자가 어떻게 알았던지 우리 마을까지 찾아온 것이었다. 미향 이모가 이곳으로 온 지 열흘 만이었다.

나는 어젯밤 절에 제삿밥을 얻어먹으러 갔다가 오는 길에 그 남자를 보았다. 연자네 집 뒷길에서였다. 미향 이모가 고개를 떨어뜨리고 마주 서 있길래 단번에 그 사람이 누군지 알아챌 수 있었다. 미향 이모는 손가락을 눈시울에 대고 있는 걸 보아 울고 있는 듯했다. 밤색 점퍼를 입고 있는 남자는 미향 이모의 긴 머리를 손으로 쓸어주다가 등을 두드리곤 했다. 미향이가 뛰어와서, 「할머니 집에 오셨어 이모」 하고 턱까지 숨찬 목소리로 알려줄 때까지 똑같은 동작을 반복하고 있었다. 둘은 이마를 맞대고 무엇인가 속삭이더니 미향 이모는 급히 발걸음을 떼었고, 턱선이 갸름하고 미간이 넓어 순해 보이는 남자는 비를 기다리듯이 하늘만 쳐다보고 있었다. 남자가 깡패라는 둥, 사내들끼리 칼부림을 해 몇몇은 감옥에 갔다는 둥, 돼먹잖은 놈팽이가 못살게 쫓아다 닌다는 둥 하는 말들은 죄다 헛소문 같았다.

리어카에 배추와 파, 부추 등을 싣고 신작로로 나섰다. 엿공장은 아직 대문을 열어놓지 않았다. 여덟시는 되어야 보일러공과 기술자들이 쪽문으로 출근을 했고 대문은 행상하는 사람들이 모이는 아홉시쯤에 열렸다. 거리에는 이른 아침 산으로 들어가려는 땅꾼들과 모판을 돌보려는 마을 어른들이 한둘 바쁜 걸음을 내딛고 있었다.
「어이구 준일이. 장사하러 가는구나. 요즘 장사 재미가 어때?」
덕수 형 아버지가 삽을 어깨에 얹고 가다가 나를 돌아보았다. 나는 리어카를 끌며 불쑥 대꾸했다.
「싱그워요」
「허헛, 녀석. 나중에 이병철이처럼 대상이 되겠구나」
덕수 형 아버지는 컬컬 웃으며 앙고라집 골목길로 들어갔다. 어른들은 가끔씩 아이들에게 느닷없는 질문을 던질 때가 있었다. 아이들의 속을 훤히 들여다보듯 하는 질문은 아이들을 당혹시키지만 그런 반응을 보일 필요가 없다는 것을 나는 최근에야 깨달았다. 어른들이 아이들 속을 헤집어서 그러는 게 아니라 그냥 나이를 먹다 보니 생긴 말버릇인 것이다. 별 뜻도 없는 벼락치기 질문을 해서 공연히 아이들을 주눅들게 하고 자기 체면을 한번 세워보는 심심풀이에 불과했다. 그럴 때면 사려 깊게 생각해서 대답하는 것보다 아무렇게나 대꾸하는 편이 오히려 걸맞다. 덕수 형 아버지의 물음에서 시장의 현황, 배추금 시세, 이익금 따위를 설명하면 한없이 힘들고, 애초 거기까지 들을 요량도 없다. 그냥 아무렇게나 대답하는 것이 좋다. 아니 아무렇게나 대꾸할수록 어른들을 놀라게 한다. 〈싱그워요〉 대신 〈짜워요〉 해도 되고, 〈배불러요〉 〈똥 사겠어요〉 또는 전혀 엉뚱하게 하늘을 쳐다보고 〈파랗군요〉 〈노래요〉 〈구름이 쫙 깔렸는데요〉 하고 딴청을 부리면, 되려 어른들 편에서 말뜻을 헤아리느라 곤혹을 치르고 결국엔 스스로 심오한 뜻을 발견해 내고는 기가 질려 함부로 나를 얕보질 못하는 것이다.

「준일이는 그런 말투를 어디서 배웠니?」

수원 아줌마가 뒤에서 리어카를 밀며 물었다.

콩나물에 물 주다가 배웠어요, 하고 대답하려다가 슬몃 말머리를 삼켰다. 아줌마는 나를 주눅들게 하려고 물었던 게 아니기 때문이었다. 전에 할머니한테도 그런 벼락치기 대답을 했다가 혼쭐이 난 후로, 상대를 가려서 하게 되었다. 그런데 말이란 정말 이상한 것이다. 〈콩나물에 물 주다가……〉라는 것도 따지고 보면 아주 그럴싸한 답변으로 느껴지기도 한다. 나는 벼락치기 대화를 나누다가 말의 이상한 점을 알게 되었다. 함부로 툭툭 내뱉은 말이라 해도, 그 말이 생각을 끌어온다는 사실이었다. 머릿속에서 짜낸 생각이 말을 만들어내는 것이 아니라 어떤 말이든 생각을 만들어낼 수 있다는 사실이었다.

나는 〈콩나물에 물 주다가……〉 대신에 미향 이모 얘기를 꺼냈다.

「아줌마, 뒷집 미향이 이모가 담배 피고 자전거도 탄다는 거 정말일까요?」

「호호, 너 그 처녀한테 관심이 많나 보구나?」

수원 아줌마는 나를 아주 어리게 보는 눈치였다.

「나두 남잔데 관심이 없을라구요. 그게 예의래요」

「호호호, 4학년 되더니 말솜씨가 늘었네. 이발사 아저씨 말은 대개 엉터리잖니? 이쁜 처녀가 갑자기 왔으니 소문도 많겠지. 호호호, 경주에는 여자들도 자전거를 많이 타는데 여기는 그게 큰 흉이더라?」

「에이, 처녀도 탈라구요. 참. 아줌마. 어젯밤에 그 남자 혹시 봤어요?」

「으응. 봤어. 얼굴도 곱상해 보이구 둘이 좋아하나 보던데, 왜 그렇게 반대하나 몰라」

「칫, 얼굴만 곱상하면 뭐해요? 속은 순 깡패라는데」

나는 대뜸 헛소문 쪽에 편을 들며 어깃장을 놓았다.

「그걸 믿니?」

아줌마의 말에 나는 뭐라 대꾸를 하려다가 간신히 참았다. 〈너, 질투하나 보구나?〉 하고 아줌마가 내 속을 찔러오면 더 이상 응수할 말이 궁해질 것 같았기 때문이었다. 나는 아랫배에 힘을 주고 묵묵히 리어카를 끌었다.

리어카가 우리 동네를 벗어나자 오일장이 열리는 장터가 나왔다. 장이 서지 않을 때 그 장터는 늘 비어 있었다. 모랭이산 한쪽 기슭을 다이너마이트로 폭파해서, 거기서 생긴 흙을 끌어모아 늪을 메워 장터를 만들었다. 폭약을 터뜨린 산은 중턱부터 기슭까지 볼썽사납게 황토를 드러내고 있었다.

이윽고 리어카는 장터를 벗어나 아스팔트 길로 접어들었다. 거기서부터 리어카는 얼음판 위를 지치듯 해서 힘 안 들이고도 끌 수 있었다. 아스팔트 길을 조금 더 가면 다리가 나타났다. 오십천이 바다로 이어지는 넓은 하구를 가로지르고 있어 인근에선 가장 긴 다리였다. 그 다리에 얽힌 삽화는 어린 우리들을 늘 감탄에 젖게 했다. 교량 한쪽엔 용도를 알 수 없는 높은 철구조물이

있었는데, 대체로 거기에서 얘기가 피어났다. 그 멋진 구조물은 부산의 영도다리처럼 다리를 들어올릴 때 쓰인다는 것이라든가, 그 구조물 어느 곳에는 폭약 장치를 설치할 수 있는 장소가 숨겨져 있어, 육이오 같은 유사시에 적의 탱크를 수장시켜 버리도록 교량을 단번에 폭파시킬 수 있다는 비장한 얘기도 있었다. 내가 태어나기 전 사라호 태풍 때는 사람들이 불어난 강물에 떠내려오다가 다리 상판과 그 구조물을 잡고 올라온 사람이 부지기수였는데 실제로 엄청난 수재를 당할 때를 대비해 미리 설치해놓았다는 말도 있었다.

요즘 들어 강구 사람들은 누구나 이 다리를 하루에 한번씩은 건너야 했다. 다리 이편엔 통조림공장 학교 지서 농토 등이 있고, 건너편엔 다방 술집 당구장 극장 부두 따위가 포진하고 있기 때문이었다. 다리를 사이에 두고 대체로 생산하는 곳과 소비하는 건물이 나눠져 있는 셈이었다. 그러다 보니 다릿목을 지키고 있으면 지나는 사람들의 행색이 시간마다 독특하게 바뀌는 것을 볼 수 있었다. 그리고 다리 한복판에 이르면 영흥산 기슭을 돌며 유유히 흘러오는 오십천의 자태를 볼 수 있고 고개만 돌리면 하구가 갑자기 트이며 광활하게 펼쳐지는 바다를 볼 수 있었다. 아침이면 수평선을 물고 일어서는 태양을, 저녁이면 오십천이 굽이돌아 사라지는 산 너머로 황혼의 빛깔을 고스란히 감상할 수 있는 것이 이 다리가 지니는 품격이기도 했다.

「어머, 아름다워! 눈이 부실 지경이다!」

좀 전 아스팔트로 접어들면서 나 대신 리어카를 끌고 있는 수원 아줌마가 다리 가운데서 리어카를 멈추며 탄성을 질렀다. 바다 쪽이 아니라 상류 쪽을 보면서였다. 나도 내 어깨만큼 오는 난간을 넘어 건너다보았다. 강에는 갈매기떼들이 날아와 하얗게 앉아 있었다. 수천 마리가 한꺼번에 날아오는 것은 늘상 보는 풍경은 아니지만 그래도 눈에 익숙한 광경이었다. 삼백 미터쯤 되는 강폭에 눈이 내린 듯 온통 하얗게 채색되었다. 다리 난간 사이에 앉아 낚시대를 드리우던 청년들도 난간 밖으로 위험하게 얼굴을 내밀고 있었다.

「아줌마, 오십천을 거슬러 올라가 봤어요?」

내가 물었다.

「아니……」

아줌마는 무슨 생각에 잠긴 듯 입술만 오물거렸다.

「아줌마, 난 이 담에 오십천을 계속 거슬러 올라가 볼 거예요」

「왜?」

나는 옹달샘을 보러 가겠다는 말을 하려다, 왠지 시시할 것 같아 그만두었다. 얼마 전 미향 이모가 이사오던 날 굴뚝에 올라 상상하던 장면들이 떠올랐다. 아줌마는 어떻게 생각할까 문득 궁금해졌다.

「아줌마, 줄곧 따라 올라가면 차츰 강폭이 좁아지겠지요?」

「물론이지」

「도랑만큼 좁아지나요?」
「그럴 테지」
「젤 나중엔 주전자 물처럼 졸졸거리겠네요?」
「호호, 청송 어딘가에서 강이 시작된다 하더라」
「청송이 어디쯤인데요?」
「영흥산 너머 아주 멀리 있단다」
「아줌마, 강이 아름다운 건 옹달샘에 여자가 있기 때문이 아닐까요?」
「어머, 그런 애긴 첨 듣는데?」
「나도 처음 생각했어요」
나는 거짓말을 하였다. 수원 아줌마는 리어카를 다시 끌었다. 나는 아줌마 허리에 바싹 붙었다.
「아줌마 우리 옹달샘 보러 안 갈래요?」
「호호, 어떻게 보겠니? 오십천은 오십 갈래의 물이 합쳐져서 만들어진 강이라는데. 한 해에 하나씩 봐도 오십 년은 걸리겠다」
「……」
내가 어리둥절해졌다. 그 애긴 들은 적도 있었는데 깜빡 잊고 있었던 것이다. 굴뚝 위에서 혼신의 힘을 다했던 그 상상력 실험이 아주 형편없이 빗나가 버린 셈이었다. 미향 이모를 보는 순간 영감처럼 떠올랐던 〈천지〉의 영상도 고작 오십 개 중의 하나였다는 생각으로 후퇴할 수밖에 없었다. 수원 아줌마는 내 어리석음을 떠벌이기 시작했다.
「아하, 준일이는 강을 아름답다고 생각하는구나. 강이 어디 아름답기만 하겠니? 작년만 해도 물난리가 나서 몇 사람이 죽었는 걸. 슬픔도 있구 고통도 있구 외로움도……」
말꼬리를 슬그머니 감추던 수원 아줌마는 내 실패한 상상에 격

려를 보내듯 덧붙였다.

「강을 거슬러 올라간다는 건 참 멋진 생각이구나. 나도 오십천을 보면서 이런 생각을 한 적이 있단다. 사람의 마음속에도 오십 개나 되는 감정들이 있겠구나, 사람의 행동 밑바닥에도 보이지 않는 오십 개의 감정 줄기들이 있겠구나, 하는 생각 말이야」

갈매기들이 소리를 지르며 날아오르고 있었다. 시야가 어지러울 정도로 떼를 지어 다리 위를 날아갔다. 아줌마는 서둘러 리어카를 끌었다. 다리를 지나면 큰길 양편으로 사각 건물이 빼곡이 들어선 강구 중심가가 곧장 이어졌다. 아직 동틀 시간이 남아 있어서 중앙도로는 아직 한산한 모습이었다. 우리는 농협 앞 삼거리에서 오른쪽으로 방향을 틀었다. 그곳엔 극장이 맨 앞에 자리 잡고 있어서 언제나 흥분을 일으키는 길이었다. 〈허장강〉이 삐뚜름하게 의자에 앉아 낚시를 하고 있고 〈김지미〉가 그 옆에서 기타를 치는 커다란 간판이 극장 앞에 내걸려 있었다. 간판을 이어 붙인 자리가 김지미 다리 사이를 관통하고 있어 웃음을 자아내게 했다. 극장 앞을 지나자 강구의원이 나타났다. 아버지는 그곳이 옛날 할아버지가 경영했던 의원이라고 했다. 갑자기 많은 사람들이 눈에 띄었다. 그곳이 상설시장 입구이기도 했고 길 끝에는 부두가 있기 때문이었다. 아줌마도 내게 리어카를 넘겼다.

「좀 이따 어업조합 앞에서 만나자. 채소가 덜 팔리면 그대로 있어. 내가 시장으로 올게」

부두에는 고기를 사러 나온 상인들과 어부들로 붐볐다. 나는 빈 리어카를 질질 끌고 어업조합으로 걸어갔다. 선박에 걸쳐놓은 널판지 위로 고기 상자를 들고 어부들이 내려오고 있었고 한쪽에서는 사내들이 손가락을 꼼지락거리며 한창 경매에 열중하고 있었다. 채소 장사는 너무 싱겁게 끝나 버렸다. 내가 리어카를 끌고 시장통을 들어서기가 무섭게 영미식당 아줌마가 뛰어나와 한다는 소리가,「아이구 준일이 왔네. 아침부터 뛰니 무씨같이 종아리가 탱탱하구나」하더니, 내가 뭐라 대꾸하려는데「배추는 평상 위에 올려놓고 가거라. 돈은 내일 드린다구 할머니한테 전하구」하며 순식간에 나에게서 판매의 즐거움을 앗아가 버렸다. 나는 다음부터 한 사람당 판매량을 제한하든지 영업 범위를 넓혀야겠다고 결심했다.

  나는 리어카를 한쪽에 세워놓고 조합 안을 기웃거렸다. 수원 아줌마의 모습이 보이지 않았다. 아직 고기를 흥정하는 중인가 보았다. 경매하는 사람들 틈에 들어가 아줌마를 찾으려 하다가 정박한 어선들 앞을 어슬렁거렸다. 부두에는 고기 썩는 퀴퀴한 냄새나, 버린 가자미 따위를 잘못 밟아 미끄러져 기름띠가 가득 덮인 바닷물에 빠질 위험을 빼면 모든 게 흥미로운 구경거리였다. 얼음공장에서는 커다란 얼음덩어리가 도시의 육교 같은 통로를 타고 운반되는 중이었다. 십 톤 가량의 배 한 척이 통로 끝에 대기하고 있었다.

  나는 얼음공장을 지나 해안선이 펼쳐지는 금진 쪽을 기웃거렸다. 부두의 풍광이 끝나면서 거기서부터는 완연한 어촌이었다. 닻줄에 매인 작은 목선들이 늘어서 있고 그 앞에는 그물코를 손질하는 사람이 드문드문 보였다. 내가 부두의 기름 냄새가 코끝에서 씻겨지는 것을 느끼며 풍경화처럼 까마득하게 이어지는 해안선을 바라보고 있을 때였다. 바로 앞 버스 정류장에서 눈에 익은 한 남자가 보였다. 나는 그가 누구인지 대번에 알아볼 수 있었다. 어젯밤 미향 이모를 찾아온 그 남자였다.

  어젯밤 입고 있던 감색 점퍼 차림 그대로였다. 남자는 아침 첫

차를 기다리는 듯 금진 쪽을 힐끔거리며 어물전 창고 옆에 쪼그리고 있었다. 아침 미명에도 남자의 얼굴이 피로 얼룩져 있다는 것을 알 수 있었다. 눈밑에 붉그죽죽했고 일그러진 한쪽 입귀는 피가 엉겨 있었다. 얼핏 짐작가는 정황이 머리에 스쳐갔다. 어젯밤 남자가 온 사실이 드러났고 미향 이모의 오빠가 남자를 찾아내 저토록 짓이겨놓았을 게 틀림없었다. 그런데 남자의 상처를 바라보는 나에게 묘한 감정이 흘러들었다.

「아저씨, 아프겠어요?」

나는 한 손을 주머니에 찌르고 깡패처럼 건들거리며 남자에게 다가갔다. 그는 놀란 듯 움찔하다가 이내 빙긋이 웃었다. 조금 벌어진 입 속에 이가 남아 있을까 싶게 붉은색이 가득 차 있었다. 남자는 부스스 몸을 일으켰다.

「아냐, 아프지 않단다」

나를 알아보았는지 아니면 동네 꼬맹이로 여겼는지 그는 척척 대답을 했다.

「씨, 거짓부렁 말아요」

「정말이야」

「아저씨 차력사세요?」

「크, 넌 아픈데도 안 아픈 이유를 알겠니? 진이를 만났기 때문이야」

「진이요?」

진이란 미향이 이모를 가리키는 말 같았다. 그 순간 내 머리에 이상한 생각 하나가 솟아올랐다. 미향 이모에게 남자를 당기는 강렬한 마력이 있다고 여겼기 때문이었을까. 미향 이모의 오빠라는 사람이 남자를 두들겨팼다는 생각이 들지 않고 미향 이모가 남자의 얼굴에 상처를 준 것이라는 생각이 들었다. 어쩌면 나보다 그가 더 그렇게 느끼고 있는지 몰랐다. 만일 오빠라는 낯선 사람에게 맞았다고만 여기면 입속이 터진 아픔과 억울함 따위를 도저히 참지 못할 게 아닌가. 오히려 남자는 어떤 유쾌한 상상에 빠져 있는 눈치였다. 뾰족한 돌멩이로 땅바닥에 뭔가를 그리더니 피가 엉긴 입술에 자못 미소까지 띠우고 있었다. 정말 괴상한 일이었다.
「준일아」
얼음공장 육교 밑에서 수원 아줌마가 부르는 소리가 들렸다. 바다에서는 해가 막 뜨려는 듯 멀리 수평선이 꿈틀거리고 있었다.

4 가학자라는 이름으로

미향 이모의 애인을 만난 뒤 삼 일이 지난 그날을 나는 잊을 수 없다. 아마 그날 오후에 목도했던 그 광경이 아니었으면 강의 시원을 쫓아가던 내 상상과 난데없이 이사온 미향이, 그리고 그 이모를 둘러싼 유년의 삽화는 어린 시절의 일상적이고도 기억될 수 없는 파편으로 흩날려 버렸을 것이다.
그날 나는 오십천 하구에 조개를 잡으러 나갔다. 그 무렵 학교를 파하면 동네 아이들과 어울려 뱀장어를 잡으러 다녔는데 그날은 혼자서 조개를 잡으러 갔다.
우리 또래 아이들은 당시 논둑 도랑에서 뱀장어를 잡아 연자네 집에 팔곤 하였다. 그 집에서는 무엇에 쓰려는지 팔 길이만큼 큰 뱀장어만 골라 10원에 사들였다. 우리는 그 돈으로 한창 유행하는 과자 〈라면땅〉을 사먹을 수 있었다. 뱀장어 한 마리와 라면땅 한 봉지의 교환이 억울하기는 했지만 오십천 가의 논둑 도랑에는 뱀장어가 흔했으므로 별로 개의할 필요가 없었다. 논둑 도랑에 〈라면땅〉이 가득 널려 있는 걸로만 흡족해했고 게다가 민물고기는 맛이 없어 먹지를 않았기 때문에 오히려 그 거래가 끊어질까봐 아이들은 연자 엄마 앞에서 온갖 공손을 다 떨었다. 연자 엄마는 팔 길이만한 뱀장어라고 무조건 사들이는 게 아니었다. 아주 근엄한 표정을 지으며 우리들이 갖다 바치는 팔뚝만한 큰 뱀장어 중에서 싱싱한 놈으로 몇 마리만 골랐다. 성질 고약한 애들은 뽑히지 못한 뱀장어를 당장 거름더미에 내버려 뱀장어가 지렁이처럼 꾸물대는 수모를 겪다가 죽게 만들었다. 순한 애들은 대야에 담아 마당 한구석에 두는 자비를 베풀었지만 뱀장어들은 보통 일주일 쯤 되면 허연 배를 뒤집고 죽었다.

나는 갑자기 죽게 만드는 것과 서서히 죽음의 길로 미끄러지게 하는 것의 차이를 생각해 보았다. 그것은 단지 시간의 차이일 뿐이다. 나는 뽑히지 못한 뱀장어를 대야에 넣어 처마 밑에 두는 편이었는데, 만일 뱀장어에게 죽음의 방법을 선택하라면 한 놈도 대야 안에서 조금씩 죄어오는 죽음을 선택하지 않을 것만 같았다.

아마 그런 피곤한 생각 때문에 나는 이날 뱀장어 대신 혼자서 조개를 잡으러 가게 되었을 것이다.

그런데 이날 조개를 잡으러 가게 된 또 하나의 이유가 있긴 했다. 당시에는 그다지 이유가 못 될 거라고 여겼는데 나이가 들수록 이쪽의 기억이 더 생생하고 과장스레 부풀어 오르는 현상을 경험하였다. 어린 시절로는 미처 설명하기 힘든 미묘한 심리적인 연관성 때문이었다.

조개를 담을 양동이를 꺼내려고 곳간에 들어서던 나는 아침에 이발사 최씨가 빌려간 책을 제자리에 꽂아두었나 살피고 있었다.

곳간 한쪽 시렁에는 일찍이 돌아가신 할아버지의 책들이 많이 꽂혀 있었다. 오래전 이곳으로 이사온 뒤로 할아버지의 책들은 안방 뒤에 붙은 도장방에 보관되어 있었는데 집기가 늘어나면서 한 무더기씩 곳간으로 밀려나더니 수년 전부턴 아예 곳간이 할아버지의 서고가 돼버렸다. 어차피 초등학교 교사인 아버지는 의학박사 수준인 할아버지의 책을 탐구하는 것보다 어떻게든 흔적이나마 보존하는 것이 당신의 명예를 지키는 것이라고 판단했음이 틀림없었다. 그런데 책이 곳간으로 옮겨지고부터는 인근의 탐구열 높은 학도들이 책을 훔쳐가는 일이 빈번했다. 할머니는 〈책 훔쳐가는 것을 어찌 말리누〉 하며 넌지시 방조를 했지만 이발사 최씨까지 책에 손을 대는 데는 못 참겠다는 시늉이었다.

「아이구 까막눈이 분수를 알아야지. 책을 본다고 글을 아나?」

「할머니, 제가 글 읽을 줄 모를까 봐요?」

「읽으면 뭐해. 내용을 알아야지, 내용을」

할머니의 최씨 따위가 책을 볼 거라면 차라리 헌책방에 팔아치우는 게 낫겠다고 비아냥거렸지만 아직도 책은 곳간 시렁을 빼곡이 채우고 있었다. 최씨는 교양을 쌓아야 이발 기술이 는다는 둥 할머니의 눈을 피해 몰래 뽑아가곤 하였다.

사실 최씨가 보는 책이란 뻔했다. 일본 글씨나 한자들이 꽉찬 책이야 엄두도 못 낼 터이고 그림이 있는 〈요가〉나 〈해부도〉, 〈미술〉 책 따위들을 보면서 아는 체하려는 것이다. 나는 최씨가 꽂아놓은 책을 살피다가 미학입론이라고 씌어진 책을 뽑아들었다. 최씨에게 기가 죽지 않으려고 일부러 한자 제목을 살핀 것이지만 사실 미(美) 자를 모르는 애들은 별로 없었다. 오로지 미국이라는 우방 나라 때문인데, 미국은 그 이름처럼 〈아름다운 나라〉라는 말이 통용되던 시절이었다.

나는 뽑아든 책을 건성건성 넘겨보다가 책 가운데 몇 장의 화보가 있는 곳을 펴보았다. 그 중에 〈비너스의 탄생〉이라는 제목이 붙은 사진이 눈길을 끌었다. 〈비너스=미〉라는 빨간 잉크 글씨가 사진 밑에 색이 바랜 채 씌어 있었다. 그러니까 〈비너스의 탄생〉은 곧 〈미의 탄생〉과 같은 뜻인 모양이었다. 내가 태어나기 무려 이십 년 전에 돌아가신 할아버지가 호기심 많은 손자의 고민을 미리 들어주고 있었다는 데 깊은 탄복을 하며 그림을 살펴보았다. 발가벗은 여자가 큰 조개 위에 서 있었고, 그 옆과 위를 천사들이 날아다니고 있는 그림이었다. 미의 탄생이 발가벗은 여자라니! 나는 참으로 어이가 없었다. 오십천의 〈천지〉 같은 신비한 옹달샘이 그려져 있거나 하다못해 미향 이모처럼 희디흰 얼굴이라도 커다랗게 채워져 있었다면 어느 정도 수긍을 했을 것이다. 아무리 의학박사급 할아버지의 선견지명이라고 해도 발가벗은 여자가 미의 탄생을 뜻한다는 것은 도무지 상식에 와닿지 않았다. 잘못 짚었다 싶어 책을 덮으려는 순간, 하나의 생각이 머리에 불이 반짝 켜지듯 스쳤다. 나는 다시 그림을 펴서 자세히 살펴보기 시작했다. 그림 속의 여자는 자신의 허벅지 가운데를 수건으로 가리고 있었는데(사실은 긴 머리카락이지만 내 눈엔 수건인 줄 알았다), 내 눈엔 곧 그 수건을 들어낼 듯한 인상을 풍겼고, 미의 탄생이란 바로 수건을 들어내는 찰나와 관련이 있을 것 같다는 생각이 들었다. 나는 그림 해석의 수수께끼를 풀 듯이, 수건을 떼어내면, 수건을 떼어내면……, 중얼중얼대며 〈미의 탄생〉을 눈앞에 탄생시키려고 상상력을 동원하기 시작했다.

나는 제법 훌륭한 상상력을 가졌다고 자부했지만 어른의 그것을 한번도 본 적이 없었기 때문에 쉽사리 수수께끼를 풀어낼 수 없었다. 그래서 대신 여자가 발을 딛고 서 있는 큼직한 조개에 관심을 가졌다. 오십천 모래 밑에 잔뜩 깔려 있는 게 조개였다. 왜 하필이면 조개에 올라가 있는 걸까, 과연 세상에 저만한 조개가 있긴 할까, 그 또한 명쾌히 해결할 수 없는 의문점이었다. 하지만 미의 탄생이 조개와 모종의 관련을 맺고 있을 거라는 암시는 나에게 조개를 캐러 가려는 걸음을 재촉시켰음이 분명했다.

하여튼 그날 나는 곳간에서 양동이를 꺼내와 조개를 잡으러 나갔다. 오십천으로 가는 길에 동네 아이들이 뱀장어 잡는 소쿠리를 옆구리에 끼고서 훼방을 놓았다.

「준일아. 어딜 가누?」

「니는 오늘 라면땅 안 먹고 싶나?」

아이들이 꼬드겼지만 나는 곧장 잰걸음으로 강을 향했다. 사실은 여러 가지 거창하게 고민했기 때문이라기보다 당장 미향이네 집에 달걀을 가지고 갔다가 절망에 빠진 일이 있어서 이번엔 조개를 갖다주며 아첨을 떨어보겠다는 마음이 더 급했는지 모른다.

썰물이 되어 강가 쪽 모랫바닥이 드러나면 거기서 까만 조개를 쉽게 캘 수 있었다. 동해도 간만의 차가 생긴다. 팔 미터씩 된다는 서해에 비할 수는 없지만 한 달에 서너 차례는 일 미터 이상씩 간만의 차가 생겼다.

내가 도착했을 때 강변을 따라 이십 미터 정도 너비로 모랫바닥이 드러나 있었다. 나는 준비해 간 목이 부러진 국자로 모래를 퍼올리면서 조개를 찾았다. 그날따라 죽은 조개만 눈에 띌 뿐 입이 척 달라붙은 살아 있는 조개는 별로 보이지 않았다. 한참을 여기저기 모랫바닥을 뒤적이며 돌아다녔다. 양동이에 반 가량 조개가 차오를 즈음 밀물이 올라왔다. 나는 하는 수 없이 국자를 주머니에 넣고 엎드려서 손으로 조개를 찾았다. 〈라면땅〉 잡으러 간 녀석들에 못지않은 수확을 올리겠다는 야심 때문인지 이날 따라 양동이에 가득 채우고 싶었다.

　내가 정신없이 모래를 뒤적이는 동안에 물살이 종아리에 찰랑거리며 빠르게 밀려오고 있었다. 무릎까지 물살에 잠겼을 때에야 고개를 들었다. 고개를 들자 갑작스런 눈앞의 광경에 나는 아연했다. 갈매기떼였다. 수천 마리 갈매기가 바다 쪽에서 내가 있는 강 쪽으로 날아오고 있었다. 허리를 펴고 보니 은어떼들이 강을 거슬러 오르는 듯 수면 아래가 햇살에 은은히 반짝거렸다. 은어떼가 오십천 상류로 회귀하는 일은 자주 있었다.

　어느새 날아드는 갈매기들은 수만 마리가 되는 듯했다. 내가 서 있는 데서 다리까지가 갈매기로 한껏 채워졌다. 갈매기떼가 화르르 날아올랐다. 그것은 마치 은빛으로 만들어진 거대한 부채를 들썩이는 것 같았다. 작은 고깃배가 다리 밑을 지나갔다. 얼핏 본 눈엔 작은 고깃배는 한 줄기 바람처럼 보였다. 고깃배가 지나자 마치 뜰에 자욱히 깔린 깃털이 바람에 날리는 듯했다.

　손만 뻗으면 잡힐 만한 지척에서 갈매기떼를 만나기는 처음이었다. 물살은 이미 허리를 감싸고 있었다. 나는 강둑에서부터 거리를 짐작해 보았다. 물살은 기껏 해봤자 가슴쯤에서 멈출 것이었다.

　봄볕이 강하다곤 하나 아직 차가운 물이었다. 하지만 무슨 영문인지 나는 갈매기들의 매끈한 복부에서 빠져나온 앙증스런 두 다리에 매료되어 물 밖으로 나오지 못하고 있었다. 갈매기들은 반짝이는 수면 위로 가는 다리를 늘어뜨리고 내가 있는 데까지 날아왔다. 나도 모르게 무릎을 굽혀 코 아래까지 물 속에 잠기게 하였다. 눈만 내민 하마처럼 수면 밖으로 두 눈을 내었다. 눈앞에서 갈매기떼가 은어를 집어채는 광경은 숨을 멎게 할 지경이었다. 수천 개의 담홍빛 앙증스런 발들이 수면을 스치고 회색빛 부리에 머리가 물린 고기는 꼬리를 버둥거리며 새의 비상을 따라 공중으로 치솟고 있었다.

　주위를 둘러보았다. 이미 내가 있는 위치가 갈매기떼의 중심이 되어 있었다. 날갯짓에서 흩뿌려진 물방울이 가랑비처럼 떨어지고 있었다. 갈매기의 물갈퀴가 내 머리를 스치며 날아올랐다. 내 몸이 물고기처럼 갈매기의 부리에 매달려 있는 느낌이 오싹 들었다. 그 전율 속에서도 잠시 머리를 물 속에 집어넣었다가 다시 수면 위로 눈을 내놓고 갈매기들을 지켜보았다. 그것은 가슴이 시리도록 아름다운 광경이었다. 아니 섬뜩한 공포가 나를 죄어대고 있었다. 나는 이 광경을 아름다움으로 보아야 할지 공포로 느껴야 할지 분간할 수 없었다. 멀리 다리 위에서 지켜볼 때 함빡 눈이 내린 듯이 아름답기만 했던 갈매기떼의 모습 속에 이 같은 공격성이 숨어 있으리라곤 상상도 못하였다.

　나는 가슴이 시릴 만큼의 아름다움에는 어떤 공포가 도사리고 있다고 생각했다. 나중에는 아름다움 속에 공포가 도사리는 것이 아니라 아름다움 자체는 이미 공포일지도 모른다는 생각을 하였다. 갈매기떼의 광경은 그뒤 오래도록 내 마음에 자리를 잡게 되었다.

　그러나 한편으로는 도대체 얼마만한 끌림이 있었길래 차가운 강물에 몸을 담글 정도였을까, 하는 의문을 달았다. 나는 성년이 되어서야 비로소 그때 내가 본 것이 무엇이었는지를 말로 표현할 수 있었다. 갈매기떼가 은어들을 나꿔채어 공중으로 치솟던 어느 순간, 그러니까 아름다움 속에 공포가 충격처럼 스며들던 그 순간, 나는 두 가지 영상을 동시에 떠올렸었다. 아름다움과 공포에 관한 영상이었다. 놀랍게도 나는 그때 수건을 드러내면 나타날 것 같은 〈그것〉과 피로 범벅된 그 남자의 얼굴이, 설명할 길 없는 동일성으로 떠올랐던 기억을 가지고 있었다. 그리고 그 광경을 본 뒤로 이상스러우리만큼 강과 미향이, 미향 이모를 둘러싼 그 시절의 미묘한 감정에 하나의 매듭이 지어졌다는 사실도 기억할 수 있었다. 나는 그때 아름다움의 어떤 실체를 보았다고 여긴 듯했다. 그리하여 내 유년의 영혼에 〈아름다움〉이 새겨지게 되었고, 성년의 어느때 부닥치게 될 미의 난폭성을 받아들이겠다는 먼 징조가 싹이 튼 건지도 모른다. 성년이 되어서 거기에 이름을 붙여보았다. 그 아름다움은 가학자(加虐子)였다.

2장 성(性)

1 거울로만 볼 수 있는 것들

우리 마을 오진(烏津)은 영흥산 한 갈래와 오십천 사이에 고작 백 가구 정도가 모여 동네를 이루고 있지만 내겐 아주 넓은 세계였다. 부두가 있는 강구(江口)에서는 강을 따라 이 킬로미터 남짓 안으로 들어와 있어 내륙 마을과 통로인 셈이라 여느 작은 마을과는 달랐다. 오일장이 열리면 영흥산 너머 사람들과 오십천 상류 사람들이 등짐을 지거나 소 구루마 노새 따위에다 산지 물품을 싣고 내려왔으며 땅꾼 버섯채집자 넝마장수들은 때를 가리지 않고 길을 거슬러 올라가며 우리들에게 폭넓은 경험을 안겼다.

우리 마을은 농사일 하는 사람과 공장에 다니는 사람, 바다일 하는 사람이 비슷한 비율로 오밀조밀 섞여 살았다. 물론 이런 평범한 부류에 속하지 않는 외톨박이들도 몇 명 있었다. 그 중에 외톨박이란 점을 오히려 역이용해서 아이들의 머리 위에 군림하고 있는 이가 있었는데, 그는 다름아닌 이발사 최씨였다.

「턱을 치켜올려!」

 이발관 나무의자에 엉덩이를 붙이고 앉아 있는 열한 명의 아이들이 일제히 턱을 치켜들었다. 정작 이발 의자에 앉아 있는 것은 3학년짜리 윗마을 꼬맹이지만 이발소 긴 나무의자에 앉아 있는 대기자들은 마치 제가 머리를 깎는 양 긴장하고 있었다. 신경쟁이 이발사가 집게손가락으로 윗마을 아이의 턱을 치받았다. 아이는 몇 번이나 되풀이되는 명령에 울상이지만 어쩔 수가 없었다. 이발하는 동안 신경쟁이 최씨는 마을 어른들 누구보다도 삼엄했다. 제격 말을 안 듣는 아이들에겐 머리카락이 쥐어뜯기는 녹슨 바리캉을 사용하기 때문이었다. 진열장 유리곽 안에 녹슨 바리캉 하나가 두꺼비처럼 웅크리고 아이들을 쏘아보고 있었다.
 내일은 대부분 학급들이 신체검사를 하는 날이라 아이들은 우선 더벅머리를 짧게 깎았다. 할머니는 아침에 아래채에 사는 이발사에게 은근히 머리를 마당에서 깎을 수 있겠느냐고 압력을 넣어보았다. 최씨의 이발소가 조금 떨어진 윗마을에 있었기 때문이었다. 하지만 어림없는 수작이었다.
「할머니. 아프면 병원에 가서 진찰을 받아야지요. 이발도 마찬가집니다. 이발소가 아니면 머리 모양이 예쁘게 안 돼요」
「마당에서 이발을 해도 이발비는 그대로 낼게」
「헛참. 제가 뭐 이발비 못 받을까 봐 그런 줄 아세요?」
 사실 그 점에선 할머니가 아주 잘못 짚은 셈이었다. 최씨는 자신이 동네의 유일한 이발사임을 자부하는 터라(내게도 끝에 〈사〉자들어가는 것 치고 고귀하지 않은 직업이 없다고 누차 말해왔다), 아무런 원칙 없이 마당에서 바리캉을 만진다는 것은 여간 창피스런 일이 아니란 것이다. 게다가 최근에 북한 방송으로 동네 사람들에게 무시당한 일도 있어 이발사의 직업적 자존심만큼은 조금도 양보 안할 기세였다.

사실 최씨의 이발 솜씨만큼은 알아줘야 했다. 공부를 잘하는 애들은 머리를 예쁘게 깎아, 하는 데서 머리를 예쁘게 깎아야 우등생이 된다고 지론을 슬쩍 바꾸었는데도 동네 어른들은 아무도 가타부타를 하지 않았다. 대신 머리를 깎는 데 하도 까탈스럽게 굴어 신경쟁이라고 불렀다. 하지만 최씨를 신경쟁이라 배꼬아 부르기에는 걸맞잖은 도도한 기품 같은 것이 배여 있었다. 무엇보다 그의 바리캉은 항상 새것처럼 반질반질 빛이 났다. 강구 중심가의 큰 이발소에서도 찾아볼 수 없는 일이었다. 또한 무릎까지 길게 늘어뜨려서 입는 흰 가운도 아침마다 팽팽하게 다림질을 해 병원 의사와 견줄 만한 품위를 유지하고 있었다. 흥분할 때 끝이 빨개지는 것만 빼면 아주 훌륭한 이발사라 할 수 있었다.

아침에 할머니로부터 자존심에 상처를 입은 최씨는 내가 여섯 번째 대기자가 되어 있는데도 새치기를 해주기는커녕 전혀 아는 척도 하지 않았다.

윗마을 3학년 꼬맹이의 머리를 깎고 난 뒤에야, 맥 빠진 얼굴로 찌부드드하게 앉아 있는 나를 발견한 듯 눈썹을 들어올리며 반가운 시선을 보냈다.

「어? 준일이는 왜 거기 앉아 있니? 이리 올라와」

그러자 맨 앞줄에 있던 소월동 애가 담이 내 차렌데요, 하고 쫑알거렸다.

「아항? 준일이는 아침에 예약을 해뒀어」

하면서 예약이란 말뜻을 아이들에게 자질구레하게 설명했다. 최씨는 순서를 바꿔주는 대신 이발비에는 에누리를 주지 않겠다는 속셈일 거였다.

나는 금방 머리를 깎은 꼬맹이처럼 창피하게 이발 의자 팔걸이에 걸쳐놓은 빨래판 같은 널판지 위에 올라갔다. 어른들처럼 푹신한 의자에 그냥 앉아도 될 만큼 키가 컸지만 신경쟁이는 전혀 널판지를 걷어낼 눈치가 아니었다.

 신경쟁이는 능숙한 동작으로 내 가슴팍에 흰 나일론 천을 두르고 나서 머리카락이 목덜미로 들어가지 않게 집게로 여몄다. 그리곤 머리 깎을 요령을 재려고 내 턱을 프라이팬처럼 요리조리 돌렸다. 커다란 손바닥이 코앞을 스칠 때마다 풍기는 비누 냄새를 맡고 있는데 최씨가 내게만 들리게 속닥거렸다.

 「준일아. 너 어제 오늘 사이에 뒷집 여자 본 적 있니?」
 「누구요?」
 「그 왜, 니 친구 미향이 이몬가 하는 처녀 말이다」

 그러고 보니 신경쟁이가 순서를 바꾸어준 건 순전히 미향이 이모의 동정을 빨리 듣고 싶어서였던가 보았다. 뭐라 대답해야 머리 깎는 데 도움이 될까 생각하며 거울 속으로 신경쟁이의 눈치를 살폈다.

 「긴 머리를 가위로 싹둑 잘랐다던대? 그 깡패 같은 자식을 몰래 만나러 가다가 지네 오빠한테 들켰다든가? 하여간 오빠란 작자가 방 안에서 꼼짝두 말라구 머릴 잘랐대, 젠장」

 그건 나도 깜짝 놀랄 소식이었다. 목 아래로 탐스럽게 치렁거리던 머리카락이 없어졌다니. 푸른 솔잎처럼 빛나던 머리카락이 어떤 모습으로 변해버렸을까. 얼른 떠오르지 않는 그녀의 모습 위로 며칠 전에 부두 옆에서 만난 남자의 얼굴이 스며들 듯 떠올랐다. 코 옆으로 피가 말라 붙어 있고 입술 안쪽이 언청이처럼 일그러진 채 빙긋이 웃던 모습이 생생했다.

 「너, 미향이 보거들랑 내가 가서 머리를 단정하게 손질해 주겠다고 말해줄래? 정히 보기 흉하면 가발을 구해줄 수도 있다고 해라」

「예」

나는 미향이를 당장에라도 만날 수 있을 것처럼 대답했다. 그때 이발 기계가 왼쪽 귀 위를 오르다가 철컥 멈췄다. 거울로 신경쟁이의 코를 보니 조금 빨개져 있었다. 이발 기계가 다시 제꺽제꺽 움직였다. 잘린 머리카락이 한 움큼 무릎으로 떨어졌다.

「머리카락이 무슨 콩나물 뿌린 줄 아나. 그걸 왜 함부로 잘러……」

최씨는 미향 이모가 측은하다는 뜻인지, 이 동네에서 자기를 놔두고 누가 머리에 손을 대냐는 뜻인지, 혼잣소리로 중얼거렸다. 최씨는 얼마 전 리어카 펑크를 때워주겠다는 제의를 묵살한 수원 아줌마에게 무슨 보복이나 하는 듯이 갑자기 미향 이모 쪽에다 관심을 쏟고 있었다.

이발소 문을 나서자 바람이 짧게 깎아서 트인 귓바퀴 사이를 간질었다. 이발소 옆 방앗간에서는 한창 보리를 찧고 있었다. 보리를 찧을 때 나오는 등겨가 목조 건물 밖으로 꾸역꾸역 쏟아져 나왔다. 이발소에서 자기 차례를 기다리는 데 지친 아이들이 방앗간 문 앞에 진을 치고 있었다. 녀석들은 굉음을 내며 돌아가는 엄청나게 큰 공작물을 올려다보며 혀를 차댔다. 조금 전에 이발소 문을 빼꼼 열고 들여다보았던 재빈이도 거기서 팔짱을 끼고 거대한 깔때기 같은 기계를 쳐다보고 있었다. 재빈이는 미향 이모에 대해서 잘 알고 있을 것 같았다. 어떤 가위로 깎았는지, 그리고 머리카락을 거머잡고 보리 베듯 해버렸는지까지도 소상히 알고 있을지 몰랐다. 나는 재빈이에게 물어보려고 가다가 갑자기 자존심이 댓돌처럼 발목에 탁 걸리는 것을 느꼈다. 나는 너무나 궁금했지만 방앗간의 시끄러운 소음 때문에 긴밀한 대화를 나눌 수 없다는 핑계를 대고 돌아섰다.
 나는 몽글몽글 피어오르는 열패감을 뭉개듯 활기차게 걸었다. 신작로에 나뒹구는 깡통이나 나무토막이 내 발에 걸릴 때마다 길가 논으로 핑핑 날아갔다. 논둑에는 넝마를 줍는 애들이 여기저기 앉아 게으르게 하품을 해대고 있었다. 달구지에 목재를 가득 실은 노새 한 마리가 주인한테 매를 맞으며 길을 내려가고 있었다.
 내가 마을 입구에 있는 공동창고 앞을 지나는데 병도가 굴렁쇠를 굴리며 바람같이 곁을 스쳐갔다. 병도는 내일이 아니라 오늘 당장 신체검사를 해도 코방귀를 뀔 녀석이었다. 공부는 늘 꼴찌 하는 녀석이 왠지 아이디어는 좋아서, 굴렁쇠 안쪽에다 빨강색과 노랑색 크레용을 번갈아 칠해 놓아 얼핏 보면 불을 굴리고 다니는 것 같은 느낌을 주었다. 아이들은 병도를 병뚜껑이라 불렀다. 별명이란 처음에는 단순한 비유나 이름의 변형 따위로 시작되지만 이름 이상의 자리를 차지하려면 독특한 개성적인 면이 보태져야 한다. 녀석의 이름이 조금 뒤틀린 〈병뚜껑〉이 별명으로 굳어진 것은 녀석의 자지 때문이었다. 보통 애들의 자지는 피지 않은 나팔꽃처럼 끝이 오므라져 있는데 녀석의 것은 사이다 병뚜껑처럼 1센티쯤 뒤에야 쪼글쪼글한 기색이 있었다.
 우리 마을은 입구부터 시끌시끌했다. 꽤애 꽤애액, 돼지 울음소리가 온 골목을 가득 메우고 있었다. 돼지를 길가로 몰고다니는 일은 도축간에 넘기려고 트럭에 태울 때나 교미를 붙일 때뿐이었다. 엿공장 인부들이 돼지 한 마리를 봉식네 돼지막 쪽으로 몰고 있었다. 엿공장에서 키우는 돼지를 봉식네 돼지와 교미를 시키려는가 보았다.
 수돼지는 교미할 암돼지가 기다리는 줄은 모르고, 도축간에서 목숨을 잃게 되나 싶었던지 한사코 어깃장을 놓았다. 길가 싸리

울타리나 옆길로 머리를 틀 때마다 몽둥이를 얻어맞았지만 그놈의 고집도 어지간했다. 대나무 장대를 든 덕수 형 아버지가 엉덩방아를 찧는 것으로 수퇘지는 봉식네 돼지막으로 방향을 틀었다. 덕수 형 아버지가 돼지코에 떠받혀 넘어질 때 몽둥이들이 한꺼번에 쏟아졌기 때문이었다.

　동네 아이들은 이미 봉식네 돼지막 앞에 진을 치고 있었다. 굴렁쇠를 굴리며 온동네를 휘젓고 다니던 병도도 돼지막 앞으로 달려왔다. 꽤애 꽤애, 비명을 지르며 돼지가 봉식네 집 앞 비탈길을 올라갔다.

「이놈들 저리 안 가!」

　돼지막 앞에 모여 있는 아이들에게 인부들이 고함을 질렀다. 아이들이 급히 길을 터주었다. 봉식네 돼지막 앞에 이른 수퇘지는 그제야 공연한 매타작을 당했음을 깨달은 듯 열린 우리 안으로 재빠르게 들어갔다. 고무줄처럼 아이들도 다시 우리 앞으로 모여들었다. 덕수 형 아버지가 솥뚜껑 같은 손을 휘저으며 다가서는 아이들을 내쫓았다.

「불알을 떼버릴라 이놈들! 저리들 가」

　아이들이 우르르 뒷걸음질을 쳤다. 병도는 히죽히죽 웃으며 덕수 형 아버지의 손사래를 가볍게 피했다.

「나도 크면 씹할 건대요」

　병도는 한걸음 물러서더니 딱 멈춰서 쫑알거렸다. 덕수 형 아버지의 눈이 휘둥그레졌다. 무슨 말을 할 듯 입을 비쭉거리다가 돼지막 안으로 고개를 돌렸다. 수퇘지가 똥이 잔뜩 묻은 암퇘지 궁둥이에 코를 대고 킁킁거렸다. 몇 차례 꾸울꿀, 고함을 지르던 수퇘지가 덥석 암퇘지 등 위에 올라탔다. 병도는 눈을 반짝이며 우리 안을 지켜보고 있었다. 다른 애들은 모두 서너 발짝 뒤처져 있는데 병도만 어른들 틈에 끼여 있었다.

　나는 정말 어이가 없었다. 며칠 전에도 자기가 크면 씹할 거라 하면서 만화방으로 간 적이 있었다. 「울 아버진 씹할 때마다 나를 만화방에 보내」 녀석은 볼멘소리로 그렇게 투덜거리곤 했다. 우리 또래 애들은 누구나 그 말이 무엇을 뜻하는지 알고는 있었지만 사람이 그 짓을 한다는 것은 도저히 이해할 수 없는 일이었다. 병도는 공부를 지지리도 못했으나 사실 그쪽 방면에 대해서는 우리보다 몇 발 앞선 지식을 가지고 있긴 했다. 녀석이 상당한 지식을 얻기까지의 노력도 남달랐다. 이를테면 여자 애들이 앉아서 오줌을 누는 모습이 눈에 띄기만 하면 번개처럼 달려가 납쭉 엎드려 이마를 땅에 대고 관찰하는 습관을 가지고 있었다. 우등생 애들이 예습 복습을 하듯이 때때로 녀석은 그동안 관찰한 것을 정리해서 우리 앞에 펼쳐놓기도 했다. 「할머니 보지는 이렇게 생겼어」 배를 내보이며 양손으로 배꼽을 가운데 두고 뱃살을 주름지게 모았다. 아이들은 녀석을 따라 배꼽에 주름을 잡아보며 녀석의 관찰력에 동의했다. 「야, 처녀들 것은 어떻게 생겼는지 알아?」 녀석의 말에 우리는 입술을 다물고 긴장하였다.

　「처녀들 것은 거울로만 볼 수 있지」

　「거울?」

　「응. 겨드랑이를 조금 벌리고 팔꿈치에서 겨드랑이로 거울을 비춰보면 꼭 같은 모양이 보여」

　녀석은 손가락을 팔꿈치에 붙이고 겨드랑이 쪽을 가리키며 거울을 두어야 할 위치까지 소상이 안내하였다. 보통 집에는 벽장에 고정된 거울 말고는 손쉽게 이동할 수 있는 작은 거울이 없었다. 「그런 작은 거울을 어디서 구해?」 우리가 답답해하자 「자식들, 그러니까 처녀들 것은 보기가 어렵지」 하며 역시 수긍할 수밖에 없는 논리로 우리의 고개를 끄덕이게 하였다. 우리들은 침을 꼴깍 삼키며 손거울을 하나씩 가져봤으면 좋겠다고 종알거렸다.

병도의 손거울 이야기는 내게 묘한 인상을 심어주었다. 뒷날 사춘기를 통과할 때는 물론이고 성인이 된 오늘날까지도 손거울을 보면 왠지 에로틱한 느낌에 젖어들곤 하는 것이다. 그리고 치마 밑을 염탐하는 택시 기사들의 〈동그란 거울〉이나 녹화 장치가 연결된 초소형 카메라의 은밀한 작동들, 〈섹스와 거울〉의 연관성을 묘사한 글들을 읽을 때도 거울을 통해서 〈여자〉를 보겠다던 어린 시골 녀석의 착상이 새삼 비범하게 떠오르고는 하였다.

병도가 날라온 성에 대한 정보는 때때로 우리를 혼란에 빠뜨리기도 했다. 해련사 중들은 흰 오줌을 눈다는 것도 그 중 한 가지였다. 해련사는 우리 마을 가장 안쪽에 위치한 절이었다. 재빈이가 말도 안 되는 소리라고 코웃음을 치자 녀석은 해련사의 해우소 옆으로 흐르는 계곡물에다 중이 흰 오줌을 누는 것을 똑똑히 목격했다며 자신의 주장을 굽히지 않았다. 나는 어쩌면 병도의 말이 맞을지도 모른다며 옛날 이차돈이라는 고승이 흰 피를 흘렸다는 사실을 예로 들었다. 재빈이는 자기의 협소한 지식이 부끄러운 듯 묵묵히 있었다. 병도는 그만큼 남자 여자를 구분하는 그 물건에 관해서 폭넓은 지식과 경험을 확보하고 있었다. 하지만 아무리 그렇다 쳐도 사람이 동물처럼 홀레까지 한다는 녀석의 말에는 수긍할 수가 없었다. 그건 온동네 구경거리이고 더구나 더럽다. 아니 그보다 세상에 어느 여자가 가만히 있겠나.

「야, 커서 씹할 애들만 날 따라와」

엿공장 수퇘지가 꼬리를 짤래짤래 흔들며 나오자 병도도 굴렁쇠를 내려놓으며 아이들한테 말했다. 자기 집에 희한한 구경거리가 있다는 것이다. 구경거리란 말에 아이들이 꽤 끌리는 눈치였지만 엿공장 수퇘지 말고는 따라갈 녀석이 없어보였다.

2 장군과 병뚜껑

학교에서는 콜레라 예방 주사가 있었다. 교무실 바로 옆 교실에서 간호사들이 흰 천을 덮은 탁자에 앉아 아이들을 맞았다. 교무실 옆간을 임시 병실로 쓴 것은 아이들의 소란을 막아보겠다는 속셈일 것이다. 아이들은 주사를 맞지 않으면 콜레라에 걸려 새끼줄이 쳐진 집에 갇혀 있어야 된다는 공포감과 흰 가운을 입은 도시에서 온 듯한 간호사에게 팔을 맡긴다는 흥분 사이에서 혼란스러워하고 있었다.
「야, 아팠어?」
「기분이 어때?」
아이들은 먼저 맞은 아이들에게 자신이 안심할 수 있는 최대한의 정보를 캐내느라 복도마다 왁자지껄했다.
「아무렇지도 않아. 조금 따끔했어」
「땅벌에 쏘이는 것 같아. 낼 아침 되면 팔을 들지도 못한대」
상반된 반응에 줄지어 선 아이들은 갈피를 못 잡았다. 선생님들의 호통이 잇따랐다.
「주사 맞은 녀석들은 빨리 교실로 돌아가」
하지만 아이들은 자신의 귀중한 체험을 그냥 썩히기가 아까워 같은 동네 아이들에게 속닥속닥 전달하는 데 정신을 쏟았다. 간호사들은 인간이 어찌 저러냐 싶게 표정 하나 바꾸지 않고 아이들의 팔뚝에 바늘을 쿡쿡 찔러댔다. 자기가 찌르는 가느다란 바늘 끝에서 수백 명 아이들의 감정이 요동을 치고 있는데도 마치 오징어에 겨릅대를 꿰듯이 무심한 동작이었다. 내 앞쪽에 서 있는 재빈이도 사전에 많은 정보를 들었을 텐데 간호사가 주사를 들고 허공에 한 방울 찍 갈기자 번데기처럼 안면이 잔뜩 구겨졌다.

「힘 빼, 재빈아. 팔에 힘 주면 주사바늘이 살 속에 박힌다」

담임이 뒤에서 재빈이에게 말했다. 간호사는 재빈이가 우등생인 줄도 모르는 듯 서슴없이 팔뚝에 바늘을 찔렀다. 모기가 쏠 때 힘을 주면 모기침이 살갗에 박혀 모기가 날아가지 못한다는 사실을 나는 알고 있었다. 내 차례가 되자 아주 힘을 빼고 간호사에게 팔을 건넸다. 단단한 바늘이 팔뚝에 박히자 깜짝 놀라 비명을 질렀다.

「이런 맹꽁이, 그렇게 넋놓고 있으니 아프지」

뒤에서 담임이 낄낄 웃었다. 뭔가 허전한 느낌이 가슴을 쓸었다.

나는 주사를 맞고 임시병동을 나왔다. 아이들은 여전히 복도에서 삼삼오오 모여 수군거리고 있었다. 그때 복도 끝에서 무슨 소란이 이는 것 같더니 건너편 목조 건물에서 아이들이 운동장으로 몰려가는 게 보였다. 이어서 마이크 방송이 울려퍼졌다.

「아, 아, 마이크 시험중. 마이크 시험중. 에, 지금 운동장에 있는 어린이들은 모두 교실 안으로 들어가기 바랍니다. 운동장에 있는 어린이들은 한 사람도 빠짐없이……」

그러자 주위에 있던 4학년 아이들도 틀림없이 운동장에서 무슨 사건이 벌어진 걸 눈치채고 창문 밖으로 목을 디밀었다. 과연 운동장 안으로 소방차가 들어오고 있었다. 운동장 한가운데 도착한 빨간 소방차는 팽이 돌듯 뱅뱅 돌며 물을 뿌렸다. 소방차가 운동장에 와서 물을 뿌리는 일은 서너 달에 한 번 꼴은 되었지만 아이들은 그럴 때마다 물 뿌리는 모습에 경탄을 보내곤 했다. 영덕에서 오는 그 소방차에는 어떤 콤파스 장치가 되어 있는 듯했다. 물을 뿌려서 그리는 원은 정교하기 짝이 없었다. 마치 운동장이 잔잔한 호수나 되듯 미세한 파문을 그려넣는 것이었다.

주사를 맞고 난 아이들은 운동장 위뜰로 가득히 모여들었다. 소방차 두 대가 다녀가면 운동장에는 헬리콥터가 내려온다는 점을 다들 알고 있었다. 아이들의 갖가지 내기 중에 〈자동차 먼저 보기〉가 있을 만큼 자동차도 눈에 잘 안 띄던 그 시절, 하늘에서 헬리콥터가 내려오는 광경은 아무리 보아도 싫증이 날 리가 없었다.

나도 교실에 들어가는 척하며 운동장으로 가려는데 담임의 호통치는 소리가 들렸다.

「이 자식, 주사 안 맞고 어딜 뺑소니칠라구 그래!」

주사를 맞는 줄에 서 있던 병도가 슬그머니 줄을 이탈해서 교실 뒷문을 빠져나가려다 담임 선생님한테 들킨 것이었다. 병도는 소매를 어깨까지 걷어붙이고 주사를 맞은 듯이 아픈 시늉을 떨었지만 담임은 병도의 새카만 귀를 잡고 간호사 앞으로 끌고 갔다.

「이 녀석 팔엔 때가 많아 굵은 주사바늘로 콱 찔러야 될 겁니다.」

예방주사 때문에 헬리콥터 구경을 놓칠까 봐 운동장 쪽에 온통 귀를 세우고 있던 아이들의 눈이 일제히 병도에게 쏟아졌다. 병도의 팔에 얼마만큼 굵은 주사를 찌를까, 아이들은 긴장어린 눈빛을 주고 받았다.

첫 수업 시간에 벌어진 소란 때문이었다.

아침 첫 시간을 시작하자마자 담임은 전날 예고한 대로 신체검사를 실시했다. 머리와 손톱, 팔뚝의 청결 상태를 주로 살폈다.

외부에서 온 간호사들에게 주사를 맞을 때 때가 잔뜩 붙어 있는 것이 창피해서 그럴 터였다. 담임은 아이들을 한 명씩 검사하면서 생활기록부에 기재할 키 몸무게 가슴둘레를 쟀다. 학교에 비치된 체중계와 줄자가 한정되어 있기 때문에 각 학급들은 시간별로 협의해서 신체검사를 실시했다.

검사는 가슴둘레, 몸무게, 키, 순서로 진행되었는데 이유는 선생님이 걸상에 앉아 가슴둘레를 재면서(아이들은 웃옷을 벗었다) 아이들의 청결 상태를 확인하기에 편리했기 때문이었다. 그런데 병도 차례가 되자 사태가 이상하게 꼬이기 시작했다.

웃옷을 벗은 병도가 팔을 벌리고 있자「아휴, 산도깨비 같은 녀석. 때 좀 봐」하며 담임은 인상을 찌푸리고 줄자를 병도의 가슴에 둘렀다. 그때까지만 해도 때가 많은 것이 사내다운 것인 양 병도는 담임 눈을 피해가며 히죽히죽 웃어댔는데, 이어서 몸무게를 재면서였다. 병도도 다른 애들 하듯이 바지를 벗고 체중계에 올라갔다.

「넌 임마. 팬티도 벗어야지」

병도가 웬 소린가 싶은 눈으로 담임을 쳐다보았다.

「때가 많아 정확한 체중을 잴 수가 없잖아. 빨리 벗어」

선생님은 당연하다는 듯 시큰둥하게 말했다. 당시 아이들은 학교 신체검사 때가 아니면 자기 몸무게를 정확히 알 수 있는 기회가 거의 없었다. 그래서 선생님이 불러주는 수치를 생활기록부에 기재하는 반장 주위를 빼곡이 둘러싸서 일년 동안 자신이 성장한 양을 수십 번 확인하며, 스스로 감동하고 침울해하였다.

팬티를 벗지 않으려는 병도에게 선생님은 다시 한번 정확한 체중을 잴 수 없다는 이유를 대며 재촉했다. 병도가 미워서가 아니라 객관적인 조사를 위해서 어쩔 수 없다는 듯이. 그러니까 병도 피부 위에 붙어 있는 때의 무게가 팬티 무게와 비슷하다는 말이었다. 아이들은 대체로 선생님의 논리에 공감하는 편이었다. 병도의 몸뚱아리에는 그만큼 때가 많았다. 특히 손이 잘 닿지 않는 팔죽지 뒤켠이나 갈비뼈 아래쪽엔 이순신 장군 갑옷처럼 도톨도톨한 형태를 띠고 있었다. 아이들은 수치와 기록에 너무나 민감한데다 생활기록부는 초등학교 1학년 때부터 기록되어 평생 동안 보관된다는 점을 잘 알고 있어서 선생님의 아낌 없는 노력에 은근히 감동하는 눈치였다.

그런데도 병도는 이상스럽게 필사적으로 옷벗기를 거부하고 있었다. 이상스럽다는 말은 팬티를 벗으면 고추밖에 드러나는 게 없는데 병도의 고추가 병뚜껑을 닮았다는 사실은 우리 반 아이들뿐만 아니라 최근에 입학한 1학년 조무래기까지도 다들 두 눈으로 똑똑히 보아 알고 있었기 때문이었다. 더욱이 녀석은 여자애들끼리 모여 있는 데서는 무조건 바지를 까내리는 희한한 습관을 가지고 있었다. 공기놀이나 고무줄뛰기를 하다가 녀석의 〈병뚜껑〉을 한번쯤 보지 않았다면 우리 학교 여학생이 아니란 말이 생길 판이었다. 그런 녀석이 하도 옷을 벗지 않으려는 통에 우리들은 필경 녀석의 고추에 치명적인 결함이 생긴 게 아닌가 싶었다.

담임은 전에 만년필을 잃어버렸을 때 보였듯이 아주 집요한 성격을 가지고 있었다. 팬티를 결코 벗지 않으려는 병도에게 달려들어 옷을 벗기기 시작했다. 한손으로 병도의 허리통을 짓누르고 다른 손으로 궁둥이에 붙은 옷을 까내리는 데는 오랜 시간이 걸리지 않았다.

「삼십팔 점 칠!」

담임은 체중계를 자세히 들여다보며 교실이 울리도록 소리쳤다. 체중계를 내려오는 병도의 다리는 뒷자리에서도 보일 만큼

오들오들 떨고 있었다. 우리들은 병도의 고추를 손으로 만지듯이 자세히 살펴보았다. 그러나 쪼글쪼글 움츠러든 것을 빼고는 여느 때와 다른 점을 전혀 찾아낼 수 없었다. 선생님은 이 기회에 몸 안 씻는 버릇을 아주 고쳐주려는 듯, 아니면 시간이 너무 흘러서 라는 듯, 발가벗은 채로 키를 재게 했다. 병도도 체념한 낯빛을 하고 순순히 키재기에 올라섰다. 녀석의 몸 한가운데 붙어 있는 형편없이 쪼그라든 고추에 아이들의 시선이 집중되었다. 아닌게 아니라 돌에 으깨진 〈병뚜껑〉 같았다. 그동안 녀석의 병뚜껑에 하염없이 시달려왔던 여자애들 쪽에서 피싯피싯 웃는 소리가 들렸다. 으히히, 히히, 여자애들의 웃음이 앞자리의 키 작은 애들에게까지 번져올 때였다. 억지로 참고 있었던지 병도의 입에서 펑크가 나듯 왕, 하고 울음이 터져나왔다.

나는 정말이지 종잡을 수가 없었다. 계집애 앞에서라면 무턱대고 바지를 까내리는 녀석이 이젠 울기까지 하는 것이었다. 나는 녀석이 가엽게도 머리가 돈 것이 아닐까 싶었다. 어찌 됐건 다시는 여자애들 앞에서 옷을 벗지 않게 된다면 담임의 이상한 교육 방식은 뜻밖의 수확을 거둔 셈일 터였다.

이윽고 헬리콥터가 강구다리 상공에서 위용을 드러냈다. 두두두두 하늘을 울리며 헬리콥터는 학교 위로 다가왔다. 운동장 하늘을 두 차례 빙빙 돌더니 소방차가 운동장에 그려놓은 원 중심의 상공에 딱 멈추었다. 하늘에서 정지된 헬리콥터는 더 거세게 프로펠러를 돌려댔다. 가늘고 긴 꼬리가 까닥까닥거렸다. 아, 잠자리 비행기. 허공에 떠 있는 헬리콥터는 바지랑대 끝에 앉으려고 호흡을 고르는 잠자리의 모습과 너무나 흡사했다. 일학년 조무래기들은 헬리콥터를 처음 보면서 잠자리가 비행기처럼 커질 수도 있다는 생각을 할 것이었다. 우리도 그런 적이 있었다. 모기, 파리, 거미 따위의 조그마한 곤충들도 어디선가 거대한 모습으로 조작될지 모른다는 상상은 그 당시 우리들의 머리에 엄청난 동요를 부추겼었다.
 헬리콥터가 꼬리를 까닥이며 하강을 시작했다. 운동장에 젖은 흙 틈새로 채 젖지 않은 마른 흙이 미세하게 일어나고 있었다. 운동장 가장자리에 서 있는 버드나무가 온몸을 흔들었다. 쏴아, 하고 학교 뜰 위로 운집한 아이들의 얼굴에 바람이 쏟아졌다. 헬리콥터는 가벼운 반동을 일으키며 운동장에 안착했다. 지서장이 아직 프로펠러가 돌고 있는 교장 선생님은 머리 위에서 휘휘 칼날처럼 돌아가는 프로펠러에 겁을 먹은 듯 조금 목을 움츠리고 지서장을 따라갔다.
「히히 촌닭 같애, 우리 교장은」
 언제 나왔는지 병도가 옆에서 히죽거렸다. 아침 신체검사 때에 발버둥치던 일은 벌써 옛날 일이란 듯 생생한 얼굴이었다.
 헬리콥터에서 장군이 내렸다. 월남에 파병한 한국군 사령관이었던 그 장군은 그렇게 자주 우리 학교를 찾았다. 박정희 대통령만큼이나 힘을 가지고 있다고 어른들은 숙설거렸다. 그가 우리 이웃 동네 여자와 결혼을 했기 때문에 처가에 헬리콥터를 타고 찾아오는 것이라고 했다.
 전투복을 입은 몇몇 군인들과 지서에서 나온 순경이 최명신 장군에게 거수경례를 했다. 장군은 손을 간단히 이마에 붙이고는 운동장 위뜰에 새카맣게 모인 아이들을 빙 둘러보았다. 그리곤 배웅나온 교장과 순경들을 거느리고 저벅저벅 물기 젖은 운동장을 걸어나왔다. 우리들은 그의 어깨 위에 얹힌 별이 햇살을 받아 반짝, 빛나는 것을 보았다. 운동장에 떨어지는 모든 햇볕이 그의 견장 위로만 쏟아지는 듯이 아주 강렬하게 반짝였다. 어쩌면 수

백 명 아이들의 시선이 한곳에 집중되었기 때문에 저토록 빛이 나는 게 아닐까 하는 생각도 들었다.

그때 내 옆에서 얼마 떨어지지 않은 곳에 있던 병도가 계단을 껑충 뛰어내렸다. 어어, 아이들의 눈이 휘둥그레지는 사이 녀석은 운동장 가운데로 내달리기 시작했다. 하도 엉뚱한 녀석이었지만, 너무나 돌발적인 사태가 아이들에게 숨소리 하나 내지 못하게 만들었다. 순식간에 헬리콥터에 다달은 병도는 껑충 뛰어 조종간 앞유리를 손으로 짚었다. 그리곤 돌아서서 계단으로 달려왔다. 갑작스런 사태에 일제히 경계 자세를 취하던 조종사와 부관이 병도를 보고 털털 웃었고, 막 차에 오르려던 최명신 장군도 병도를 돌아보았다. 숨죽이고 지켜보던 아이들이 요란한 함성을 지르며 박수를 쳤다. 나는 그 순간 최명신 장군의 견장 위로 쏟아지던 햇살 다발이 병도의 머리 위로 옮아오는 것을 느꼈다. 묘한 일이었다. 병도는 아주 날쌔게 달렸는데도 빛의 다발은 병도와 함께 움직였다. 왜 병도의 머리 위에 빛다발이 있었던가는 그리 오래지 않아 밝혀지게 되었다.

〈감히 하늘을 날아다니는 헬리콥터에 단풍잎을 붙여놓듯 손바닥 자국을 내다니.〉 한동안 병도의 무용담은 학교를 내내 떠들썩하게 하였다. 〈그놈 땟국물만 덮어쓰고 있는 줄 았았는데 배포를 보니 장군감이잖아?〉 아침에 병도를 발가벗겼던 담임마저도 겁에 질려 그렇게 중얼거렸다는 소문이었다. 의견을 달리하는 애들도 간혹 있었다. 정말 장군감이면, 〈최명신 장군님. 저도 헬리콥터를 타고 싶구만요〉라고 강단을 부렸을 텐데, 녀석은 겨우 손바닥 자국만 내고 오는 것으로 만족했다는 것이다. 그 뒤로 병도는 〈장군〉과 〈병뚜껑〉이라는 전혀 상반돼 보이는 별명을 함께 갖게 되었다.

그날 방과 후 나는 녀석과 예기치 않은 충돌이 있었다. 그 충돌로 인해 나는 녀석을 여전히 병뚜껑으로 주장하는 편에 서게 되었다. 그것은 내가 태어나서 최초로 품었던 비장한 살의(殺意)의 한 흔적이기도 했다.

그날 학교를 파한 뒤 나는 책가방을 둘러메고 혼자서 터벅터벅 길을 걷다가 통조림 공장 앞을 지나는 자신을 발견하였다. 어떤 사람은 헬리콥터를 타고 오는데 완행버스로도 방학 때가 아니면 집으로 오지를 못하는 아버지가 갑자기 원망스러웠다. 통조림 공장에서 삼십 분 정도 차를 타고 가면 남호가 나왔다. 아버지가 몇 년 전 남호초등학교에 근무할 때 밤이 늦으면 통조림 공장으로 오는 트럭을 곧잘 얻어타고 집으로 오곤 하였다. 숙직할 때는 가끔씩 나를 데리고 학교로 간 적도 있었다. 숙직실에서 나와 민화투를 쳐서 내가 이기면 과자를 사주었다. 아버지는 악착스레 나를 이겨서 과자값을 절약하려고 화투장을 힘껏 기세좋게 내려치지만 번번히 과자값을 치르고는 하였다. 먼지를 일으키며 버스 한 대가 다가오고 있었다. 칠 벗겨진 노랑색의 버스는 물어보나 마나 울진에서 내려오는 완행버스일 터였다. 저 버스를 타면 남호를 지나 포항을 거쳐서 아버지가 있는 대구에 갈 수 있을 것이다. 그런 생각을 하는데 버스가 갑자기 내 앞에 멈췄다. 나는 버스정류소도 아닌데 하며, 흠칫 놀랐다. 할머니가 허둥대며 달려와 머리에 인 대바구니를 내리며 버스에 올랐다. 사람들은 빨강색의 직행만 아니면 급행이고 완행이고 가릴 것 없이 어디에서든 손을 들고 차를 세웠다. 편지를 쓰는 일은 이제 지긋지긋하지만 오늘은 아버지에게 편지를 쓰고 싶었다. 편지쓰기 교본에 나와 있는 〈아버님 전상서〉 대신에, 〈보고 싶은 아버지〉라는 글로 시작할까, 아니, 〈방학 때가 아니면 절대 안 오시는 아버지〉라고 쓰면 마음이 더 전달될 것 같았다.

꽁무니에 먼지를 일으키며 버스가 사라지자 나는 길을 되짚어 집으로 향했다. 해수욕장 모래펄이 눈에 들어왔다. 여름철이 아닐 때의 해수욕장은 어부들의 차지였다. 어부들이 그물을 고치고 있고 한쪽에선 아주머니들이 오징어 배를 따고 있었다. 길가에 빨래처럼 널어놓은 오징어 밑으로 개들이 어슬렁거렸다. 고기라면 지 어미도 몰라보는 개들이지만 희한하게도 길가에 널어놓은 오징어나 노가리들은 입에 대질 않았다. 밤이 이슥할 때 지나치는 술꾼들이 몰래 노가리를 뜯어 뒷술 안주로 삼는 일이 가끔 있을 뿐이었다.

강가로 난 좁은 길을 툴레툴레 걷고 있는데 저 앞에 미향이가 앉아 있는 게 보였다. 오십천 강둑 갈대숲이 끝나고 모래톱이 펼쳐지는 곳이었다. 미향이는 다리를 가슴에 안은 자세로 쪼그리고 있었다. 미향이가 우리 동네에 이사온 뒤로 혼자 있는 것을 처음 본 순간이었다. 나는 별안간 기쁨이 용수철처럼 튀어오르는 것을 느꼈다. 하지만 기쁨의 경박스러움이 한심스러워 못 본 척 무시하고 그냥 스쳐지나갔다. 그러나 고집스레 두어 발짝 걸어가는 발걸음을 미향은 강력한 자석처럼 빨아당겼다. 둘만 한번 있어 봤으면 하고 얼마나 바랐던가.

「어, 미향이네. 여기서 뭐하니?」

나는 미향이와 나눌 어색하지 않은 대화를 머릿속에서 빠르게 준비하였다. 주사 맞은 자리가 아프지 않니? 헬리콥터는 보았어? 너 이모 머리 깎였다며? 하는 따위를 되뇌며 다가갔다. 그런데 그에 앞질러 미향이가 비 맞은 닭처럼 쪼그리고 있는 모습이 어쩐지 낯익다는 느낌이 문득 들었다. 그때 머릿속에서 까마득한 장면 하나가 쏜살같이 달려오고 있는 것을 느꼈다. 왜 그동안 생각이 나지 않았던지. 초등학교 1학년 때였다. 벌써 사 년 전이었다. 그때 이미 미향이와 단둘이 있었던 적이 있었다. 과거가 있다는 것은 관계가 평면적이질 않고 입체적이라는 것을 뜻한다. 나는 처음으로 미향이에게 가까운 쪽이 재빈이지만 오래 지속되는 쪽은 나일 거란 생각을 했다.

1학년 때, 옛날 육이오 때 불에 탔다가 그 뒤로 개축된 서양식 콘크리트 교사 앞에서였다. 붉은색 코르덴 치마를 입은 계집애 하나가, 건물을 개축한 기념으로 미군이 달아준 풍향계 앞에 쪼그리고 있었다. 무언가를 작은 종이 상자에 담고 있어서 그 아이에게 가보았다.

「통 안에 뭐가 담겼니?」

내가 물었다.

「응, 슬픔이 담겨 있어」

「뭐라구?」

계집 아이가 〈슬프다〉 하지 않고 〈슬픔〉이라고 낯설게 표현했기 때문에 나는 관심을 가질 수밖에 없었다. 눈물을 글썽이며 계집아이는 박스를 열어보였다. 나는 깜짝 놀랐다. 동시에 그 아이의 입에서 나온 슬픔이라는 말뜻이 와락, 다가왔다. 나는 사람의 감정을 가리키는 말 중에서 〈슬픔〉이란 말만큼 발성 자체로 이미 그 감정을 여실하게 드러내는 것이 없다고 느껴왔는데, 아마 먼 원인이 여기서 비롯되었는지 모른다. 그때 나는 계집 아이가 들고 있는 박스 안에서 제비 한 마리를 보았다. 겨울에 제비를 본 일도 처음이지만 죽어 있었기 때문에 무척 놀라워했다.

아직 까만 빛깔이 흐르는 날개와 뽀송뽀송한 가슴 깃털은 제비가 죽은 지 얼마 되지 않았음을 알려주었다. 그 시절 제비에 대한 우리들의 감정은 각별했다. 매년 삼월 삼짇날이 되면 제비가 돌아온다고 마을 아이들은 온종일 하늘을 쳐다보곤 하였다. 처마 밑에서 부화를 해서 이듬해 다시 자기가 태어난 집을 찾아오는 제비에게 거의 한 식구 같은 친밀함을 가지고 있었기 때문이었다. 밥을 먹다가 마루 천장에서 제비가 똥을 갈겨도 쫓아내는 아이들은(어른들도 마찬가지지만) 아무도 없었다. 그런 제비가 상처를 입어 강남 가는 대열에 끼질 못하고 죽은 것이었다. 추운 겨울날 혼자 남은 어린 제비의 가여운 모습은(정말 잊을 수 없다! 엄지손가락만한 조그만 가슴팍에 목을 파묻은 채 고개가 모로 꺾여 있었고 졸음이 오듯 가볍게 감겨진 눈에는 쌍꺼풀선이 선연했다. 찬 기운을 너무 쐰 탓인지 부리 위에 붙은 콧구멍 언저리는 발간색을 띠고 있었다) 훗날 오랫동안 나에게는 동행하지 못하는 자들의 슬픈 상징처럼 각인되었다.

사 년 전 그때도 눈물을 흘렸던 것 같았다. 상처를 입고 부모형제들과 작별하는 슬픈 모습이 눈앞에 아른거려 정작 계집애에 대한 기억은 잊어버리고 있었다.

「얼마 전에 아저씨가 집에 왔었어. 이모가 좋아하는 아저씨 말이야. 이모가 아저씨를 따라가겠다고 하니까 외삼촌이 이모 머리카락을 잘라버렸어. 이모는 하루종일 문을 닫고 울어」

옛 생각에 잠겨 있다가 정신이 퍼뜩 들었다. 내가 물었다.

「뭐하는 아저씬데?」

「그림 그려. 화가래」

「화가?」

「으응, 근데 외삼촌은 화가는 잘해봤자 극장 간판쟁이가 될 거라며 절대로 이모랑 사귀지 못하게 해」

떠도는 말처럼 깡패가 아니어서 마음이 놓였지만 극장 간판쟁이라 해도 미향 이모와는 어울리지 않을 것 같았다. 그만 헤어지는 게 낫겠구나, 하고 의견을 내려다가 그만두었다. 미향 이모를 만나서 직접 얘기해야될 것 같아서였다. 하여간 고슴도치처럼 머리가 깎여 온종일 흐느끼고 있을 미향 이모를 생각하니 가슴이 아렸다. 미향이는 제 이모를 혼자 떨어진 어린 제비와 같다고 여기는지 눈에 눈물이 가득 고였다. 〈이모 방에 슬픔이 가득해.〉 미향이 입에서 그런 말이 나올 것 같았다. 나는 둘만 있는 기쁨과 제비가 연상되는 슬픔을 어떻게 조화시켜야 할지 알 수 없었다. 기쁘다고 생각하니 슬픔이 잡아당기고, 슬프다고 울적해하자니 기쁨이 요동을 쳤다. 나는 모순된 두 줄기 감정 중에서 끝내 우직하게 하나를 선택해 버려서 미향이에게 무식한 애로 낙인 찍히면 어떡하나 싶었다. 그때 미향이가 나를 궁지에서 끌어내 주었다.

「먼저 가. 나도 곧장 갈게」

「오일 장터로 들어가는 샛길을 알지? 그리로 빠지면 바로 우리 동네야」

「응. 나도 알구 있어」

나는 가방을 옆구리에 끼고 콧노래를 부르며 집으로 뛰었다. 한참 뛰어가다가 편지지를 사야겠다 싶어 다시 학교 앞 문구점으로 내달았다. 오랜만에 편지에 많은 것을 쓸 작정이었다. 이른 아침 시장에 나가 장사를 하고 감나무에 올라가 안테나도 수리했으며 트라이앵글을 치는 소녀와 사귈 것 같다는 등 내가 얼마나 눈코 뜰 새 없이 바쁜 나날을 보내는지 묘사할 생각이었다.

나는 문구점에서 산 편지지를 손에 들고 잘방잘방 걸어서 우리 마을로 들어섰다. 마을 뒷산인 영흥산에서 까마귀 울음 소리가 희미하게 들려왔다. 오후 이맘때나 저녁 무렵엔 영흥산에서 까마귀 소리가 자주 들려오곤 하였다.

　까마귀 소리는 선거 유세 트럭 한 대가 나타나면서 시끄럽게 떠드는 통에 더이상 들리지 않았다. 며칠 뒤에 대통령 선거가 있었다. 우리 동네 선거 벽보는 엿공장 바깥 담장에 붙어 있었다. 맨 오른쪽에 있는 사진만 점잖하게 붙어 있을 뿐 나머지 여섯 장은 모두 애꾸거나 귀가 찢어지는 등 도무지 관상을 알아볼 수 없을 지경이었다. 「대통령은 관상이 좋아야 돼」라고 신경쟁이 최씨가 누누이 강조했지만, 기호 6번은 아예 목 위로는 풀칠 자국만 벽에 붙어 있을 뿐이었다.

　내가 덕수 형 집으로 이어지는 샛길을 들어서려고 하는데 선거 벽보판 앞에서 계집애들이 고무줄을 뛰고 있는 게 보였다. 그곳 엿공장 앞 공터는 마을에서 몇 군데 안 되는 아이들의 놀이 장소였다. 나는 또 기호 몇 번의 얼굴이 없어졌나 싶어 벽보판을 멀찍이서 바라보았다. 그런데 내 눈은 고무줄을 뛰고 있는 계집애들 사이를 기웃거리고 있었다. 계집애들 틈에 치마 입은 애가 섞여 있어서였다. 여름철이 아니면 계집애들은 치마를 입지 않았기 때문에 치마를 입은 것 자체가 아주 낯설게 보였다. 비쩍 마른 옥금이 옆에 치마를 입고 있는 아이는 뜻밖에도 미향이였다. 좀 전 오십천 강둑에 앉아 있던 미향이가 집으로 돌아오면서 동네 애들과 어울렸는가 보았다. 동네 애들과 함께 노는 것은 처음 보았다.

　나는 슬금슬금 공장 앞으로 걸어갔다. 고무줄놀이는 노래가 끝날 때까지 잘 뛰면 고무줄의 높이가 무릎 허리 가슴 목, 그리고 머리 위에까지 올라가는 게임이었다. 미향이는 고무줄을 잡고 있는 쪽이었다. 나는 계집애들 놀이를 구경하는 것이 멋쩍어 편지지를 가방에 넣었다가 꺼냈다가를 반복했다. 미향이가 뛸 차례가 되었다. 무릎 높이의 고물줄을 뛰는 미향이는 한 마리 나비 같았다. 나는 고무줄뛰기가 그렇게 예쁜 놀이라는 것을 미처 몰랐다. 조금 전까지 우울하게 있던 미향이가 고무줄을 뛰는 것을 보면서 슬픔과 기쁨은 종이 한 장 차이구나 하고 생각했다.

「금강산 찾아가자 일만이천 봉 볼수록 아름답고 신기하구나……」

미향이가 나비처럼 춤을 추자 양쪽에 서 있는 술래들이 고무줄을 허리에 올렸다. 미향이는 나를 한번 힐끗 보면서 얼굴을 붉히더니 발을 뒤로 들고 다리에 고무줄을 걸었다. 하얀 허벅지 안으로 팬티가 보일 것 같아 내 눈이 선거 벽보판을 힐끔거렸다.

「철따라 고운 꽃 갈아입고서 이름도 아름다워 금강이라네……」

허리까지 뛰고 나면 고무줄은 가슴에 올려질 터였다. 내 가슴이 조마조마 죄어들었다.

그런데 그때였다. 병도가 골목에서 얼굴을 쓱 내밀었다. 여자애들은 조금 긴장하는 듯했으나 이미 저들끼리 아침에 교실에서 있었던 신체검사 얘기를 주고받은 듯 태연히 고무줄을 잡고 있었다. 같은 반인 옥금이는 입가에 야릇한 웃음을 흘리기까지 했다. 눈을 껌벅거리며 몇 걸음 가까이 다가서던 병도는 순식간에 바지를 훌러덩 까내렸다. 나는 깜짝 놀랐다. 바지를 무릎에 내린 녀석은 병뚜껑을 손에 거머잡고 여자애들 사이에 뛰어들었다.

「엄마야—」

기습을 당한 여자애들이 비명을 지르며 흩어졌다. 병도는 적진에 뛰어든 장비처럼 사타구니에 붙은 가무잡잡한 막대기를 마구 휘둘렀다. 나는 나도 모르게 녀석의 병뚜껑을 살폈다. 놀랍게도 교실에서 보았던 〈돌에 으깨진〉 모양이 아니라 금방 사온 사이다 병을 사타구니에 끼고 주둥이를 내놓고 있는 것처럼 싱싱하고 힘차보였다.

 계집애들은 병뚜껑을 피해 도망다니면서도 몰래 등뒤에서 병도의 등짝을 손으로 때렸다. 옥금이처럼 덩치 큰 계집애들은 병도의 고추 장난이 조금 징그러울 뿐 별로 싫어하는 눈치는 아니었다. 칼로 고무줄을 베고 달아나는 양아치 같은 녀석들보다야 재미있지 않느냐는 것이다. 하지만 녀석은 오늘따라 보통 때보다 훨씬 난폭하게 굴었다. 주춤주춤 물러서는 계집애들에게 달려들어 고추를 들이댔다. 내가 곁에 있는 것이 오히려 자극적이라는 듯이 엉덩이까지 빙빙 돌려댔다. 엉거주춤하니 바라만 보고 있는 내 눈앞에 도저히 떠올리기 싫은 광경이 벌어지고 있었다. 녀석은 미향이에게도 느닷없이 달려든 것이다. 화들짝 놀라 넘어진 미향이가 땅을 짚고 일어서려고 했다. 녀석이 뒤에서 미향이의 치마를 휙 걷어올렸다. 조금 전까지 내가 가슴 졸이며 실눈으로 엿보려고 했던 미향이의 분홍색 팬티가 어이없이 드러났다. 미향이가 질겁을 하고 치마를 끌어내리자 녀석은 머리통으로 치마를 걷어올리고 병뚜껑을 들이댔다. 마치 돼지처럼.

3 개 앞에서의 사유

 나는 병도를 죽여버리겠다고 결심했다. 아무리 생각해도 그 녀석을 죽이지 않고는 다시는 미향이가 고무줄 위에서 나비처럼 예쁜 춤을 추는 것을 볼 수 없을 것 같았다. 그것이 가련한 우리 동네 여자애들을 구원해 줄 유일한 방법이기도 했다.
 나는 어떻게 하면 병도를 가장 간략하게 해치울 수 있을까를 곰곰이 생각했다. 어찌 보면 녀석이 아니라 녀석의 고추가 문제일지 몰랐다. 뭉턱하게 생겨먹은 병뚜껑만 잘라버리면 모든 게 해결될 성싶었다. 녀석의 더러운 병뚜껑을 잘라버리는 데는 덕수 형 고물창고에 있는 엿 자르는 고철 가위가 가장 제격일 것 같았다.

이윽고 해가 저물고 어둠이 내리기 시작했다. 붉은 빛을 띠던 뒷산 하늘이 먹물처럼 풀어지고 있었다. 영흥산 너머에서 까악까악까악, 까마귀 울음 소리가 음산하게 들려왔다. 침승대처럼 꼭대기가 각이 진 엿공장 굴뚝에서 검은 연기가 꾸물꾸물 흘러나오고 있었다. 나는 입술을 깨물었다. 〈병뚜껑을 잘라버리자〉 연거푸 주문처럼 그 말을 되뇌며 엿공장 끄트머리에 붙어 있는 덕수 형 집으로 건너갔다.

덕수 형 고물창고 앞에는 난데없이 중학교 2학년 형들이 북적대고 있었다. 덕수 형은 몇 년 전까지 영덕 다리 밑에서 거지들과 함께 살았다. 아버지 박씨가 엿공장 창고지기를 맡게 된 덕분에 거지 이름을 떼고 우리 동네에 와서 살게 되었다. 그런데도 덕수 형은 어느 누구에게든 당당했다. 그가 정말 거지 생활을 했는지 믿기지 않을 정도였다. 예상대로 덕수 형 아버지는 집에 없었다. 아마 이장 집에 공짜 술 얻어먹으러 갔을 것이다. 대통령 선거가 사흘 앞으로 다가왔기 때문이었다. 창고 앞 철봉대에 매달려 있던 덕수 형이 나 보고 반가워했다.

「준일이구나. 밤에 웬일이야?」

「응. 라디오 안테나에 쓸 코일을 좀 얻으러 왔어」

나는 오면서 생각해 둔 말을 천연덕스럽게 꺼냈다. 아이들은 종종 필요한 잡동사니들을 얻으러 덕수 형네 고물창고에 오곤 했다. 굴렁쇠나 제기를 만들 엽전, 스케이트 발에 박을 굵은 철사 따위들은 언제나 구할 수 있었다. 내가 가위를 얻으러 왔다면 십

중팔구 사용처를 물을 것이고 그러면 귀찮은 일이 생길 터였다.
「형, 무슨 일이 있나 부지?」
다섯 명이나 되는 중학생들이 몰려와 있는 게 이상해서 내가 물었다. 덕수 형은 빙긋 웃으며 발을 차서 철봉대에 거꾸로 올라갔다. 옆에서 권투선수처럼 헛주먹을 내지르고 있던 윗동네 진석이 형이 대신 대답했다.
「다음 주에 신강 애들하고 한판 붙기로 했어」
「정말이야?」
신강은 부두 쪽을 가리켰다. 동네 크기에서 오진은 아래 윗동네를 합쳐보았자 극장과 상설시장이 있는 신강과는 비교가 안 될 정도로 작았다.
「야, 그 자식들이 무기를 가져오지 않을까?」
「맨주먹으로 붙기로 약속했잖아」
흩어져 있던 형들이 철봉대 아래로 모여들었다.
「그놈들이 얼마나 약은 줄 모르나? 만약을 대비해서 우리도 무기를 준비해야 될 것 같은데?」
「관둬! 자식들아, 그렇게 겁이 나면 진작에 빠져버려!」
덕수 형이 철봉대 위에서 벌컥 화를 내었다. 다른 형들이 덕수 형을 올려다보았다. 덕수 형은 몸을 한 바퀴 돌린 뒤 철봉 위에서 꼿꼿이 균형을 잡고는 독수리처럼 어깨를 웅크렸다. 덕수 형은 싸움꾼이었다. 혼자서 두엇 정도는 썩은 호박 걷어차듯 해치울 수 있다고 했다. 나와 친한 덕수 형이 주먹이 세기 때문에 나는 덕수 형이 무척 자랑스러웠다.
잠시 후 나는 안테나 코일을 손에 들고 창고에서 나왔다. 고철 가위는 옷 안에 숨겼다. 부끄럽지만 나는 아직 무기가 필요했다.
덕수 형 집에서 가지고 나온 고철 가위와 곤봉을 가지고 병도

집을 향했다. 녀석을 단번에 때려 뉘는 데 사용할 곤봉은 허리춤에 숨기고 가위는 바지주머니에 넣었다. 병도 집에 불이 켜져 있었다. 나는 옷섶 밖으로 곤봉을 잡고 심호흡을 한 뒤 힘차게 녀석의 이름을 불렀다. 병도가 나오면 우리 집에 할머니가 없으니 뱀주사위놀이를 하러 가자고 계략을 쓸 참이었다.

「병도야」

아무런 대꾸가 없었다. 몇 번이나 부르자 안에서 대답하는 소리가 들렸다. 병도가 아니고 병도 아버지의 목소리였다. 동네 사람들 모두가 술 마시러 갔는데 병도 아버지가 집에 있는 게 이상했다.

「웬 놈이고!」

한껏 짜증스런 목소리에 나는 움찔 놀랐으나 병도 있느냐고 침착하게 물었다.

「만화방에 가봐라. 만화책에 낯짝 처박고 있을 거다」

나는 낭패스러웠다. 만화방은 학교 앞에 있었기 때문이었다. 그리고 거기엔 밤늦도록 놈팽이들이 시끌짝하니 많았고 게다가 만화책에 코를 파묻고 있을 녀석한테 뱀주사위놀이가 하등 유혹이 될 성싶지 않아서였다. 하지만 나는 소뿔도 단김에 뽑아라는 전래의 격언에 따라 어두운 길을 헤쳐 만화방을 향해 부지런히 걸었다.

엿공장 앞을 돌아 큰길로 나섰다. 달빛이 고즈넉하게 거리를 비추고 있었고 큼큼한 냄새가 진동했다. 돼지 소리가 꿀꿀거리는 엿공장 축사 옆을 지날 때였다. 이때까지만 해도 나는 녀석을 유인해 병뚜껑을 잘라버리는 데만 관심이 있었다. 그런데 너무 빨리 걸어서인지 허리춤에 끼워놓은 곤봉이 바지 속 허벅지를 타고 발밑으로 툭 떨어졌다. 나는 다시 곤봉을 허리춤에 끼웠지만 곤붕이 걸리적거려 잘 걸을 수가 없었다. 나는 정말이지 팔뚝만한 곤봉을 어디에다 감춰야 할지 알 수 없었다. 배 안에 감춰 넣자니 조금만 허리를 숙여도 곤봉 대가리가 목으로 툭 튀어나와 울대를 찔렀고 소매 안에 넣어보니 계속 팔을 치켜들고 걸어야 하고 팔에 쥐가 날 것 같았다. 공공칠 첩보원처럼 점잖게 가방을 들고 나오지 않은 게 큰 착오였다. 녀석이 왜 하필이면 그 먼 만화방에 처박혀 있담. 나는 침을 탁 뱉으며 녀석이 히죽거리고 있을 만화방 쪽을 쏘아보았다. 그때 녀석이 하던 말이 떠올랐다.
「우리 아버지는 홀레를 할 땐 나를 만화방에 보낸다」
그러고 보니 이상했다. 좀 전 병도 아버지가 짜증스레 내뱉은 말이나 안에서「내가 불 끄랬잖아요」하는 여자 소리도 들린 듯했었다. 정말 홀레를 할까. 병도 녀석이 자지는 함부로 휘둘러도 재빈이처럼 거짓말하거나 잔꾀를 부릴 줄 아는 녀석은 아니었다.
나는 곤봉과 가위를 양손에 들고 뒤돌아 병도네 집을 향해 뛰기 시작했다. 금세 엿공장 창고를 돌았다. 홀레가 끝날까 싶어서였다. 당장 필요없어진 곤봉과 가위는 골목 초입에 있는 덕수 형 오이밭 고랑에 던져버리고 곧장 병도네 집으로 들어갔다.
방 앞으로 살금살금 걸었다. 가쁜 숨소리를 죽이려니 오히려 가슴이 뻐근했다. 마루 한쪽에 몸을 숨기며 방 안의 동정을 살피던 나는 현장을 살펴볼 수 없다는 사실을 그제야 깨달았다. 문을 열고 들여다볼 수도 없고 그렇다고 손가락에 침을 묻혀 창호지를 뚫다가 만일 들키는 날엔 아마 병도 아버지의 성질로 봐서 곧장 나를 저승으로 던져버릴 것이기 때문이었다.
하지만 이 동네에서 태어나고 뼈가 굵은 나는 동네 누구네든 개미집이나 거미줄이 쳐진 곳까지도 훤히 꿰뚫고 있었다. 재깍 곳간 뒤를 돌아 장작이 쌓인 비좁은 뒤안으로 들어갔다. 거기서 장작더미에 올라서면 공책만한 작은 봉창으로 방 안을 염탐할 수 있었다.

내가 뒤안에 쌓인 보릿단 옆으로 살살 기어 장작더미가 있는 봉창 밑에서 허리를 들었다. 그 순간 나는 정말 간이 떨어질 뻔했다. 장작더미 위에 누군가가 있었기 때문이었다. 병도였다. 병도도 나를 보고 무진 놀랐는지 목을 늘어뜨리며 소리 죽여 한숨을 쉬었다.

「으이그, 개자식. 복장 내려앉는 줄 알았어」

나는 아직도 녀석이 왜 만화방에 있질 않고 여기 있는가 싶어 어리둥절해 있는데 녀석이 다시 속살거렸다.

「가 임마. 극장 막 내렸어」

나는 어떤 막막한 위압감에 짓눌려 숨조차 크게 쉬지 못하고 엉금엉금 기어서 뒤안을 빠져나와 집으로 돌아왔다. 우리 집은 여전히 어둠에 쌓여 있었다. 할머니는 윷놀이를 가고 집은 텅 비어 있었다. 이발사 최씨도 막걸리를 얻어 마시며 한창 후보들의 관상을 운운하고 있을 것이었다. 나는 그제야 병도의 병뚜껑을 잘라버리겠다던 애초의 결의를 까맣게 잊고 있었음을 깨달았다. 그런데 이상스럽게도 시퍼렇던 결의가 어딜 가버렸는지 이미 싹 가셔버렸다는 것을 알았다. 어두운 마루에 걸터앉아 마루 구석 다듬잇돌 위에 놓아둔 뱀주사위 그림판을 바라보다가 주춤주춤 닭장 앞으로 걸어갔다. 메리가 뒤집어진 밥그릇통에 앞발을 얹고 나를 보고 있었다. 내가 가까이 가자 메리는 목에 매인 줄의 반발력을 이용해 두 발을 들고 반듯이 서서 나를 반겼다. 내가 메리의 머리를 토닥거려 주었다.

나는 바지를 조금 내리고 병뚜껑을 꺼냈다. 메리는 내가 오줌을 누려는 줄 알고 몸을 쏙 피하다가 내가 계속 가만히 서 있자 고개를 갸우뚱거리며 다가왔다. 나는 다시 주변을 둘러보았다. 달빛이 아랫채 지붕을 타고 수원 아줌마네 집으로 흐르고 있었다. 닭이 자다가 횃대 위에서 깃을 터는 소리가 탁탁 들려왔다. 사방이 적막에 쌓여 있었다. 바로 그때였다. 아침에 잠에서 깰 때를 제외하고는 지금껏 한번도 그런 적이 없었는데 갑자기 병뚜껑이 발딱 일어서는 것이었다. 나는 뭔가 온몸을 훑는 듯한 느낌에 휩싸였다. 다시 한번 사방을 휘둘러보았다. 감나무 이파리 하나 움직이지 않았다. 바지를 발목까지 끌어내렸다. 나는 그때 알았다. 온몸을 훑는 듯한 느낌은 바로 나를(내 아랫도리를) 골똘히 바라보고 있는 메리에게 비롯되고 있다는 사실이었다. 한참을 자세히 살피던 암캐는 목을 뻗어 내 병뚜껑에 얼굴을 바싹 들이대었다. 사이다 병을 한참 흔들다 세워놓았을 때처럼 병뚜껑이 터질 듯이 이글거렸다. 어둠 속에서 메리가 긴 혀를 내밀었다.

오랜 훗날 내가 작가가 되기로 결심하고 습작에 몰두하던 어느 날 밤, 나는 어린 시절 메리 앞에서 바지를 까내릴 때의 그 기묘한 심리와 맞딱뜨린 적이 있었다. 두레박으로 깊은 우물물을 퍼 올리듯 잠자던 내 속의 과거들을 일깨움으로써 작가의 길이 시작된다는 점은 어느 작가에게든 마찬가지일 터이다. 이런 자기와의 만남은 때로 가만히 있어도 분수처럼 분출되고 시간의 레일을 타고 끊임없이 미끄러져 들어온다. 그 중에서 내 간담을 가장 서늘하게 하던 만남이 바로 이 날의 작은 풍경이었던 것이다. 글을 쓰는 일이란 메리 앞에 병뚜껑을 꺼내는 행위와 같다는 것, 기어코 드러내고 싶은 음울한 노출 욕망에 다름아니란 것이다.

하여간 나는 그날 메리 앞에 병뚜껑을 내보인 뒤로 병도의 심리를 어렴풋이나마 이해하게 되었다. 여자애들 앞에서 옷 벗기를 좋아하는 녀석이 왜 강제로는 벗지 않으려고 했는지를. 말하자면 과시적 노출 혹은 지배의 심리가 녀석에게 성으로 표현되었기 때문일 것이다. 〈병뚜껑〉과 〈장군〉도 그에겐 말은 다르지만 성 심리상의 뜻은 동일한 걸로 보아야 될 것 같다. 나 역시 개 앞에서의 노출을 훗날 다시 떠올리면서 성 욕망의 범주가 어디에까지 닿아 있는지를 생각해 보는 계기가 되기도 하였다.

3장 빈곤과 부유

1 슬픔을 견디는 힘

 아침에 마을 공동 우물에 갔다가, 나와 있는 수원 아줌마의 얼굴을 보면 마치 남편이 돌아와 있는 듯했다. 원래가 단아한 생김새이긴 하지만 팽팽히 당겨진 입술이며 뺨이 아침 햇살에 싱싱하게 보였다. 부석한 낯으로 귀찮은 듯이 쌀을 씻고 있는 연자 엄마나 머리핀이 빠져 한쪽 머리에 수세미를 달아놓은 것 같은 욱진이 엄마와 아주 비교가 되었다.
 부엌에서 밥상을 차리는 아줌마를 기웃거릴 때면 더욱 그런 생각이 들게 된다. 깨끗이 씻긴 앵두색 행주치마를 허리에 두르고 정갈하게 차린 밥상을 들고 들어가는 품이 손님이 왔거나 아니면 남편이 방안에 있는 것처럼 비쳤다. 집 앞을 지나던 동네 아주머니들이 「수원댁 손님 왔나?」 하고 물으면 아줌마는 그냥 빙긋이 웃으며 아무 대답을 하지 않았다. 처음엔 할머니도 놀라 반색을 하고 쫓아가 대뜸 방문을 열어본 적까지 있었다. 물론 방안에는 아무도 없었다. 그런데도 아줌마는 늘 반가운 남편에게 하듯이 아침상을 차리곤 하였다.

지난해 겨울 초입에 아줌마의 남편이 청어잡이 배를 타고 떠난 뒤 아직까지 소식이 없었다. 올해 초까지 눈물로 보내던 아줌마는 이젠 자못 슬픔에서 놓여난 기색이었다. 상처는 시간으로 아물기 마련일 터이다. 요즘엔 그러지를 않지만 얼마 전까지만 해도 인심 좋은 동네아주머니들이 나서서,

「저 영덕에 농협 다니는 남자가 색실 기다리는데, 놓치긴 아깝구……」

「수원네를 처녀라고 해도 누가 아니라 하겠어? 애도 없겠다」

하며 넌지시 수원 아줌마의 눈치를 살피기도 하였다. 그럴 때면 원래 말수가 적은 아줌마는 입귀로 가벼운 웃음을 흘리곤 하였다.

나는 수원 아줌마가 새로운 남자를 맞이할지도 모른다고 생각했다. 그래서 남편 고달영 씨와의 금슬을 잘 아는 나로서는 여간 기분이 언짢질 않았다.

지난해, 수원 아줌마는 고달영 씨가 배를 타고 며칠씩 연근해 어장을 돌아다니는 탓에 집에 와 있는 동안에는 늘 그림자처럼 함께 있었다. 어깨를 나란히 하고 영화관에 간다든가 몸이 근질근질하다며 낚시를 가는 남편을 따라 멀리 칠포까지 다녀오기도 했다. 남편이 뱃일을 갔을 때는 주로 뜨개질을 했는데 동네 아줌마들 말로는 통풍이 잘 되도록 속내의까지 가는 실로 짜서 입힌다고 하였다. 이사온 지 얼마 안 되었을 때 동네 아줌마들이 「어떻게 만났어?」 하고 궁금해하면 「그냥 만났어요」 싱겁게 대답을 흘렸지만 성격이 부드러워 다들 격이 없이 좋아했다. 하지만 부드러운 성격은 갈대처럼 휘어지는 데는 편할 것이다. 나는 수원

아줌마가 동네 아낙들의 꼬드김에 못 이긴 척 새로운 남자 쪽으로 마음이 기울어질지 모른다고 생각했다.

그런데 최근 들어 아줌마의 배가 불러왔다. 남편이 바다로 나간 지 육 개월 만에야 임신 사실이 알려진 것이었다. 뒤늦게 임신을 알게 된 동네 사람들은 입을 다물지 못했다. 걱정할까 봐 말을 못했다고는 하지만 중매를 서려던 아낙들은 기가 막힌다는 표정이었다. 「성질 참 고약하네. 총각 중매 서려다 애까지 떠안길 뻔했어」 「나무도 뿌리가 있어야 하지, 타관 사람 어찌 믿겠어」 하고 떠들었다. 나이든 할머니들은 대부분 걱정이 앞섰다. 「일부종사하려는데 나무라면 되나」 「쯔쯔. 애비 없는 애를 어쩌누」 수원 아줌마는 여전히 적은 말수로 대답하곤 했다.

「언젠가는 돌아올 거예요」

한번은 나도 어른들처럼 「애비 없는 애를 어쩔려구요?」 하고 근심스럽게 소리쳤더니 아줌마는 초승달처럼 눈웃음을 짓고는 이렇게 말했다.

「아빠가 돌아오는 날, 성큼 자란 우리 아이 손을 잡고 마중을 갈 거란다」

하지만 수원 아줌마의 얼굴에 고달영 씨가 돌아올 거라는 기대는 별로 없어보였다. 얼굴에서 불안하고 초조한 기색이 지워지던 두어 달 전부터 고기 배를 따는 작업에 더 몰두했다. 할머니는 아줌마 자신이 아기를 가진 것을 알고부터 눈물을 씻은 거라고 했다. 그런지도 모를 일이었다. 아줌마는 배가 부를수록 손은 더 거칠어졌고 햇살에 타서 가무잡잡해진 얼굴로 온종일 고기 대야를 껴안고 있었다. 요즘엔 고기 배를 따는 솜씨가 아주 능숙해졌다. 그래서 이틀에 한 번 꼴로 조합에 나가 건조한 마른 고기를 건네주고 생선을 리어카에 실어왔다.

나는 요사이 아줌마와 무척 가까워졌다. 남편 없이 아기를 갖는다는 것이 앞으로 아줌마를 얼마나 힘들게 할지 알 수 없는 나로서는 아줌마가 고달영 씨를 배신하지 않았다는 사실만으로 퍽 기꺼워하고 있었다.

아줌마의 방은 지난해와 다름없이 고달영 씨의 숨결로 가득 차 있었다. 고씨가 엿공장에서 내다버린 문갑을 주워와 방 안에 두었는데 아줌마가 니스칠을 해서 장식대로 삼았다. 덕수 형 집 고물창고에서 얻어왔던 라디오도 강구 전파상에 수리를 맡겨 잡음이 나는 대로 연속극은 들을 만했다. 벽에는 고씨의 곤색 양복 한 벌이 어깨를 반듯이 편 채 걸려 있었고, 창문 옆의 마름모꼴 유리 액자에는 아줌마의 허리에 손을 두르고 환하게 웃는 고달영 씨의 웃음소리가 액자 밖으로 터져나올 것만 같았다. 수원 아줌마네 방에 와 있으면 가난이란 정말 행복한 것이구나 하는 생각까지 들 지경이었다.

고씨가 배를 타고 나가 돌아오지 않은 처음 두어 달 동안에 만들어놓은 옷은 이미 다섯 벌이나 되었다. 아줌마가 직접 고기 일에 나서면서는 옷 짜는 일도 드물어 보였다.

「아줌마, 요샌 옷 안 짜요?」

「으응. 손가락이 거칠어져 이젠 옷을 못 짜」

아줌마는 조금 슬픈 목소리로 말했다. 하긴 고씨가 없으니 이젠 옷을 짤 필요가 없을 터였다. 나는 그럼 이 옷들은 어떡하냐고 물으려다 털실이 참 뽀송뽀송하다고 말했다.

「호호, 담에 준일이가 크면 아줌마가 선물할까?」

아줌마는 눈웃음을 지으며 작은 절구통을 가져왔다. 윗목에서 말린 다시마를 절구통에 넣어 잘게 부수었다. 아줌마가 밖에서 고기 일을 안할 때는 방 안에서 종종 절구질을 하는 걸 보았다.

파 밑줄기처럼 둥근 모양의 식물도 있었다.

「이건 뭐예요?」

「그건 백합 뿌리야. 패모라는 약초이지」

「뭐하는 데 먹어요?」

「으응, 아줌마가 요즘 좀 피곤해서」

「어디 아프세요?」

「아니. 아기를 가져서 그렇단다」

아줌마는 싱긋 웃으며 말했지만 어딘가 병색이 있어보였다. 하기야 아기를 가지는 것만큼 몸이 고달픈 일도 없을 것이다. 부엌 시렁 위에 있는 백합 뿌리를 아줌마가 가져오는 동안에 내가 절구질을 했다. 열린 방문 밖으로 덕수 형이 걸어오는 게 보였다. 내가 소리쳤다.

「덕수 형, 어디 가?」

덕수 형이 끌고 오는 리어카에 지주 막대기가 가득 실려 있었다.

「너 여기 있었구나. 오이밭에 간다」

덕수 형은 리어카를 세우고 막대기 위에 얹혀 있는 종이 봉지를 집어들었다.

「아줌마 심심할 때 좀 드세요. 호박엿이에요. 오뉴월 감기 몸살에는 이보다 더 좋은 약이 없대요」

엿공장에서 엿을 떼어 행상하는 사람들이 엿을 판 고물을 덕수 형 집 창고로 가져왔는데 가끔씩은 팔다 남은 엿을 두고 가기도 했다. 덕수 형은 그 엿으로 종종 인심을 쓰곤 했다. 수원 아줌마가 몸이 안 좋아 보여 일부러 가져온 듯했다.

「난 괜찮은데. 너 먹지 그래?」

「엿공장 창고지기가 엿을 왜 먹겠어요?」

「호호, 잘 먹을게. 근데 너 다쳤나 보구나?」

덕수 형 눈 아래 반창고가 붙어 있었다. 덕수 형은 손을 올려 반창고를 쓱 만져보고는 그냥 리어카를 끌고 가버렸다. 내가 자랑하듯 말했다.

「덕수 형 싸움했어요. 신강 중학생들하구요」

「덕수가 싸움질도 하니? 그렇게 안 보이던데?」

「아줌마는 몰라서 그렇지 사실은 장군이에요. 덕수 형 주먹 한방에는 황소도 나가 떨어진대요」

「호호, 너 황소가 들었으면 웃겠다」

아줌마가 믿지 않는 통에 며칠 전에 있었던 그 싸움 얘기를 해줄 수밖에 없었다.

「처음부터 덕수 형의 콧대를 꺾으려고 신강 중학생들이 작당을 했나 봐요. 덕수 형만 없으면 자기들이 학교에서 왕초가 될 수 있거든요. 조무래기 신강 형 하나가 학교 변소에서 나오던 윗동네 누나의 치마를 들추고 장난을 쳤대요. 그걸 본 윗동네 한철이 형이 그 조무래기를 두들겨 패줬는데 그게 함정이었대요. 신강 형들이 떼거지로 몰려든 거죠. 그래서 덕수 형이 나서서 양쪽 동네가 정식 대결을 하자고 제의를 했나 봐요」

싸움은 영덕 가는 길목인 화장터 옆에서 벌어졌다. 양쪽에서 중학교 2학년 열다섯 명씩을 선발하였다. 열다섯 명을 선발하자고 주장한 것은 신강 쪽이었다. 신강은 부두를 끼고 있는 큰 동네라 키가 크고 힘이 센 형들만으로도 열다섯 명을 채울 수 있었지만 우리 쪽엔 2학년 명찰을 달고 있는 형들이란 여자들까지 합쳐야 겨우 열다섯 명이 조금 넘었다. 동네가 크다고 숫자로 밀고 나오는 데는 어쩔 수 없이 항복을 해야 할 판이었다. 미리 짜놓은 각본이었던 셈이었다.

「무조건 열다섯 명이다. 그렇잖으면 항복을 해!」
「좋다. 여자애들도 집어넣어 한판 붙는 거다」
 덕수 형이 그렇게 결정을 내렸지만 다른 형들은 처음부터 주눅이 들어 있었다. 싸움의 발단이 된 누나가 여자들을 설득해서 화장터로 나오게 하는 바람에 그 형들도 마지못해 따라나섰다.
 지난 토요일 화장터 옆 공터에 열다섯 명씩 일렬로 서서 대치하였다. 우리 동네 쪽엔 여자들이 다섯 명이라 실제로는 열다섯 명 대 열 명의 싸움이었다. 무기를 쓰지 않고 맨주먹으로만 싸움을 하는 것이다. 우리 쪽 누나들은 뒤로 물러서서 응원을 했고 사상 처음 신강과 오진의 전면적인 주먹 대결이 벌어졌다.
「신강 형들은 처음부터 작전을 짜서 나왔대요. 아홉 명은 일대일로 맞장을 붙이고 세 명은 덕수 형에게만 엉겨붙는 걸루요. 나머지 셋은 뒤에 쳐져 있다가 밀리는 쪽을 도와주기로 했나 봐요」
 결과는 이미 예상한 대로였다. 신강 형들은 사정없이 몰아쳐왔고 오진 형들은 손을 들고 싸울 의사가 없음을 표시하는 숫자가 급격히 늘어났다. 영덕 다리 밑 출신인 덕수 형은 그렇지가 않았다. 이날 덕수 형이 보여준 싸움 실력은 뒷날까지 면내에 자자한 소문이 떠돌게 하였다. 한꺼번에 덤벼드는 세 명을 덕수 형 특기인 〈호박차기〉로 나동그라지게 하였고 덕수 형이 발을 쓸 수 없도록 뒤에서 다리를 껴안던 신강 형 하나는 어깻죽지가 걷어채여 한동안 죽은 듯이 엎어져 있었다. 그러자 대기해 있던 패들까지 한꺼번에 몰려들었는데 덕수형은 〈마치 덤불 속에서 낫으로 가지치듯 하더라〉고 윗동네 진석이 형이 전했다.
 하지만 시간이 흐르자 다른 곳에서 항복을 받아낸 신강 형들이 덕수 형에게로 몰려왔고 덕수 형도 힘이 부치기 시작했다. 번개처럼 민첩하던 동작이 눈에 띄게 느려졌다. 가까스로 치고 빠지며 신강 형들의 주먹을 받아내기에 급급했다. 숫자의 열세를 감당할 수 없어 기진맥진해 있을 그때였다. 영덕 다리 밑 거지들이 질통을 지고 귀가를 하다가 패싸움을 구경하러 오지 않았으면 천하의 덕수 형도 어쩔 수 없었을 것이다. 대개가 부자들인 신강 형들은 누더기를 덮어쓰고 몰려오는 거지들을 보고 주춤거렸다.

「야 이거 덕수잖아!」

「관둬. 너희들이 나설 게 아냐!」

덕수 형이 한손으로 흐르는 코피를 훔치며 거지들을 못 오게 했다.

「이 쌍놈들이! 정정당당하게 싸워야지」

거지들이 집게를 휘두르며 윽박질렀다. 그러자 한번 주춤해진 신강 쪽은 갑자기 물 먹은 솜처럼 몸이 무거워졌고 싸움판도 흐지부지하게 돼버렸다. 한쪽이 그만 싸우겠다면 이기고 지고를 떠나서 싸움판이 진행될 수 없는 법이었다. 그래서 다시 합의를 본 것이 신강의 대장 정일 형과 덕수 형이 일 대 일로 맞장을 붙기로 한 것이었다. 정일 형은 힘이 많이 비축되어 있었지만 이미 기세가 꺾인 터라 덕수 형의 상대가 되지 못했다.

「이 자식, 주먹도 못 쓰는 놈이 덕수한테 까불어」

거지 하나가 폐지 줍는 집게로 정일 형의 목덜미를 집어대며 비아냥거렸다. 보통 거지들은 생리적으로 굽실대는 버릇을 가지고 있지만 영덕 다리 밑 거지는 달랐다. 사실 그들은 번듯한 집만 없다뿐이지 돼지와 개도 키우고 재활용 폐지나 고철 따위를 주워 모으는 일종의 자영업자들이었다. 그 중에는 일 년에 몇 번 출석하지 않지만 학교까지 다니는 애들도 있었다. 그래선지 자존심도 없지 않았고 강단도 센 편이었다.

덕수 형도 사 년 전까지 영덕 다리 밑에서 아버지를 따라 질통을 메고 다니는 양아치 생활을 하였다. 그러던 중에 덕수 형 아버지는 엿공장에서 엿을 떼어 행상 노릇도 하였다. 하도 부지런한 터라 엿공장 사장의 눈에 들었고, 나중엔 엿공장으로 들어오는 고물들을 분류하고 차에 싣는 고정 직업을 갖게 되는 데까지 이르렀다. 영덕 다리 밑에서 가히 입지전적인 인물이 되었던 것이다. 그런 자기들의 영웅이 궁지에 몰리는 것을 그냥 볼 거지들이 아니었다. 물론 덕수 형은 옛 친구들이 끼여드는 바람에 대여섯 명을 혼자서 상대하는 힘든 싸움을 더 이상 벌이지 않게 되었지만, 그것이 도리어 자존심을 상하게 했던가 보았다. 그래서 대장끼리 일 대 일로 맞붙자고 했지만 그건 애초부터 상대가 되질 않는 방식이었다. 한두 번 헛주먹을 내밀던 정일 형은 덕수 형 주먹이 얼굴에 날아들자 엉덩방아를 찧고 일어날 생각을 하지 않았다. 다른 신강 형들도 덕수 형의 배후에 엄청난 세력이 있는 것을 알고 비실비실 물러갔지만 덕수 형도 자존심에 이미 큰 상처를 입고 난 뒤였다. 달아나는 신강 형 하나를 붙잡고 「열 명이 한꺼번에 덤비라구!」 하며 빽빽 소리 지르기까지 하였다. 히죽히죽거리며 떠들고 있는 거지들에게 덕수 형이 눈을 부라렸다.

「이 자식들, 너희들 때문에 싸움판이 깨졌잖아!」

「엎어진 놈 일으켜줬더니 왜 그래?」

「자식아, 엎어지든 자빠지든 내가 할 일이야!」

덕수 형에게는 꿈이 있었다. 지금은 엿공장에서 고철더미나 뒤지고 있지만 언젠가는 배를 타고 큰 바다로 나아가겠다는 꿈이었다. 선장이 되어 태평양을 누비겠다는 것이었다. 그러기 위해 자기 몸에 남아 있는 거지 근성을 모조리 몰아내야 한다고 했다. 내가 보기엔 이미 덕수 형에게는 굽실대는 거지 근성이라곤 띠끌만치도 남아 있지 않아보였다. 덕수 형은 종종 이렇게 말을 했다.

「난 당당하게 살아갈 거다」

덕수 형과 수원 아줌마는 가난에 대해서 정반대의 태도를 가지고 있는 셈이었다. 수원 아줌마가 가난함이 선물하는 작은 웃음에 행복을 느낀다면, 덕수 형은 가난 때문에 생기는 어떤 억누름이든 박차고 나가려는 기개를 가지고 있었다. 수원 아줌마가 가난에 찌들린 삶을 받아들임으로 견디고 있는 데 반해 덕수 형은 고통을 짓씹으면서 견디는 것이었다.

내가 보기에는 둘 다 위태롭게 살아가는 것처럼 보였다.

2 힘은 어디에서 오는가

유월에 접어들자 온 동네는 모내기로 바빴다. 품앗이를 하느라 할머니도 연일 이집 저집 논에서 허리를 구부려 모를 심는 데 경황이 없었다. 정말이지 돌이 안 된 아기 빼고는 모두가 아침부터 모찜을 들고 논에 엎드려야 할 판이었다.

두세살배기 아기들도 들판으로 나갔다. 아기들은 새끼줄로 허리를 감아 말뚝에 매어놓으면 근처에 묶여 있는 염소들과 마주보며 울었다.

그런 경황중에 열 살 안팎의 우리 또래들은 모내기 논과 집 사이를 오가며 눈치껏 놀다 보니 여느 때보다 즐거운 한때를 보낼 수 있었다. 구슬치기를 위해 파놓은 홈구멍들은 우리들이 오가며 던져넣는 구슬을 받기에 여념이 없었고 엿공장 창고 옆 공터에 있는 구슬치기용 오목한 구덩이는 마치 소주 잔을 넣었다 들어낸 것처럼 매무새가 또렷했다. 아이들은 딱지와 구슬 제기 따위를 쪽마루 밑에 쌓아놓고 자신의 실력을 과시했다. 더러 형편좋은 집 아이들은 노트와 책들을 찢어 새 화폐를 찍어내듯이 새로운 재화를 생산했지만 기술 있는 아이들은 딱지와 구슬을 만들거나 사는 것을 부끄러움으로 알았다.

모내기가 대충 끝날 즈음 아이들이 죄다 모이는 오후에는 일곱 명씩 패를 갈라 야구를 했다. 야구는 그 즈음 우리 동네에서 가장 흥미로운 경기였다. 이때는 계집애들한테 고추를 잘 내놓는 병도도 반드시 끼여 한몫했다. 시합은 나와 병도가 양 팀의 주축이 되곤 했는데, 나에겐 글러브가 있고 병도에겐 배트가 있기 때문이었다. 주로 연자네 집 앞 뽕밭에서 시합이 이루어졌다. 몇 년 전만 해도 뽕나무가 심겨져 있던 뽕밭은 무슨 일로 누에들이 폐사한 뒤 나무를 베어버려서 공터가 되었는데 그곳은 우리 마을 곳곳에 산재한 철도 부지 중의 하나였다.

지도책을 보면 우리나라 곳곳에 철도가 있지만 동해안에는 철도가 깔려 있지 않다. 우리는 일제 시대 때부터 지정되었다는 철도 부지를 보며 곧 철도가 생길 거라는 기대를 가지고 있었다. 철도가 놓이기 전에 실컷 공놀이를 해야 한다는 강박증상 같은 것도 우리들에게 있었다. 우리 마을에 부웅— 하고 기적 소리를 울리며 기차가 지나다니는 환상은 우리를 다급하게 철도 부지로 불러내었다. 야구 시합을 하던 자리에 기차가 지나다닌다는 것은 정말 멋진 일이 아닐 수 없었다.

〈기차가 지나는 저 자리에 옛날 아빠는 딱지치기도 하고 야구 시합도 벌였지.〉

훗날 어른이 되어 우리 아이들에게 어린 시절의 얘기를 해줄 수 있다는 것이었다.

지금 돌이켜보면 그 시절 우리가 하던 야구 경기 규칙은 매우 독특했다. 세 명이 아웃이 되어야 공수가 교체되는 것이 아니라 한 팀을 이룬 전원이 모두 한 차례씩 배트를 휘둘러야 비로소 공수가 교체되었다. 초등학교 6학년이든 코흘리개든 한 이닝당 단 한 번의 공격만 할 수 있었다. 실력이나 나이에 상관없이 기회가 균등하다는 점에서 매우 평등한 경기 방식이었다. 중간에 갑작스레 공수가 바뀌는 경우는 딱 한 번, 배트를 스치고 들어오는 공을 포수가 그대로 잡았을 때였다. 말하자면 성인 야구에서는 별다른 가치가 없는 파울팁인데, 아마도 궂은 일을 도맡아야 하는 힘든 포수에게(포수는 공에 맞을 위험이 늘 있는 데다 잘못 던져 뒤로 빠지는 공도 주워와야 했다) 가장 훌륭한 기회를 주기 위한 배려인 듯했다.

「야구는 그렇게 하는 게 아니야」

언젠가 학교에서 우리들이 야구를 하고 있을 때 뒤에서 구경하던 한 청년이 제동을 건 적이 있었다.

「한 팀이 다 공격을 하는 게 아니구, 쓰리 아웃, 세 명이 죽으면 공격은 끝나는 거다」

게다가 청년은 정말 어이없는 규칙까지 만들려고 하였다.

「일루에 공을 던지다가 뒤로 빠지면 주자는 계속 뛸 수 있어」

「그럼 삼루까지도 갈 수 있어요?」

「물론이지. 홈까지도 파고들 수 있는걸. 그러니까 수비수는 공을 잘 잡아야 돼」

청년의 말은 우리를 아주 웃겼다. 공이 도랑에 빠진다든가 돼지우리에 공이 들어가 돼지똥이 묻어버렸다면, 그리고 공을 집으러 간 아이가 넘어져 코피를 흘리면 어찌 된단 말인가. 간섭하려 들던 청년은 좋은 비웃음거리가 되고 말았다.

그날 야구 경기는 우리 팀이 상당한 점수 차이를 벌리며 진행되었다. 병도 팀은 3학년 조무래기들의 공격이 형편없었기 때문에 점수를 낼 수가 없었다. 재빈이가 아폴로 11호가 그려진 하얀 티셔츠를 입고 나타난 것은 우리 팀이 삼회 공격을 할 때였다. 경기가 싱겁게 진행될 것 같아 내가 소리쳤다.

「야, 재빈아. 너 저쪽 팀에 끼어라. 상진인 빠져!」

미향이를 몽땅 차지하고 있는 줄 알았던 재빈이는 요즘 들어 내가 미향이와 조금 친밀해지자 못마땅한 눈치였다. 하지만 아무리 심하게 다투었다 해도 돌아서면 친해지게 마련인 게 아이들의 세계였다.

「안 돼. 너들은 손가락에 붕대가 있는 것두 안 보이니?」

재빈이는 하얀 붕대가 감긴 손가락을 내보이며 고개를 흔들었다. 그러니까 붕대가 벗겨질까 봐 야구를 못한다는 것이었다. 재빈이가 새옷을 입고 나왔거나 손가락에 흰 붕대를 감고 있는 것은 자기 엄마가 와 있다는 증거였다. 먼 지역을 돌며 옷장사를 하는 재빈이 엄마는 한 달에 서너 번 정도 집에 와서 며칠씩 머물렀는데 그럴 때면 큰아들에게 갖은 호사를 떨어 또래 애들의 기를 꺾고는 하였다. 이때도 그랬다. 망치질을 하거나 팽이를 깎다가 손가락을 다치는 식으로 아이들의 신체 한구석은 항상 상처가 나 있게 마련이었다. 그런데도 고작 손가락 따위에다 사치스럽게 흰 붕대를 감아 잘난 척을 하고 있었다.

나는 잘난 척을 하려면 깁스 정도는 되어야 할 거라고 생각했다. 작년인가 인근에서 가장 부자인 엿공장 집 아들인 창근 형이 나무에 오르다 떨어져 팔이 부러졌을 때 창근 형은 팔에 ㄴ자 깁스를 하고 다녔다. 그 희디흰 깁스는 우리들의 경탄을 자아내었다. 으레 팔이 부러지면 접골원에나 가서, 마치 부러진 지게 작대기를 나무로 묶어 잇대듯이, 판자를 붙인 후 때묻은 천을 둘둘 감는 데 비해 창근 형은 포항 병원에서 뼈를 투시하는 사진을 찍고 깁스를 했다는 것이다. 우리는 깁스가 부럽다기보다 그런 부자와 한 동네에 살고 있다는 것이 자랑스러웠다. 간혹 남의 동네 애들을 만나「야, 우리 동네 창근 형이 팔에 깁스 했어」하고 으스대면「깁스가 뭔데?」하고 그애들이 되묻게 마련이었다. 깁스라는 새로운 단어가 흡사 맛있는 음식이나 되듯이 우리들을 즐겁게 하였다.

병도나 다른 조무래기들은 재빈이의 손가락에 붙어 있는 붕대를 보며 〈역시 귀한 집 아들은 다르구나〉 하고 부러워들 했으나 나는 아주 한심하고 가소로웠다. 그깟 녀석이 없어도 야구 시합은 계속할 수 있다고 생각하는데 재빈이는 엄청난 소식을 털어놓고 말았다. 세번째 타석 때였다. 내가 휘두르는 배트에 묵직한 느낌이 들면서 공이 하늘로 치솟았다. 연자네 개집을 넘어가는 홈런성 타구였다. 손을 치켜들며 일루로 내달리면서도 이상하게 김이 빠지는 것 같았다. 나는 일루를 돌면서 주변을 두리번거렸다. 환호를 해야 될 우리편 아이들까지 말뚝처럼 서서 재빈이 쪽만 쳐다보고 있었다.

「너희들 오늘 저녁 우리 집에 텔레비 보러 와」

「뭐? 텔레비」

「그럼. 엄마가 사왔어. 오늘은 여로를 하고 낼은 김일 선수와 안토니오 이노키가 레슬링을 한다」

「우아!」

정말 놀라운 일이었다. 텔레비전은 우리 동네에서 엿공장 사장 댁밖에 없는 귀한 물건이었다. 중학교 교감 사택에도 전화가 있었지만 텔레비전은 갖추지 못했다. 텔레비전이 그만큼 비싼 물건이기도 하지만 산꼭대기에 안테나를 세우지 않으면 화면이 나오지 않기 때문이었다. 산꼭대기에 안테나를 세우는 비용은 자그마치 집 한 채 값이라고 신경쟁이 아저씨한테 들은 적이 있었다.
「텔레비 안테나 세웠니?」
식어빠진 홈런을 날리고 홈으로 걸어들어오며 내가 날카롭게 물었다. 아무럼 텔레비전 한 대만 달랑 갖다놓았을 게 분명했다.
「병신. 안테나도 없이 텔레비를 뭣하러 갖다놓겠니?」
재빈이는 붕대가 감긴 맨 손가락을 머리 위로 치켜들었다. 아이들의 감탄 어린 시선이 손가락 끝으로 쏟아졌다. 내 눈엔 손가락 끝에 붙어 있는 하얀 붕대가 안테나처럼 느껴졌다. 자존심이 상하긴커녕 재빈이의 붕대가 눈부시단 생각이 들긴 그때가 처음이었다.
야구 경기가 갑자기 시시해져 버렸다. 지난해 아버지에게 선물받은 내 야구 글러브 두 개는 그때까지 공을 맨손으로 받거나 쌀부대 잘라서 만든 종이 글러브를 사용하는 동네 애들에게 자랑거리가 된 것은 물론이고 야구 경기를 가장 세련된 놀이로 격상시켰다. 글러브는 두 개밖에 없었지만 마을 대장 격인 애들한텐 오히려 환영이었다. 글러브를 끼고 있다는 것은 계급 표시였고 조무래기들을 동원하는 힘이었다. 요즘엔 끈이 풀어지고 글러브의 한쪽 귀퉁이가 닳아 속 스폰지가 드러나면서 시합에 졌다고 함부로 땅에 내던지는 애들까지 생겨났다. 글러브의 신화가 갈수록 빛을 잃고 있는 와중에 이젠 텔레비전까지 등장하는 판국이었다.
홈 옆의 흙바닥에 그려놓은 점수판을 누가 밟아 지워져도 나무라거나 새로 고치려는 녀석이 없으니 이번 공격으로 시합은 그냥 흐지부지 끝날 것 같았다. 이젠 내 글러브도 아이들 앞에서 수명을 다하는 듯했다. 누구에게든 놀이 기구가 별다른 관심의 대상이 되지 못한다면 덩달아 그 놀이도 가치를 잃고 마는 것이다. 재미라는 것은 그것이 희소하거나 유혹의 가능성을 지녀야 하기 때문이다.

그런데 뜻밖의 구원자가 나타난 것은 하등 보탬이 될 수 없는 조무래기의 공격만 남겨놓고 있을 때였다.

순자네 개집 뒤로 갑자기 부릉부릉 하는 소리가 들리더니 오토바이가 올라오는 게 보였다. 오토바이에는 창근 형이 타고 있었다. 엿공장의 공장장으로 일하고 있는 그의 삼촌이 타는 그 오토바이가 우리 마을에 나타난 것은 지난해였지만 비로소 동네 아이들의 집중적인 조명을 받기 시작한 지는 얼마 되지 않았다. 창근 형의 삼촌은 공장 일을 위해서라기보다 연애질에 쓰려고 오토바이를 샀다는 얘기가 있었다. 그러나 그런 이야기는 우리들에겐 별 실감이 되질 않았다. 마치 사장댁 안주인의 손가락에 끼여 있는 검붉은 반지처럼 낯설기도 하고 우리들의 상상력 저 너머에 있는 안개 같은 것에 불과했다. 그런 오토바이가 창근 형이 타고부터 우리들의 세계 안으로 부릉부릉 질주해 온 것이었다. 창근 형은 불과 우리들보다 네 살밖에 많지 않았다. 함께 딱지를 쳐본 적도 있었다. 창근 형의 오토바이는 우리를 키가 성큼 자란 듯이 느껴지게 하였다.

「30만 원이나 해 임마」

아이들 중에 하나가 겁없이 가격을 묻자, 창근 형은 껄껄 웃으며 대답해 주었다. 희자네 집이 9만 원에 팔렸다는 사실을 우리가 알았기 때문에(비록 오막살이집이긴 하지만) 혀를 빼물고 놀라워했지만 그만큼 우리의 어깨를 으쓱하게 만들었다.

창근 형은 오토바이를 타석 옆에 척 하니 세웠다.

「이리 줘봐. 내가 한번 쳐보지」

창근 형은 3학년짜리 식이가 들고 있던 배트를 받아들었다. 나는 지든 이기든 창근 형이 끼여 야구가 계속되고 있다는 사실에 기분이 좋았다. 게다가 햇살을 번쩍번쩍 반사하며 우람하게 서 있는 오토바이가 어설픈 야구장을 한층 빛내는 것 같았다. 병도가 공을 던졌다. 공이 낮게 깔려왔다. 창근 형은 두번째 던지는 공을 후려쳤다. 공이 연자네 개집을 넘어서 하늘을 계속 날았다. 아이들이 환호를 했다. 아이들은 환호를 하면서도 오토바이를 힐끔거렸다. 오토바이는 커다란 시계의 뒷면을 열어보았을 때처럼 갖가지 기관들이 정교하게 얽혀 있었다. 그 기관들 속으로 기름이 돌아가면서 바퀴를 굴린다는 것은 여간 놀라운 게 아니었다.

홈런을 날리고서 창근 형은 껄껄 웃으며 오토바이에 걸터올랐다. 왼발을 몇 차례 움직여 시동을 걸었다. 창근 형은 오토바이를 탄 채로 일루 이루 삼루와 홈 베이스를 밟고는 휑하니 순자네 개집 옆으로 사라졌다.

창근 형이 뿌려놓은 활기는 아이들에게 야구 경기의 맛을 다시 돌이키게 하였다. 3학년 조무래기가 창근 형이 친 공을 찾으러 순자네 개집 뒤편 고추밭으로 달려갔다. 공이 얼른 찾아지는 기색이 아니었다.

나도 나서서 공이 떨어진 고추밭으로 뛰어가는데 때죽나무 아래에 재빈이가 서 있는 게 보였다. 재빈이가 미향이와 담을 사이에 두고 무언가 이야기를 주고받고 있었다. 텔레비전 얘기를 하는 것임에 틀림없었다. 미향이가 손가락으로 네모를 그리는 품이 서로 화면의 크기를 비교하는 것 같았다. 미향이네 집에도 물론 텔레비전을 갖추었을 것이다. 다 낡은 야구공을 주으러 가는 자신이 문득 부끄럽게 느껴졌다.

「준일이 형, 야구공 여기 있어」

이윽고 공을 찾은 조무래기 하나가 나를 보고 소리쳤다. 나는 하마터면, 공을 내버려 자식아, 하고 고함칠 뻔하였다.

어른들은 모두 논에 가고 아직 돌아오지 않아 마을은 고요했다. 모내기는 대충 마쳤지만 때 이른 장마에 대비해 약한 논둑을 보강하고 물길을 순조롭게 하기 위해 어른들은 여전히 바쁜 날을 보내고 있었다. 농사 일이 없는 수원 아줌마만 집 앞에서 떨어진 널 그물을 깁고 있는 게 보였다. 아줌마네 등뒤로 담벽이 옥색으로 뽀얗게 칠해져 있었다. 며칠 전 최씨가 이발소 외벽을 칠하다 남은 페인트를 가지고 수원 아줌마네 집 담벽을 칠했다. 그동안 아줌마를 돕는다고 하는 일이 늘 핀잔만 덮어쓰는 꼴이었는데 이번엔 말끔하게 칠해진 담벽을 보고 남편이 좋은 친구를 두었다며 좋아했다. 사람 감정은 알다가도 모를 일이었다.

까아악 까악 까아악…… 영흥산에서 까마귀 소리가 희미하게 울렸다. 일찍 껍질을 벗긴 매미의 울음소리도 산기슭에서 들려왔다.

나는 좀 전 야구 경기를 흐지부지하게 끝내고 돌아와 글러브를 팽개치고 청마루에 앉아 있었다. 아버지는 야구 글러브가 다 낡고 닳아진 줄 모를 것이다. 그리고 닳아진 만큼 아이들의 관심이 떠나고 있다는 사실도 모를 거라는 생각이 들자 어떤 설움 같은 것이 밀려왔다. 설움은 아버지와 떨어져 있는 공간만큼 크고 깊었다. 작년 겨울에 할머니와 함께 대구로 간 적이 있었다. 다리를 건너고 계곡을 뱅뱅 돌아가는 그 길은 한없이 멀고 아득했다. 차비를 실랑이하느라 고래고래 악을 쓰던 차장과 온통 자갈투성이인 흙길, 떠나면서 먹은 달걀을 다 토해낸 차멀미…… 내 설움의 모양은 그런 것이었다. 그리고 저녁 무렵 대구로 들어설 때 바다처럼 엄청나게 넓고 광활하게 펼쳐지던 도시의 불빛. 그것은 배반의 빛깔처럼 내 가슴에 와 닿았다. 글러브를 쥐어뜯던 손목에 눈물이 뚝 떨어졌다.

3장 빈곤과 부유

그때 엿공장 쪽에서 오토바이 소리가 부르릉 부르릉 들려왔다. 갑자기 속도를 높일 때 나는 소리라 웬일인가 싶어 상체를 움직여 고욤나무 사이로 시선을 집어넣었다. 몇몇 애들이 그쪽으로 뛰어가는 게 보였다. 아까부터 꼬리를 흔들며 나를 쳐다보고 있던 메리를 향해 글러브를 사납게 던져버리고 밖을 나섰다.

오토바이 소리가 부르릉거리고 있는 곳은 옥금이네 뽕나무밭이었다. 나는 뽕나무밭 앞의 비좁은 길에서 창근 형이 오토바이로 묘기를 부리나 싶었다. 아이들 예닐곱 명이 한 곳을 골똘히 바라보고 있었기 때문이었다. 나는 걸음을 빨리했다.

병도네 돼지막을 지나면서 창근 형의 오토바이를 볼 수 있었다. 나는 눈앞에 나타난 전혀 예상 못한 광경에 가슴이 철렁거렸다. 창근 형이 오토바이를 탄 채로 뽕나무밭 건너편에 있는 덕수 형의 오이밭에 들어가 있었다. 오토바이는 한층 굉음을 쏘아올리며 파도를 타듯 오이밭 이랑을 넘나들고 있었다. 느닷없이 속도를 높일 때마다 뒷바퀴에서 흙이 튕겨져나갔다. 오토바이는 넝쿨 틈새를 뚫고 다녔지만 채 자라지 않은 넝쿨들이 앞바퀴에 감겨 떨어져나갔다. 사람들은 남의 농사에 해코지를 안할 뿐만 아니라 개가 남의 밭에 들어가더라도 돌멩이로 쫓아내어 주는 것이 농사짓는 사람들의 인심이고 법이었다. 어느 사회든 그 사회를 지키는 법이 있게 마련인 것이다. 그런데도 오토바이를 타고 남의 채소밭을 휘젓다니.

하지만 오이밭 가까이 이른 내가 더욱 놀라워했던 이유는 밭 모퉁이에 덕수 형이 서 있었기 때문이었다. 마지막 고랑에 지주나무를 세우고 있던 중이었던가 보았다. 아이들은 밭 가장자리에 울타리처럼 둘러서서 숨소리조차 내지 않았다. 그때 덕수 형이 들고 있던 지주나무를 내동댕이치고 오토바이 쪽으로 성큼성큼 걸어왔다. 창근 형은 그제야 덕수 형을 보았다는 듯 오토바이를 멈췄다.

「뭐하는 짓이고!」

가래가 묻어나는 듯한 낮게 깔리는 목소리로 덕수 형이 입을 열었다. 우리들은 덕수 형이 매우 화가 나 있을 때 그런 목소리를 낸다는 것을 알고 있었다. 창근 형은 덕수 형을 한번 힐끗 보더니 엔진 굉음을 부왕, 쏘아올리고 넝쿨 하나 뜨으며 밖으로 오토바이를 몰았다. 그리곤 길 복판에 척하니 세웠다.

「오토바이를 좀 몰아봤다」

창근 형의 음성에 비아냥거림이 묻어 있었다. 창근 형의 태도가 하도 맹랑했으므로 우리는 잠시 혼란에 빠질 지경이었다. 이 밭의 땅 주인은 물론 창근 형네였다. 창고지기인 덕수 형 아버지가 땅을 빌려서 밭을 일구고 오이씨를 뿌렸다. 그러니까 오토바이를 타는 일이 자기 땅에서 탄 셈인지 아니면 남의 오이농사를 망가뜨린 짓인지 얼핏 갈피가 잡히지 않았다.

「니 눈엔 이게 오이밭인 줄 모르겠나?」

「그만한 일루 웬 핏대를 세워? 내 오토바이가 울퉁불퉁한 길에서도 잘 가는지 한번 실험해 본 거라구」

「이 자식이!」

덕수 형은 더이상 못 참겠다는 듯 웃옷을 벗어던졌다. 검게 탄 가슴팍으로 땀이 번질거렸다. 빈정거리는 창근 형을 따라 웃음을 흘리던 아이들은 덕수 형을 보고 까맣게 질렸다. 덕수 형은 우리 마을뿐만 아니라 읍내까지도 명성이 자자한 주먹잽이라는 사실을 잠시 잊었다는 표정들이었다. 며칠 전 신강 형들을 낫으로 덤불 베듯 했다는 무용담이 아이들 머리에 금세 차올랐다. 주먹만큼은 창근 형이 덕수 형의 상대가 될 수 없을 것이었다.

「아하, 니가 강구의 장군이라며?」
「개소리 말구 넝쿨을 도로 세워놔 이 자식아!」
「나 보구 손에 흙 묻히라구? 일꾼은 너잖아. 니가 세워야지」
「뭐라구 이 자식이!」

덕수 형은 기가 찬다는 듯 침을 튀에, 뱉고는 창근 형에게 달려들어 멱살을 끌어잡았다. 창근 형이 주인과 일꾼 관계를 내세우려는 듯했지만 그 따위로 기가 꺾일 덕수 형이 결코 아니었다. 내 경험에 의하면 상대가 야비하게 나올수록 더욱 강철처럼 단단해지는 게 덕수 형의 성질이었다. 덕수 형이 멱살을 죄어오자 창근 형의 흰 뺨에 소름이 돋는 듯하더니, 멱살을 잡은 덕수 형의 손목을 탁탁 쳤다. 덕수 형이 멱살을 풀지 않자 어깨를 밀치며 「이것 놔!」 소리 질렀다. 겨우 멱살이 풀린 창근 형은 아이들을 둘러보며 큰소리로 말했다.

「이 새끼, 더러운 손으로 어딜 잡아! 이 깜댕이를 족치려고 해도 내 주먹이 더러워지겠다. 야, 병도야. 우리 집에 가서 가죽장갑 가져와. 냉장고 앞에 놔두었어」

병도가 날듯이 뛰어갔다. 예상 밖이었다. 창근 형은 많은 아이들이 보는 앞에서 야비하게 주인 행세를 하는 것보다 정식으로 주먹 대결을 벌여보겠다는 뜻인 것 같았다. 아이들은 갑자기 창근 형을 존경하는 눈으로 우러러보기 시작했다. 창근 형의 주먹이 셀지도 모른다는 생각까지 하면서. 덕수 형은 노련한 싸움꾼답게 상대가 준비를 갖출 때까지 기다려주었다. 병도가 숨을 헉헉 내쉬며 가죽장갑을 가져왔다. 창근 형은 손목까지 덮이는 긴 가죽장갑을 끼고 양주먹을 탁탁 맞부딪치며 덕수 형 앞으로 한 발 내딛었다. 소문에는 덕수 형의 주먹 한 방엔 황소까지 까무러친다고 했지만, 검은 가죽장갑을 끼고 있는 창근 형의 주먹도 만만찮아 보였다. 입술을 깨물고 두 형이 서로를 노려보았다. 우리 또래들이 주먹질을 하기 앞서 흔히 하는 눈싸움과는 눈빛의 정도가 달랐다. 먼저 몸을 움직인 것은 덕수 형이었다. 덕수 형은 주먹을 움켜쥐고 권투선수처럼 상체를 좌우로 움직였다. 곧 주먹을 날릴 품이라 우리들의 오금이 죄여들고 있을 그때, 창근 형이 검은 장갑을 앞으로 쭉 펴들었다.

「야, 잠깐!」

하더니, 어느 새 자기 뒤에만 모여 있는 우리 또래들한테 거칠게 내뱉었다.

「내 저 새끼를 그냥 두지 않겠어. 골통을 빠게 버려야지. 야 병도야, 내 방에 가서 헬멧 가져와. 전축 옆에 있어!」

이상하게도 우리 귀에는 헬멧보다 전축이란 말이 더 또렷하게 들렸다. 투명한 유리곽 속에 수십 개의 버튼 장치들이 박혀 있는 전축을 본 적이 있었다. 병도가 헬멧을 날라왔다. 나로서는 처음 보는 이상한 싸움이었다. 푸른 색과 붉은 원색이 가득 덮인 스포츠 옷을 입은 창근 형은 헬멧까지 덮어쓰자 엄청난 힘을 가진 우주인처럼 보였다. 그리고 흙이 묻은 까만 알몸으로 서 있는 덕수 형은 마치 껍질 벗겨진 장닭처럼 왜소하게 비쳐졌다. 총알도 안 들어간다던 헬멧을 쓴 창근 형은 머리로 받아버리겠다는 시늉을 하면서 덕수 형에게로 다가섰다. 그 순간 믿을 수 없게도 덕수 형은 한 발짝 뒷걸음을 쳤다. 여전히 눈썹을 치세우고 있긴 했어도 왠지 얼굴이 딱딱하게 굳어지는 것 같았다. 우리들 통념으로는 싸움에 앞서 뒷걸음을 치거나 눈싸움을 피하면 그걸로 승부가 결정되었으니 더 이상 주먹질할 필요가 없었다. 나는 처음으로 돈이 주먹을 대신할 수 있구나 하는 사실을 실감했다. 동시에 나는 가죽장갑과 헬멧이라는 물건이 싸움에 영향을 끼쳤다면 어쨌든 창근 형이 비겁한 사람이다, 라고 생각했다.

그러나 사태는 내가 생각하는 것과 전혀 다르게 흐르고 있었다. 한두 걸음 뒷걸음질쳤던 덕수 형은 그제야 정신을 수습한 듯 아랫입술을 깨물었다. 그리곤 다시 주먹을 불끈 쥐며 흐트러진 자세를 가다듬었다. 그런데 그때였다.

「좋아, 이 자식! 헬멧에 받치면 골통이 빠개질까 봐 겁을 먹는가 본데, 이따윈 놀랍게도 필요없어. 니 대갈통에 있는 서캐가 내 머리에 오를까 봐 그랬지」

놀랍게도 창근 형은 헬멧을 벗어 오이밭에 내던졌다. 오이닝쿨 옆에 있는 돌에 헬멧이 튕겼다. 헬멧을 던지다니 아이들은 입을 딱 벌리고 있는데 창근 형은 발을 들어올려 덕수 형에게가 아니라 곁에 있는 오토바이를 걷어찼다. 번쩍번쩍 햇살을 반사하며 외발로 화려하게 서 있던 오토바이가 우당탕 넘어졌다. 아이들이 새파랗게 질렸다. 그 순간, 내 눈에도 희자 집 세 채가 풀썩 주저앉는 느낌이 들었다.

창근 형은 넘어진 오토바이로 황망한 눈길을 보내고 있는 덕수 형에게 달려들어 턱을 후려쳤다. 주먹이 왼쪽 턱을 정확하게 가격하였다. 순식간에 벌어진 광경이었다. 덕수 형의 얼굴에 괴기한 웃음이 그려지는 듯했다. 그러나 어이없게도 한 대 맞은 몸이 맥없이 휘청거렸다. 창근 형이 다시 주먹을 휘두르려는데 덕수 형이 성급히 등을 보였다. 그리곤 눈을 내리깔고 리어카 쪽으로 걸음을 옮겼다. 창근 형은 더 이상 덕수 형에게 달겨들질 않고 떨어진 헬멧을 집어들었다. 그런데 이상한 일이었다. 덕수 형이 정말 주먹싸움에서 진 거라고 보이진 않았지만 그렇다고 창근 형이 비겁했다는 느낌도 들지 않았다.

창근 형은 밭을 나와 오토바이를 일으켜세웠다.

「박덕수. 앞으로 오진 장군이라고 깝죽대면 그날이 니 초상날인 줄 알어!」

창근 형은 오토바이에 올라타고 힘차게 시동을 걸며 소리쳤다. 부르릉 부르릉, 내 귀엔 오토바이가 고함을 지르는 소리 같았다. 쌍기통 머플러에서 펑펑 쏟아져 나온 흰 연기가 오이밭 넝쿨 사이로 스물스물 번져나갔다.

3 텔레비전을 보려거든 발을 씻어라.

재빈이네가 텔레비전을 샀다는 것은 사실이었다. 동네 아이들은 말로만 듣던 김일 선수와 안토니오 이노키 간의 레슬링 경기를 눈으로 보게 되어 저녁 밥맛을 잃을 지경이었다. 엿공장 사장댁 안방에 텔레비전이 있긴 했다. 전에도 어른들 틈에 섞여 사장댁 문 밖 마루에 앉아 텔레비전 시청의 달콤함을 맛본 적은 있었다. 그러나 어른들을 빼고 아이들끼리 갈 수 있을 때는 기껏 설날이나 추석 등의 명절에 국한됐었다.

그 텔레비전이 같은 또래인 재빈이 집에 있으니 아이들은 흥분되지 않을 수 없었다. 게다가 재빈이 집엔 한 달에 며칠만 어머니가 있을 뿐 재빈이가 가장 어른이었다. 이젠 두 다리를 뻗고 뱀주사위놀이를 해가며 텔레비전을 실컷 볼 수 있게 된 것이다.

해가 영흥산 너머로 기울자 집집마다 아이들이 저녁밥을 재빨리 비우고 재빈이 집으로 향했다. 강구 극장에서 출발한 트럭이 확성기를 높이 틀고 엿공장 앞 신작로를 따라 들어오고 있었다.

「시네마스코프 총천연색, 눈물 없이 못 보는 영화. 오늘 저녁 일곱시 청춘 남녀들을 위하여 마련하였사오니 보러 오시라……」

「재빈이 집에 텔레비 샀는 줄 모르는갑네」

「텔레비 있는데 다리품 들게 극장은 뭐하러 가」

바로 이틀 전만 해도 트럭이 이웃 동네로 넘어갈 때까지 꽁무니를 따라붙던 애들이 큰소리를 쳤다.

땅거미가 내릴 즈음 동네 아이들은 다섯 살짜리부터 빠짐없이 재빈이 집에 모여들었다. 재빈이 엄마는 영덕 목욕탕에 가고 집에 없었다. 강구에는 목욕탕이 없기 때문에 아이들은 목욕탕이 어떻게 생겼는지 알 도리가 없었다. 하여튼 텔레비전을 보는 첫날부터 어른이 없어서 아이들은 제 세상을 만난 듯이 기뻐했다. 재빈이의 앉은뱅이 책상 옆에 텔레비전이 딱 모셔져 있었다. 뿐만 아니라 화면도 사진처럼 선명했다.

「아휴, 냄새. 야 자식들아. 텔레비전 보려면 발 씻고 와」

아랫목에 양반다리를 하고 앉아 있던 재빈이가 코를 찡그리며 소리쳤다. 아이들은 주볏주볏거리다가 발을 씻으러 집으로 뛰어갔다. 멀리 다른 동네에서 온 애들은 재빈이의 특별한 아량에 재빈이 집에서 발을 씻었다.

「얌마. 병도. 니는 몸이 더럽잖아. 오늘은 봐주겠는데 내일부턴 목욕하고 와」

학교 신체검사 때도 안 씻던 병도는 얼른 고개를 끄덕이곤 방 안으로 들어갔다.

발을 씻으러 집에 온 나는 발을 씻지 않고 혼자 고독을 씹게 되었다.

「준일이는 텔레비 보러 안 가니?」

이발사 최씨가 외출을 하려는 듯 마당에서 바지에 솔질을 하다가 마루에 앉아 있는 나를 보고 말했다.

「그딴 것 뭐하러 봐요」

「난 엿공장에서 볼 건데 나랑 같이 가지, 응?」

내 까칠까칠 속내를 파악한 최씨가 다시 꼬드겼다.

「칫, 프로레슬링은 다 쇼예요. 차라리 닭싸움을 구경하는 게 낫지」

내가 또 투덜대자 최씨는 손목을 걷어올려 시계를 들여다보며 「아이구, 벌써 시작하겠네」 하곤 휑하니 삽짝을 나가버렸다. 할머니는 부엌에서 설거지를 하고 있었다. 나는 숙제라도 할까 싶어 방으로 들어와 공책을 폈지만 레슬링을 보고 싶어 견딜 수가 없었다. 여덟시가 되자 눈앞이 노래지고 머리가 핑그르르 돌 지경이었다. 나는 스물스물 재빈이 집으로 걸어갔다. 재빈이 집에는 아니나다를까 깨끗하게 발 씻고 세수까지 한 아이들이 인산인해를 이루고 있었다.

한창 레슬링 경기가 벌어지고 있었다. 일본 레슬링 선수 둘과 한국 선수 둘이 더블매치로 하는 경기였다. 키가 엄청나게 큰 일본 선수가 팔을 잡아 박일동 선수를 내쳤다. 로프의 탄력에 되돌아오는 박일동 선수의 머리를 무릎으로 가격을 했다. 박일동 선수는 무릎 공격 한 방으로 바닥에 드러눕고 말았다. 상대가 되지 않는 듯했다. 링 아래서 이빨을 줄로 쓱쓱 갈던 또다른 일본 선수가 손을 터치하고 링에 올라갔다. 박쥐 가면을 쓴 그 선수는 아직도 비실비실 바닥을 기고 있는 박일동 선수의 어깨를 깨물었다. 박일동 선수의 어깨에서 피가 낭자하게 흘렀다. 그리고 가까스로 링 아래서 발을 굴리며 손을 내밀고 있던 김일과 터치를 했다. 김일은 링에 올라서자마자 일본 흡혈귀의 머리채를 잡고 이마로 박치기를 했다. 한 방에 흡혈귀가 나가떨어지자 아이들의 입에서 함성이 터져나왔다. 그러나 다시 링 아래서 대기하고 있던, 좀 전에 박일동 선수를 혼을 냈던 안토니오 이노키가 로프를 쫙 벌리고 링으로 올라왔다. 발 길이가 16문이나 된다 하여 〈16문 킥〉이라는 발차기는 이노키의 주무기였다. 이노키는 몸을 날렸고 거대한 두 발이 김일의 가슴팍에 떨어졌다. 김일은 뒤통수가 먼저 바닥에 닿일 만큼 벌렁 나가떨어졌다.

아이들은 몸을 비틀었다. 세계 챔피언 김일이 나가떨어지는 것은 믿을 수 없는 일이었다. 링 바깥에서 대기하던 일본 선수가 바톤 터치도 없이 로프 아래서 주먹을 뻗어 쓰러진 김일의 명치를 두들겼다. 이노키는 코브라처럼 김일의 몸을 감아 목을 조르기 시작했다. 코브라 트위스트가 들어가고 있다고 아나운서가 비명을 질렀다.

김일이 간신히 코브라 트위스트에서 빠져나오자 이노키는 오히려 잘됐다는 듯 한발 물러서 몸을 날려 16문 킥을 날렸다. 로프를 잡고 겨우 몸을 가누던 김일이 등뒤로 미사일처럼 날아오던 이노키의 발을 피한 것은 아주 우연처럼 보였다. 김일이 몸을 피하는 통에 이노키의 16문 큰 발이 로프에 걸렸고 이노키가 넘어졌다. 당황한 이노키가 다급히 터치하여 선수를 교대하려 했으나 김일은 틈을 주지 않았다. 이노키를 일으켜세운 김일은 박치기를 시작했다. 삼십 차례나 계속된 박치기였다. 7척 거한 이노키가 드디어 고목처럼 쓰러졌다. 숨돌릴 틈도 없이 김일은 링 밖으로 몸을 던졌다. 중계석 옆으로 도망치는 흡혈귀를 붙잡아 다시 박치기를 날렸다.

아이들은 휘파람을 불며 박수를 쳤다. 중계가 끝났지만 아이들은 승리의 여운을 맛보느라 집으로 갈 생각을 안했다. 병도와 재빈이는 이웃 동네 애들을 골라 박치기 시늉을 해댔고, 조무래기들은 서로 뱀처럼 얽혀 코브라 트위스트를 넣느라 난장판이 되었다. 믿을 수 없는 첩보가 날아든 것은 그때였다.

「야야, 창근 형 오토바이가 부서졌대」

나보다 한 살 어린 민석이 숨을 헐떡거리며 뛰어와 소리쳤다.

「뭐라구?」

「우리 엄마가 방금 엿 사러 갔다가 봤대. 레슬링 시합 중에 창고에 세워둔 오토바이를 누군가가 부쉈다는 거야」

희자네 집 세 채 값이나 된다는 오토바이가 부서지다니. 승리에 들떠 있는 아이들은 믿을 수 없다는 표정을 지었다. 아이들은 엿공장을 향해 뛰기 시작했다.

창고 안은 불이 환히 켜져 있었다. 창근 형과 사장, 밤일 하는 인부들이 모두 나와 있었다. 정작 오토바이 주인인 창근 형 삼촌은 보이지 않았다. 창고 한쪽에 엿상자가 쌓여 있고 사용 안하는 보일러와 거대한 가마솥이 한 모퉁이에 웅크리고 있는 그 곁에 씽씽 위용을 떨치던 오토바이가 퍼들어져 있었다. 큰 못이 바퀴에 박혀 있고 시계 부속처럼 아름다운 정교함을 과시하던 엔진 부품들이 헝클어지고 기름이 흥건히 새어나와 있었다. 마치 피를 흘리고 쓰러진 안토니오 이노키 같았다.

이노키의 온몸은 참혹하게 찢어지고 멍들었다. 그 참혹함을 보는 우리는 이상하리만큼 가슴이 아팠다. 나는 젊은 사람이 죽으면 바로 저런 모습이겠거니 하고 생각하였다. 어른들도 묵묵히 오토바이를 내려다보고만 있었다. 너무나 엄청난 광경이라 감히 〈누가 저 짓을 했지?〉 하고 입을 떼지도 못했다. 실제로 누가 그랬는지 아무도 몰랐다. 모두들 텔레비전 앞에 앉아 있느라 본 사람이 없다는 것이었다.

「누가 저랬을까?」

이튿날 마을에서는 단 한 사람이 사라졌다. 덕수 형이었다. 그래서 범인이 덕수 형이라는 쪽으로 손쉽게 단정되었다. 나는 덕수 형이 왜 오토바이를 부쉈는지를 어렴풋이나마 이해할 수 있을 것 같았다. 하지만 아무도 본 사람이 없는데 시치미를 떼고 있질 않고 왜 사라졌는지는 이해할 수가 없었다.

삼 일 만에 덕수 형 아버지 박씨는 덕수 형을 영덕 다리 밑에서 붙잡아 왔다. 박씨는 자기가 일생 동안 모은 전 재산을 팔아도 쌍기통 오토바이 한 대를 살 수 없다는 점을 잘 알고 있었다. 박씨는 어떻게 아들을 끌고 와야 가장 잔혹하게 끌고 오는가에 골몰한 듯했다. 가장 잔혹하게 끌고 와야만이 아들의 죄를 조금이나마 더는 걸로 여긴 것이다. 덕수 형의 팔을 허리에 붙이고는 그물용 밧줄로 꽁꽁 묶었다.

강구 다리를 건널 때 덕수 형이 이렇게 말했다고 한다.

「아버지 꼭 이래야만 돼요? 그놈들한테 빌붙어 살지 않으면 돼잖아요? 난 차라리 거지가 되는 게 낫겠어요」

「이 쌍놈의 새끼가 뭔 세상을 안다고 씨부렁대냐? 이 버러지만도 못한 새끼야, 니가 오늘 감방에 안 처박히면 다 이 애비 덕인 줄 알아라!」

박씨는 엿공장 가까이 이르자 더이상 아들을 설득할 수 없다는 것을 알고 빌기 시작했다.

「이놈아, 제발 이 애비 좀 살려다오. 무조건 잘못했다고 빌어라 응? 우리가 이렇게 사는 게 다 누구 덕이냐?」

박씨는 아들을 엿공장 안으로 끌고 가 무릎을 꿇렸다. 공장 마당에 창근 형과 공장장, 몇몇 인부들이 나와 있었다.

「죽이든 살리든 처분대로 하십쇼. 아들 하나 없는 셈 치겠습니다요」

박씨는 공장장인 창근 형 삼촌에게 거푸 허리를 굽혔다. 덕수 형은 마지못해 무릎을 꿇으면서도 입술을 깨물고 허공을 노려보고 있었다. 박씨는 어쩔 줄 몰라하며 덕수 형의 따귀를 후려갈겼다. 따귀를 맞고서도 덕수 형은 빳빳이 고개를 쳐들었다. 고개만큼은 절대로 숙이지 않겠다고 각오한 듯했다. 곁에 있던 창근 형이 보다못해 발로 덕수 형의 허리를 걷어찼다. 밧줄에 묶여 있는 덕수 형은 비틀거리면서도 고개를 숙이지 않았다. 박씨는 아들이 맞는다고 서운해하는 기색은커녕 안도하는 표정이었다. 마당에서 생주먹질을 당하면 당하는 분량만큼 죗값의 덩어리가 작아진다고 믿는 듯했다. 창근 형의 주먹이 다시 뒤통수에 떨어졌다.

「에이 못난 놈! 사내 대장부가 묶인 친구한테 주먹질을 해」

그때 갑자기 엿공장 사장이 안에서 나타나 버럭 고함을 질렀다. 그간에 있었던 덕수 형과 창근 형의 다툼을 전해 들은 것 같았다. 창근 형의 아버지는 맨손으로 엿공장을 일으켜 막내 동생에게 물려주고 요즘엔 포항에서 다시 가방공장을 세운 자수성가한 사람이었다. 덕수 형은 엿공장 사장이 직접 나타나자 조금 위축된 듯 눈을 아래로 깔았지만 턱은 여전히 쳐들고 있었다. 사장이 응당 덕수를 나무랄 줄 알았는데 자기 아들에게 화를 내자 박씨는 안절부절못했다. 눈을 질끈 감으며 아들 옆에 펄썩 무릎을 꿇었다. 사장의 고함소리가 들렸다.

「오토바이 한 대 부서졌다고 왜 이리 소란해! 오토바이 하나가 사람 목숨만 하겠어? 박씨도 마찬가지야. 그깟 걸로 어린 자식의 기를 꺾다니. 그러니까 아직도 거지 습관을 못 버리고 있는 거지!」

무엇이 그의 단단한 심장을 흔들었을까, 빳빳하던 덕수 형의 목이 아래로 폭 꺾어졌다.

「저 아이는 당장 풀어주고 오토바이는 포항으로 실어보내」

둘러서 있던 인부들이 사장의 관용에 놀라워했다. 덕수 형이 비틀거리며 일어났다. 그러나 덕수 형은 사장의 관용 때문에 마음이 흔들렸던 게 아님은 분명했다. 며칠 뒤 큰 배를 타겠다며 반으로 훌쩍 떠나버린 걸로 보아 짐작할 수 있었다.

4장 출산

1 구름이 만들어지는 곳

비가 오면 해련사(海蓮寺) 뒤편 영흥산 계곡으로 신들이 모인다.

영흥산은 우리 마을 뒷산 중에 가장 산세가 깊다. 산은 마을을 내려다보며 두 갈래의 산등성이를 만들고 있다. 윗마을 쪽으로는 높은 산등성이를 세워놓고 우리 마을을 향해서는 낮은 산등성이를 내려놓고 있다. 멀리 오십천 건너 강구의 양지산에 올라 영흥산을 바라보면 영흥산은 마치 큰 거인이 오른쪽 다리를 세우고 다른 쪽 다리는 뻗고서 앉아 있는 듯하다. 그 다리 사이에 아름다운 해련사가 품어져 있다. 해련사는 사월 초파일 때가 아니면 늘 조용하다.

해련사 뒤편으로는 소나무들로 가득 덮여 있어 그 푸르름이 깊은 바다를 떠올리게 한다. 소나무의 잎들이 햇살을 받아 잔잔한 수면처럼 반짝이고 계곡을 돌아가며 굽이지는 푸른 빛은 큰 폭의 파도를 연상시킨다. 그러다 바람이 부는 날에는 소나무의 푸른 잎들이 중턱의 솟을바위에 부딪쳐 하얀 물거품이 이는 듯하다.

비가 오면 해련사 뒤편으로 신들이 모인다. 솜털 같은 흰 증기를 피워올리며 신들이 이야기를 한다. 구름이 만들어지는 곳이다. 산등성이를 타고 피어오르는 엷은 구름은 마치 신들이 모여 앉아 담소하는 입김처럼 느껴진다. 어느 때는 폭포처럼 장쾌한 흰 구름 기둥이 치솟는다. 비가 뿌리고 구름이 만들어질 때는 아무도 영흥산으로 들어갈 수가 없다. 산토끼, 노루 그리고 빨간 산딸기나 검은 머루가 신들의 이야기를 들을 것이다.

푸른 계곡 사이로 한떼의 흰 새들이 날아오른다.

며칠 만에 구름이 걷혔다. 영흥산 기슭에 우람하게 서 있는 백양나무 숲이 역광을 받아 검은 빛을 눈부시게 쏘아댄다.

까아악 까악 까아악 까악……. 영흥산에서 까마귀 소리가 아련하게 들려왔다.

「재수없어, 저놈의 까마귀 소리」

사흘째 출근을 않고 방안에서 빈둥거리던 신경쟁이 최씨가 마루로 나오며 중얼거렸다. 사흘 내내 비가 와서 이발소에는 아이들이 머리를 깎으러 오질 않았다. 동네 사람들은 아무도 까마귀 소리에 대해 입을 떼는 사람이 없었다. 신경쟁이도 좀체 까마귀 소리를 흉보진 않았지만 머리카락이 내의 속에 들어가 있거나 바람 불어 마당에 널어놓은 이발 가운이 떨어졌을 땐 마침 들려오는 까마귀 소리는 아주 짜증스럽다는 시늉이었다.

잠시 멎었던 까마귀 소리가 다시 들려오고 있었다. 까마귀 소리가 이어지듯이 들리는 것은 좀체 드문 일이었다. 비가 오는 동안에는 한번도 들리지 않았던 까마귀 소리였다. 이때처럼 아주 맑은 갠 날에는 산허리에서 메아리를 돌며 울리기 때문에 거리조차 잘 분간할 수 없었다.
「오사카 제국대를 했다던데, 정말인가요?」
언젠가 뒷집 미향이 할머니가 우리 집에 와서 할머니에게 물은 적이 있었다.
「나는 동경 제대로 알고 있어요. 옻골에서 한창 가세가 좋았던 심씨네 장손이라, 쯧쯧」
「아, 동경 제국대학이라면……」
미향이 할머니는 입만 벌리고 아무 말도 하지 못했다.
「어릴 때부터 천재 소리를 듣긴 했다지만 어지간히 형편이 좋았으니 일본 유학까지 시켰겠지요. 왜정 때에 옻골 심씨네가 독립운동인가 뭔가에 자금을 댔다는 소문이 있을 정도였다우. 해방되던 해던가? 저이가 일본에서 돌아왔는데 이상한 사상에 물들었다는 말이 들리더니…… 동란이 나자 온 집안이 풍비박산됐지요. 그 뒤로 저렇게……」
할머니는 혼자말처럼 중얼거리다가 거기서 입을 다물었다. 미향이 할머니도 더는 묻지 않았다.
내가 우연하게 할머니에게서 까마귀 얘기를 엿들은 것은 그것이 다였다. 아무도 까마귀가 누군지 일러주는 사람이 없었다. 동네 아이들은 이상하게도 까마귀에 대해, 정말 하늘을 날아다니는 까마귀인 듯이 호기심을 갖지 않았다. 하기야 우리 또래들은 태어나면서부터 까마귀가 있었으니 느닷없이 호기심을 가질 리가 없었다. 그리고 어른들도 금기된 대화처럼 그 자를 입에 올리지 않았기 때문에 호기심의 관문을 통과하지 않고서도 자연스레 관심에서 멀어졌다. 아마 조금의 관심이라도 있었으면 철부지들은 까마귀 소리를 흉내라도 냈을 텐데 아이들은 그런 기억을 가지고 있지 않았다. 까마귀 소리는 마을의 오랜 풍경처럼 자리하고 있는 셈이었다. 나는 태어나서 딱 한번 까마귀를 본 적이 있었다. 영흥산에 뱀을 잡으러 갔다가 솟을바위 뒤로 그림자처럼 지나가는 까마귀를 보았다. 거리가 멀기도 했고 나무가 우거져 있어서 검은 옷을 입고 있었다는 것 빼고는 용모 따위를 전혀 짐작할 수 없었다.

사실 아이들은 어느 풍문에서인지 까마귀의 이력을 어느 정도는 알고 있었다. 그는 천재적인 기억력의 소유자였다. 우수한 성적으로 동경 제국대학을 졸업했다. 해방이 되어 우리나라로 돌아오는 배 안에서 일본 사람들이 그에게 약을 먹였다. 그 약은 일본에서 배운 지식을 모국에서 써먹지 못하게끔 잊어버리도록 하는 약이었다. 정말 그는 기억상실증에 걸린 사람처럼 일본에서 배운 고등 학문을 깡그리 잊은 채 귀국했다고 한다. 동란이 터지고 상당한 부를 자랑하던 심씨네 가족들은 모두 먼 동해바다로 던져져 고기 밥이 되었다. 그리고 홀로 살아남은 그는 그뒤로 지금까지 온 산을 떠돌며 까아악까아악 이상한 소리만 낸다. 그런 정도의 얘기였다.

「왜 하필이면 징그럽게 까마귀 소리죠?」

「글쎄, 모르지요. 정신적으로 뭔가를 잊어버렸다는 뜻인지⋯⋯ 그 왜, 잊은 게 있으면 까마귀 고기 먹었냐, 그러잖아요」

2 상징은 어디에나 있으니

사흘 동안 몰아치던 폭우와 바람이 거짓말처럼 멈췄다. 할머니는 아침 일찍 논에 가서 물 빠지는 것을 살펴보고 돌아왔다. 나는 굴뚝에 올라앉아 담장 너머를 구경했다. 마을 입구에 있는 공동창고 지붕이 바람에 날아가고 불어난 오십천 강물로 쌓아놓은 보릿채들이 둥실둥실 떠내려가고 있었다. 마을 안쪽에 있는 우리 집은 지대가 높아 비 피해를 별로 염려하지 않아도 되었다. 강구 바닷가 마을을 몽땅 수장시켰던 오래전 사라호 태풍 때도 우리 집에는 마루 밑까지 물이 차오르다가 내려갔다고 했다.

바람이 좀 문제긴 했지만 블록으로 쌓은 담을 작년에 다시 돌담으로 돌려놓은 뒤부턴 별다른 바람 피해도 겪지 않았다. 태풍이 휩쓸 때 블록 담장은 무너져도 구멍이 숭숭 뚫린 돌담은 절대 무너지는 법이 없었다. 새마을 운동이 진행되면서 마을에는 비바람의 피해가 제법 심각했다. 돌담처럼 초가 지붕도 바람을 견딜 수는 있지만 새마을 운동으로 바꾼 슬레이트나 함석 지붕은 바람을 안기에 아주 안성맞춤이기 때문이었다. 작년에 초가를 슬레이트 지붕으로 바꾼 옥금이네도 지붕이 봐란 듯이 하늘로 치솟았다. 새마을 운동 때 지붕마다 빨간색 파란색을 칠해 놓은 것은 아주 지혜로운 일이었다. 굴뚝에서 밭두렁을 날아다니는 지붕을 보면 누구네 것인지 당장 알 수 있었다. 태풍이 지나가면 전혀 혼란 없이 자기네 지붕을 찾아갈 수 있었다.

나는 뒤안 감나무에 올라가 라디오 안테나가 잘 이어져 있는지 살펴보았다. 덕수 형 집에서 코일을 가져와 안테나 선을 달아놓은 뒤로 라디오가 잘 들렸지만 폭우가 쏟아질 때는 여전히 잡음이 많았다. 옛날 일제 시대를 살아온 할머니는 아예 잘 들리는 일본 방송을 틀곤 했다.

「할머니, 태풍이 동해로 빠져나갔대요」

내가 라디오에 귀를 대고 어렵게 일기 정보를 들려주자 할머니는 이미 알고 있다는 듯 딴청부리며 마당 밖을 나갔다. 골목길에는 동네 어른들이 분주히 나다녔다. 바람에 날려간 지붕을 찾아오고 무너진 보릿단을 다시 쌓았다. 농사일이 없는 이발사 최씨도 무너진 도랑둑을 다시 쌓느라 꽤 소란스럽게 설쳤다.

「준일아 뭐하니? 다들 바쁜데 너도 한몫 거들어야지. 리어카에 돌을 실어와라!」

「아저씨, 돌은 길바닥에 쫙 널렸잖아요」

최씨는 수원 아줌마 집 앞 도랑에 무너진 축대를 쌓고는 아줌마 집 마당에까지 들어가 비에 떠내려와 흩어진 자갈과 지푸라기 따위를 들어내었다. 수원 아줌마는 요즘 몸이 불편해서 고기 일을 할 때 말고는 방에서 거의 나오질 않았다. 하루 종일 매달리던 고기 일도 많이 줄었다. 배가 부른 탓에 허리를 조금 틀고 앉아 고기를 땄는데 힘이 들어선지 자칫 쓰러질 듯한 느낌마저 들게 했었다. 얼굴도 창백한 데다 고기칼에 손가락이 베이는 일도 잦자 할머니도 나서서 일을 못하게 말렸다. 애기 낳을 때 다되었으니 그만 몸을 보살펴라는 얘기였다. 그러나 아기 낳기 하루 전까지 타작마당에 나오던 옥금이 엄마와 비교하면 이상하다는 생각이 들었다.

최씨는 아예 아줌마네 집 태풍 설거지를 도맡아 해줄 기색이었다. 얼마 전에도 아줌마 집 담벽을 옥색으로 페인트칠 해준 적이 있었다. 실종된 고달영 씨와 친구지간이었다는 것이 아주 애꿎게 되었다며 투덜댔지만 별로 싫은 표정은 아니었다. 실종 후 처음 얼마간은 수원 아줌마한테 지분대는 게 딴뜻이 있어서 그런가 싶었지만 아줌마의 임신이 알려진 후 다들 수상쩍게 보는 눈초리를 거두었다. 사실 최씨도 뒤늦게 임신을 알고는 한동안 아줌마를 소 닭 보듯 했던 걸로 보아 무슨 꿍꿍이속이 있었던지도 몰랐다. 그러나 최근 들어 아줌마의 거동이 눈에 띄게 불편해지자 다시 전처럼 자질구레한 일을 거들어주었다.

「신경쟁이가 나사는 한 군데 풀린 것 같아두 친구간에 도리는 남다른 사람이다」

할머니도 그런 결론을 내렸다.

최씨가 마당에서 시끌짝하게 비설거지를 하고 있는데도 아줌마는 밖에 나오질 않았다. 나는 태풍이 몰려오던 그저께 밖에 나와 있는 아줌마를 본 뒤로 한번도 본 적이 없었다. 그날 아줌마네 집 처마가 바람에 날려갈 듯 위태로웠다. 일찍 이발소 문을 닫고 뛰어온 최씨가 철사와 각목으로 처마를 붙들어매고 서까래에다 못을 박아주었다.

그날 나는 마당에서 홍게(닭 모이로 쓰는)를 포대에 담다가, 서까래에 매달려 있는 최씨를 보았다. 아줌마가 고기 상자 위에 올라서서 우산을 씌워주고 있었는데 나는 얼핏 옆에 있는 사람이 아줌마 남편인 고달영 씨인 줄 알았다. 허리 아래만 보여서 알아보질 못한 탓이지만 아줌마의 볼록한 가슴이 최씨의 허리에 닿일 듯 밀착돼 있었기 때문이었다. 서까래에 매달린 채로 최씨가 소리쳤다.

「몸 무거운데 방에 들어가요!」

「난 괜찮아요. 어어 눈 조심하세요, 철사에 찔리겠어요」

이발하는 솜씨 빼고는 어느 일에든 서툴기 짝이 없는 최씨라 우산 들고 있는 아줌마가 더 고생하는 듯보였다. 그래도 어설프게 수리된 처마는 태풍이 지나가는 동안 별탈없이 지붕에 붙어 있었다.

나는 비가 오는 동안 포대에 넣어두었던 홍게를 꺼냈다. 마루 위에 종이를 깔고 게를 널었다. 마당에 볕이 있었지만 아직 땅이 젖은 상태라 마루에 깔 수밖에 없었다. 홍게 부스러기는 할머니가 이삼 일에 한번씩 새벽 어판장에 가서 얻어오는 것이었다. 홍게를 볕에 바싹 말린 뒤 절구로 찧어 닭 모이로 삼았다. 홍게를 먹은 닭은 알을 여물게 낳았는데 절구로 빻기 전까지는 내게 좋은 간식거리가 되어주었다.

나는 아직 토실한 홍게 다리를 몇 개 잘라 주머니에 넣고 수원 아줌마네 집으로 갔다. 아줌마네 마당은 거의 제 모양을 찾아가고 있었다. 최씨는 얼마 남지 않은 마당에 패인 구덩이를 흙으로 메우고 있었다. 나는 별로 마땅한 일거리를 찾지 못해 밖으로 나와 물구경을 했다.

샘터에서 흘러온 도랑물은 길바닥에 넘칠 듯 출렁거리며 빠른 속도로 내려가고 있었다. 지푸라기와 나무토막들 사이에 종이배 하나가 떠내려왔다. 연자 동생 녀석이 종이배를 띄우겠거니 하며 샘터 쪽을 건너보았다. 뜻밖에도 미향이가 제 이모와 함께 도랑물 보며 종종걸음으로 다가오고 있었다. 미향이는 전에 병도 녀석의 얄궂게 생긴 병뚜껑을 보고서도 태연해했고 가끔씩 재빈이 집에 가서 텔레비전도 시청하여 나를 적잖이 실망시켰다. 그런데도 눈앞에 미향이가 걸어오는 게 보이자 저절로 내 가슴이 콩닥콩닥, 뛰었다. 요즘 들어 머릿속 생각과 마음이 따로 움직일 때가 자주 있었다. 나이가 들면서 생기는 현상인지 모르겠다. 내가 허리를 굽혀 떠내려오는 종이배를 집어올렸다. 문득 나한테 보낸 편지 같은 느낌이 들었다.

「종이배를 니가 가졌구나」

노란색 장화를 철벙철벙거리며 다가온 미향이가 의미심장한 목소리로 내게 말했다.

「배가 어디까지 가는지 미향이랑 내기했거든. 배를 띄우는 건 마음을 보내는 거라 하지 않니?」

미향 이모가 말했다. 나는 순발력을 발휘해서 대뜸 대답했다.

「내가 배를 가졌으니 마음이 나한테 온 거네」
「치, 그건 이모가 띄운 배야」
　미향 이모는 고개를 젖히며 웃었다. 연한 녹색 티셔츠를 입은 볼록한 가슴 위로 햇살이 아물아물거리고 있었다. 머리카락도 아주 많이 자라 있었다. 지난주에는 강구 미장원에 가서 짧은 커트 머리를 했을 정도였다. 집안에서 꼼짝도 않던 그녀는 머리카락이 길어지면서 이날처럼 가끔 문밖으로 모습을 드러냈다. 미향 이모의 얼굴엔 어딘지 그늘이 드리워져 있었지만 여전히 이사오던 날처럼 어떤 마술적인 아름다움을 뿜어내고 있었다. 무어라 설명할 수는 없으나, 흐르는 맑은 물 밑에 어룽거리는 조약돌 같기도 하고 큰 감나무의 가장 높은 곳에 달린 붉은 감 같은 느낌이 들기도 했다. 전에 부두에서 본 남자는 그 뒤로 한번 더 찾아왔다가 만나지 못하고 돌아갔다는데 요즘엔 아예 연락이 끊어진 것 같았다. 하지만 왠지 물어볼 수가 없었다.
「야, 이것 봐라!」
　그때 신경쟁이 최씨가 병도 집 옆 푸성귀밭에 자갈을 버리고 오다가 갑자기 소리를 질렀다. 나는 깜짝 놀랐다. 푸성귀밭은 병도네 변소와 통해 있는데 거기엔 성질 사납기로 유명한 잡종 불독이 묶여 있었다. 이발하는 일 빼고는 매사에 덜렁대기만 하는 최씨가 그 불독에게 물렸는가 싶었다. 보통 때도 성질이 고약한 그놈은 태풍이 지나가기 보름 전에 새끼 세 마리를 낳아 한층 날카로운 성질을 뿜내고 있었기 때문이었다.
　최씨가 얼마나 경박한 사람인지 모르는 미향이와 미향 이모는 다급히 손짓하는 최씨에게 뭔가 특별난 구경거리가 있을 줄 알고 그쪽으로 걸음을 옮겼다. 나도 별수없이 두 여자의 뒤를 따라갔다. 사실 내가 별로 내키지 않은 것은 병도네의 불독 때문이기도 했다. 녀석은 아주 형편없는 놈이었다. 오래전에 병도 아버지는 얼굴이 좀 찌그러진 냄비처럼 넓적할 뿐 똥개나 다름없는 강아지를 데려와 불독이라고 우기며 녀석의 조그만 꼬리를 잘랐는데, 그의 말에 의하면 불독은 꼬리를 잘라야 제 성질을 갖는다는 것이었다. 그 때문인지 녀석은 커가면서 표독스럽기로 동네 개 중에선 왕초가 돼버렸다. 순자네 돼지 새끼가 제 집 앞을 뒤뚱거리며 다니자 물어 죽인 일까지도 있었다. 순자 엄마가 변상을 하라고 달려들었지만 도리어 병도 아버지는 남의 집 앞에 냄새 나는 돼지를 풀어놓았으니 개가 할일을 했다고 뻔뻔스럽게 응대했다. 병도 아버지는 동네 사람들이 자기를 무지렁뱅이라고 은근히 무시하는데 〈납짝 냄비〉가 체면을 살려준다고 여기는 눈치였다. 급기야 녀석은 내게도 횡액을 안겼다. 알을 깨고 나온 지 닷새밖에 안 된 솜털 같은 우리 병아리를 냉큼 한 입에 털어넣은 것이다. 나는 어떻게 원수를 갚을까 궁리하다가 학교 가는 나를 향해 짖는 그놈을 보고 금방 솥에서 꺼낸 김이 솔솔 나는 고구마를 던졌다. 녀석은 아침부터 웬 횡재가 날아오냐 싶었던지 한입에 덥석 물었다가 솔방울만한 꼬리를 항문에 붙이곤 제집으로 들어가 끙끙거렸다. 오후 학교에서 돌아와 보니 녀석의 앞니가 모조리 빠져 있었다. 산적 같은 병도 아버지에게 들켰으면 나는 매 맞아 죽었을 것이다.

　나는 최씨가 하도 경박스럽게 뭔가를 가리키는 통에 최씨의 손끝을 따라 개집으로 넌지시 고개를 돌렸다. 순간 나는 납짝 냄비가 새끼를 세 마리 낳았는데 어느새 또 한 마리를 더 출산했나 보다 싶었다. 그런데 가슴팍에 처박혀 있는 한 마리는 개가 아니라 몸뚱아리가 빨갛고 주둥이가 뭉툭한 게 분명히 새끼 돼지였다. 곁에서 미향이와 미향 이모도 신기해했다.

「허어 저놈 봐라!」

오이밭에 가던 덕수 형 아버지도 들여다보다 혀를 찼다. 오토바이 사건 후 덕수 형이 부산으로 배를 타러 갔기 때문에 아버지 박씨가 오이밭을 가꾸고 있었다. 마당에 흙을 채우려고 리어카를 몰고 오던 봉식이 아버지도 리어카 손잡이를 엉덩이에 걸친 채 개집을 기웃거렸다. 태풍 뒷설거지를 하던 이웃 사람들이 몰려와 개집을 빼곡이 둘러싸는 데는 얼마 걸리지 않았다.

「병도 아비가 좀 전에 물에 떠내려온 돼지 새끼 한 마리를 안고 오더니만……」

「주둥이가 뭉턱하다고 지 새낀 줄 아나 보지?」

「에이 아무럼. 뭉턱하다구 지 새끼와 구별도 못하려구」

「그럼, 개가 갑자기 앞니가 빠지면 성질 고와지나?」

불독은 가끔씩 고개를 들어 구경꾼들은 둘러보고는 눈을 감았다 떴다 하였다. 발간 피부가 물에 불어 통통한 새끼 돼지는 연신 두번째 젖꼭지를 빨아대고 있었다. 불독은 사람들이 자기를 칭찬하는 것을 아는지 한술 더 떴다. 덩치 큰 강아지 하나가 젖물 좋은 꼭지를 찾느라 돼지를 비집자 불독은 앞니 빠진 입으로 그놈의 목덜미를 물어 사타구니 쪽으로 내던졌다.

「허, 저놈이 언젠 돼지를 잡아죽이더니…… 동네 경사날 일 생기려나?」

「저걸 보면 늑대가 엄마 잃은 갓난아기를 키웠다는 게 헛말이 아니군」

「새끼를 돌보는 본성은 사람이나 짐승이나 다 같은 거야」

봉식이 아버지가 감동에 찬 음성으로 말을 하자 최씨도 의젓하게 한마디 하였다.

「거, 윤회를 한다는 말이 있지 않수? 요번 태풍이 지나가면서 어디 좋은 혼이 저놈에게 들어간 게 아닐까요?」

최씨가 야릇한 진단서를 발급하자, 「예끼 이 사람. 엉뚱한 소리는」「모르지. 이번 태풍에 죽은 사람이 한둘이 아니라던데 혼이 들어올 수도 있는 거지」「헛참. 그럼 저놈이 불독이 아니라 사람이게?」 구경하는 어른들끼리 느닷없는 논쟁거리가 돼버렸다. 미향 이모는 손으로 입을 가리며 웃음을 참았다. 나는 그제야 생각난 듯 손에 들고 있던 종이배를 미향 이모에게 내밀었다. 미향 이모는 종이배를 받질 않고 내 어깨 위에 가볍게 손을 올렸다. 미향 이모의 흰 손이 내 어깨에 닿자 왠지 부끄러워 미향 이모 반대편으로 고개를 돌렸다.

언제 나왔던지 수원 아줌마도 구경꾼들 틈에서 개집을 들여다보고 있었다. 수원 아줌마의 배는 한층 불러 있었다. 그때, 내가 잘못 본 걸까. 아줌마의 큰 눈에 눈물이 얼핏 비치는 것 같았다.

3 얼굴을 닦아준 사람

나는 방에 엎드려 대구에 있는 아버지에게 편지를 썼다. 편지를 쓴다는 것은 여간 곤혹스런 노릇이 아닐 수 없었다. 쓸 사람도 나밖에 없는 데다 매번 비슷한 말을 반복해야 하기 때문이었다. 판에 박힌 인사말을 한 뒤 근간에 있었던 일들을 옮겨적는 것이 편지쓰기의 주된 업무였다. 하지만 조그만 동네에 별다른 사건이 있을 턱이 없었다. 물론 내 개인적으로는 엄청나고 다양한 사건들이 매일같이 벌어지지만 공적인 편지에 쓸, 할머니와 공유하는 일들은 너무나 싱겁고 매번 비슷해서 아주 나를 진력나게 만드는 것이었다.

내가 간신히 편지지 한 장을 다 채운 뒤〈그럼 이만 펜을 놓겠습니다〉하고 마침표를 찍고 나면 할머니는 고대어 같은 괴상한 글씨체로,〈애비 에미 다들 무고하냐. 나도 잘 있다. 걱정 말라〉하고 버릇처럼 덧붙였다. 그러고 나서 마치 자신이 다 쓴 양,「어디 처음부터 쫙 읽어봐라」라며 지겨운 글을 또다시 보게끔 강요했다. 따라서 나는 지겨운 편지를 쓸 때마다 아예 충격적인 얘기들을 지어내버릴까 하는 충동에 휩싸이지만(첫날 새끼 돼지에게 젖을 빨리던 불독이 이튿날 귀여운 새끼를 잡아먹었답니다, 하는 식으로), 할머니의 그런 청취 시간 때문에 어쩌지를 못했다. 소란소란 읽어 내려가는 손자의 목소리를 듣는 것은 할머니의 오랜 취미였다. 어찌 보면 할머니는 정작 아버지에게 소식을 보내는 데 관심이 있는 게 아니라 쓰고 난 편지를 듣는 즐거움을 누리고 싶을 때마다 나에게「아버지한테 편지 올려야지」하고 소리치는 것만 같았다. 나도 가끔씩 아버지한테가 아니라 할머니한테 편지를 보낸다는 착각을 일으키곤 했다.

「돼지 새끼 얘기는 참 멋진데 수원네 말은 빼는 게 낫겠구나」

청취를 마친 뒤 할머니가 편지 내용에 의문을 달았다.

「왜요?」

「떨어져 있으면 집에 있는 숟가락까지 걱정되는 법이다. 수원네가 오직 곰살궂었니? 마음 걱정을 시켜드릴 필요는 없을 것 같구나. 보자, 든든한 사내애를 낳게 될 거라고 쓰는 게 낫질 않겠니?」

내게 짜증이 울컥 치솟았다. 다시는 편지 따위를 쓰지 않겠다고 작심했다. 나는 드러나게 얼굴을 찌푸리면서 편지지 위에 연필을 탁, 놓았다. 하지만 할머니의 안타까운 마음이 읽혀지는 것은 어쩔 수 없었다. 사실 할머니는 성격이 매우 여린 분이었다.

혹시나 수원네가 잘못될까 봐 아예 좋은 쪽으로만 생각을 모으려고 애를 쓰고 있었다. 나는 할 수 없다는 듯 다시 연필에 침을 묻혔다.

수원 아줌마에게 심상찮은 조짐이 일어나고 있는 게 사실이었다. 태풍이 지나가고 며칠간 방을 나오던 아줌마는 이제 바깥 출입이 아주 뜸해졌다. 아기 낳을 때가 가까워서만이 그런 게 아니었다.

그저께 아줌마가 어판장에 리어카를 끌고 가다 쓰러진 일이 있었다. 이발사 최씨가 강구로 영화를 보러 가던 길에 오일 장터 입구에서 쓰러져 있는 아줌마를 발견했다고 한다. 최씨는 배가 불룩한 아줌마를 업고 갈 수가 없어 말린 노가리를 길갓집에 맡겨놓고 아줌마를 리어카에 태웠다. 다리 건너 강구 의원으로 갔다. 병실 침대에 누이자 그제서야 정신이 든 아줌마는 깜짝 놀라며 집으로 가겠다고 했다. 최씨는 진찰이라도 한번 받아보라고 했으나 말을 듣지 않았다. 그런데 의사의 태도도 묘했다고 한다. 귀에 청진기를 꽂고는 멀거니 아줌마를 내려다보고만 있더니 최씨더러〈보호잡니까?〉하고 물었다. 최씨는 뒷집에 산다면서 앞뒤 사정을 얘기했더니 그냥 차에 태워서 집으로 돌아가라고 말했다 한다.

최씨의 입에서 전해지지 않았다면 끝내 마을 사람들은 아무도 사연을 알 수 없었을 것이다. 의사가 전에 진찰한 적이 있다면서 이런 말을 하더라고 했다.

「이 아주머니는 갑상선에 문제가 있어요」

「갑상선이라뇨? 무슨 배를 탔다는 겁니까?」

「배가 아니라 목 옆에 신경줄이 가득 찬 곳이 있어요. 거기서 호르몬을 만드는 기관을 갑상선이라고 하지요. 거기에 심각한 병이 들었다 이 말이오」

그 정도 외에는 설명할 수가 없었다. 최씨를 한심스럽다고 생각한 할머니는 직접 병원으로 뛰어갔다. 하지만 오히려 최씨의 설명이 더 자세하다 싶을 정도로 의사에게서 더 나은 정보를 얻어올 수가 없었다. 큰 병원에 가보아야지 자기들로서는 정밀한 진단을 내릴 수가 없다고 했다.

「수원네. 너무 놀라지 말게. 의사 말로는 아기를 포기하라고 하더라. 그렇잖으면 약물 치료든 수술이든 아무것도 할 수가 없대」

최씨가 놀라 입을 쩍 벌렸다.

「할머니 염려 마세요. 공연히 마음 쓰실까 봐 말씀 안 드렸지만 저도 많이 알아봤어요. 죽을 병은 아니래요. 조금만 더 있으면 애길 낳을 텐데 그때 가서 치료하면 돼요」

아줌마는 빙긋이 웃으며 말했다. 그러고 보니 아줌마가 아프기 시작한 것은 꽤 오래된 것 같았다. 전부터 다시마를 말려서 가루를 내어 먹는다든가 굴조개와 패모 등을 구하러 다니는 것을 보았다. 아기에게 해가 될까 싶어 약은 먹지 못하고 민간 처방에 의탁해 온 모양이었다.

그날 할머니가 방을 나가고 아줌마는 최씨와 둘만 남게 되었다. 웬일인지 아줌마는 오랜만에 남편 이야기를 꺼냈다.

「오늘 갑자기 그 생각이 나네요. 옛날에는 참 이상한 일도 많았어요. 식당에서 일을 하던 때가 있었지요. 헌데 그 식당 주인이 노름 빚을 지면 일하는 여자애들을 이상한 곳에 팔아 넘겼어요. 나중에 들었는데 그곳에 넘기기 전날 밤엔 꼭 강제로 욕을 보였대요. 그날, 그날요, 어떻게 알았던지 식당 배달원이었던 달영 씨가 들이닥쳐 그 자를 두들겨팼지요」

아줌마는 피곤한 듯 머리를 옷장에 기대고 잠시 말을 멈췄다. 최씨는 손가락 하나 움직이지 않고 가만히 앉아 있었다. 매사에 덜렁대기만 하던 최씨가 저렇듯 진중한 자세를 취하고 있는 것을 처음 보았다. 아줌마가 다시 입을 열었다.

「그때 달영 씨 말이, 얼른 도망을 쳐야 된다더군요. 식당 주인과 계약한 조직이 아침 되면 역 주변에 쫙 깔린다나요? 마구잡이로 올라탄 기차가 하필이면 석탄 실은 화물차였어요. 얼결에 도망치긴 했지만 달영 씨도 무서운 건 마찬가지였어요. 달영 씨는 사람 눈에 띄지 않으려고 엎드려 있었는데 나는 달영 씨가 무서워서 엎드렸지요. 아침에 울산에 도착한 걸 알았어요. 달영 씨가 내의를 벗어 얼굴을 닦아주었어요. 아주 추운 날이었는데……. 오돌오돌 떨면서 달영 씨가 내 얼굴을 닦아줄 때 그이와 함께 살고 싶다는 생각을 처음 했어요」

「그뒤로 달영이와 함께 살았나요?」

코끝이 빨갛게 달아오른 최씨가 불쑥 물었다.

「어머, 함께 살다뇨? 그때 내 나이가 열일곱이었는데. 그냥 가깝게 지내다가 오진에 오기 얼마 전에 결혼했잖아요」

「아, 그렇지요」

최씨가 중얼거리며 집게손가락을 꼼지락거렸다.

「친구분 도움을 이렇게 받으니 전 참 복도 많은 년이에요」

나는 최씨의 얼굴에 그림자가 덮이는 것을 느꼈다. 수원 아줌마는 가슴에 묻어둔 남편 이야기를 꺼내서인지 얼굴에 생기가 도는 것 같았다.

그뒤로 할머니는 강구 의원에 들러 의사와 상담을 하기도 하고 아줌마 방에 들러 파리를 잡아주기도 했다. 동태찌개 등을 끓일 때면 나를 불러 아줌마에게 갖다주고 오라고 시키는 일도 잦았다. 나는 아줌마 방 앞으로 국 냄비를 놓고 나오곤 했는데 가끔씩은 아줌마의 손짓에 방으로 들어가기도 했다. 그런데 정말 알 수 없는 것은 방에 이불이 펴져있을 뿐 조금도 환자의 방 같은 느낌이 들지 않는다는 점이었다. 아줌마의 방은 여전히 동네 어느 집의 방보다 깨끗하고 단정히 정돈되어 있었다. 여느 집들은 고구마를 가득 채운 드럼통을 비좁은 윗목에 놓아두거나 수숫대를 세워놓아 까만 집게벌레들이 수시로 기어다녔다. 그리고 어느 집이든 벽을 타고 오르는 전선보다 천장을 가로지르는 전선이 굵게 마련인데 수년 동안 파리똥이 쌓이고 쌓인 탓이었다. 아버지가 교육공무원이라 상당히 깔끔한 편인 우리 집 안방도 언제나 구석엔 개미들이 일렬종대로 행진하는 것을 볼 수 있고 벽장 위에는 유효 기간이 오래전에 지난 약병과 이미 접착력을 잃은 반창고 따위들이 박물관처럼 진열돼 있을 정도였다.

나는 아줌마의 방을 방문할 때마다 마치 내 자신이 목욕을 한 듯한 산뜻한 기분과 어쩜 안 아플지 모른다는 의혹 사이에서 혼란을 느껴야 했다. 아줌마는 어두운 방에서도 얼굴이 희게 보였다. 약간 코가 맹맹한 목소리로 내게 「준일이는 눈이 참 예쁘구나, 이름은 누가 지어주었니?」하고 묻기도 하고, 「할머니하구만 있으니 엄마는 보고 싶지 않아? 엄마 아빠 보고 싶을 땐 어떻게 하지?」하며 내 반응을 살피기도 하였다.

또 어떤 땐 「재빈이랑 연적관계라던대?」하며 떠도는 소문을 확인하려고도 들었다. 「여자의 마음을 사로잡는 방법은 말이야……. 하아, 뭘까?」 내가 눈이 번쩍 뜨여 「뭔대요?」하고 물었다. 아줌마는 갑자기 골똘한 표정을 짓더니 「그건……. 여자도 모른단다」하고는 눈이 아주 초승달이 되도록 웃었다.

그러나 한번도 자신이 앓는 병이 어떤 것인지, 태어날 아기에 대해서나 남편인 고달영 씨에 대해서도 말하지 않았다.

그러던 칠월 중순경이었다. 학기말 시험을 치르고 집에 와서 틀린 것을 셈해 보았다. 아무리 셈을 해보아도 90점이 넘지를 않았다. 재빈이한테 또 질 것 같았다. 할머니는 내가 시험을 마쳤다고 고래고기를 국을 끓였다. 고래고기가 쇠고기보다 값도 싸고 흔하기도 했다. 할머니는 따로 냄비에 국을 담다가,

「아차, 수원네 안 먹을지 모르겠네?」

하고 혼자 중얼거렸다. 그 말을 듣자 내게도 갑자기 식욕이 사그라들고 말았다. 앞집 아저씨가 바다에서 실종되었는데 입 큰 고기를 어떻게 먹겠나 싶었다. 할머니는 이왕 꺼내놓은 냄비에 큰일 치른 집에서 가져온 부침개를 몇 개 담아 나에게 주었다.

내가 그릇을 들고 아줌마네 집에 갔다. 문을 열려고 하는데 방 안에 누군가 있는 기척이 들렸다.

「괜찮으시다면 이 옷 한번 입어보세요」

「웬 옷이죠?」

「지난 겨울에 달영 씨 가고 짰던 옷이에요. 체격이 비슷해서 맞을 것 같은데」

「옷 같은 건 필요없어요. 정임 씨, 내가 필요한 건……」

최씨의 목소리였다. 최씨의 목소리가 평소와 다르게 팽팽하게 느껴지는 탓에 나는 목소리의 주인공이 누군지 모를 뻔했다.

「정임 씨, 달영이한텐 미안하지만 난 이제 용기를 내기로 했소」

아줌마의 대답이 들려오지 않았다.

「사, 사, 사랑하오」

갑자기 내 코끝이 간질간질해 왔다. 귀를 곤두세우고 문앞에

바싹 다가갔다. 아줌마가 무어라 대답을 할까 조바심을 치며 기다렸다. 아줌마의 목소리는 전혀 들리지 않았다. 다시 최씨의 떨리는 말소리가 낮게 창호지를 두들겼다. 나는 창호지가 떨고 있다고 느껴졌다.

「마지막으로 부탁을 하오. 정임 씨, 치료를 받으세요. 아이는 또 가지면 되질 않소?」

아줌마의 목소리가 들렸던 것은 한참 뒤였다.

「죄송해요. 전 그이의 피를 받은 아이를 이 세상에 남기고 싶어요. 그 아이가 혹시 저승에 있을지도 모를 아빠를 기쁘게 할 것 같아요」

「정임 씨! 애를 낳다가 쓰러지면 당신도 애도 모두 불행해요」

수원 아줌마의 흐느낌이 끄억끄억 창호지를 적시고 있었다.

4 갑상선을 타고 가다

학기말 시험에서 재빈이는 또 일등을 하였다. 저녁마다 텔레비전 앞에 코를 처박고 있는 녀석이 여전히 일등을 놓치지 않는다는 것은 감탄할 만한 일이었다. 텔레비전을 샀을 때 이제는 일등 자리를 물려주겠거니 하는 예상 때문에 은근히 위안을 얻었던 나는 여간 실망스럽지가 않았다. 사실 재빈이네 텔레비전이 가끔씩 안나올 때가 있기는 했다. 우리 집 라디오처럼 안테나가 끊어진 탓인지 화면이 뿌옇게 되고 말소리도 들리지 않았다. 그럴 즈음에 엄마에게서 장거리 전화가 오면,

「엄마 안테나 선이 끊어졌어. 빨리 와」

하고 사정을 알렸다. 엿공장 안테나는 모랭이산 꼭대기에 세워

져 있었는데 엿공장에서 거기까지는 수백 미터가 되었다. 산꼭대기로 올라가는 그 어느 부분에서 선을 따 재빈이네 텔레비전과 연결해 놓았다. 그곳의 접촉이 이따끔씩 떨어지는 일이 있었다. 당연히 산에는 다람쥐나 산토끼처럼 갉아먹기 좋아하는 동물들이 많았다. 하지만 내가 보기엔 재빈이 녀석이 텔레비전에 빠져 허우적거릴 때면 신통하게도 선이 끊어져 밀릴 공부를 보충하게끔 만들었다. 끊기 좋도록 선을 연결한 기술 때문인지 다람쥐 녀석들의 묘한 조화속인지 매번 이등에 머물러야 하는 나로서는 여간 속상한 게 아니었다. 녀석이 밀린 공부를 보충해 놓으면 엄마가 와서 얄밉도록 안테나 선을 연결해 주곤 하였다.

통신표를 받은 날 재빈이 엄마는 재빈이에게 양복점에 가서 새 옷을 맞춰주었다. 며칠 뒤 재빈이는 사진에서나 볼 수 있는 영국 신사처럼 턱밑에 나비넥타이를 붙이고 강구의 중국집으로 갔다. 나는 엿공장 앞 공터에서 구슬치기를 하다가 엄마 손을 잡고 〈뻬이징〉으로 가는 재빈이를 보았다. 녀석 옆에는 미향이가 있었다. 녀석의 엄마가 누구를 초대했으면 좋겠니, 하고 물었는데, 녀석이 미향이와 함께 〈뻬이징〉으로 가고 싶다고 했단다.

나는 뛰어난 구슬치기 기술을 가지고 있음에도 불구하고 내 구슬은 번번히 호구라고 불리는 구멍에 들어가지가 않았다. 나는 겨우 오야 구슬만 지켰을 뿐 아이들에게 구슬을 몽땅 잃었다.

집으로 돌아와 방안에 틀어박혀 악어만 쳐다보았다. 내가 학교에 들어가기 전, 아버지가 인근 남호초등학교에 근무할 때 수학여행을 가는 아버지를 따라 보경사에 갔는데, 그때 사온 악어였다. 조그마한 흔들림에도 악어는 입을 벌리고 목을 흔들도록 만들어져 있었다. 사슴 같은 큰 짐승이나 사람도 한입에 삼킨다는 악어를 바라보면서 왜 오십천에는 악어가 살지 않을까 하는 생각을 하였다. 오십천에 악어가 득실거리면 어떻게 될까? 사람들은 오들오들 떨며 다리를 건너고 날카로운 톱니가 달린 악어 꼬리가 수면을 친다. 다리를 건너던 사람 하나가 악어 꼬리에 나꿔채여 다리 아래로 떨어진다. 악어가 물 속에서 눈을 뜨고 떨어지는 사람을 보며 치솟는다. 악어 입이 벌어지고 사람이 입 속으로 빨려 들어간다. 시험지에다가 크레용으로 그림을 그렸다. 악어 입에 떨어지는 사람의 가슴에 〈오재빈〉 하고 쓰려다 대뜸 내 이름을 써버린다. 엉뚱한 수작을 하고 있는 자신이 한심스러웠다. 나는 마당으로 내려가 닭모이에 쓸 비쩍 마른 홍게 다리를 뜯어먹었다.

할머니는 내 심정을 아는지 모르는지 수원 아줌마네 집만 들락거렸다. 양은 대야에 물을 끓이고 무명천을 가져갔다. 하도 경황없이 설치는 통에 머리 뒤꼭지에 꽂힌 비녀가 빠질 것 같았다. 나는 마루에 앉아 홍게 다리를 발겨먹으면서 은비녀가 언제 땅에 떨어질까 눈여겨보고 있었다. 할머니가 머리가 풀려 어쩔 줄 몰라하며 어두운 눈으로 마당을 더듬고 있으면 〈헤헤, 할머니. 내가 비녀를 찾아줄까, 말까?〉 하며 샘통을 부릴 작정이었다.

「준일아, 너 지금 강구 건너가서 정 의원 댁에 다녀오너라」

비녀가 삐뚜름히 꽂힌 채로 할머니가 소리쳤다.

「왜요?」

「왜긴, 인석아. 수원네가 오늘 밤에 애 낳을 것 같다고 해라. 아이구 나 혼자 받으려니 손이 떨려 못하겠다」

할머니는 우리 동네에서 이름난 산파였고 정 의원의 부인은 강구에서 이름난 산파였다.

「할머니 제가 다녀오죠」

아랫채 마루에서 먼산바래기를 하고 있던 이발사 최씨가 자전거를 탔다.

「곧 진통이 시작될 거라 그러시게. 저녁 일찍 자시고 와주었으면 좋겠네」

「할머니, 비녀 떨어질라 그래」

내가 최씨 자전거 뒷자리에 훌쩍 뛰어올랐다. 정 의원 댁 가는 길에 〈페이징〉이 있었다. 재빈이 녀석은 신사양복을 입은 채로 짜장면을 먹다가 옷을 버렸을지 몰랐다. 〈어휴, 너는 짜장면도 제대로 못 먹냐?〉하며 지네 엄마가 참다 못해 짜증을 쏟아낼 것이다. 〈미향이 좀 봐라. 입술도 깨끗한데 넌 턱밑이 염소 새끼처럼 그게 뭐냐.〉

최씨의 자전거 타는 솜씨는 형편이 없었다. 넓은 큰길에서도 제대로 핸들을 꺾지 못해 내가 오징어 말리는 널에 몇 번이나 처박힐 뻔하였다.

수원 아줌마는 새벽 한시까지 앓는 소리를 냈다. 저녁 여덟시쯤에 정 의원 부인이 도착했는데 이상하게 개들은 짖지 않았다. 옥금이 엄마와 순자 엄마가 방 밖에서 「뭐 필요한 게 없어요」하며 수시로 묻다가 돌아가곤 했다. 좁은 방 안에는 할머니와 정 의원 부인 수원 아줌마 세 사람만 있었다. 나는 강구의 제일가는 산파 두 사람이 한꺼번에 있으니 아기는 쉽게 낳게 될 거라고 믿었다.

「용을 쓰게. 용을 써」

용을 쓰는 할머니의 목소리가 들렸다. 아줌마의 앓는 목소리는 힘이 없게 느껴졌다. 길고 지루한 시간이 흘러갔다. 가끔씩 동네 개들이 킁킁 짖었다. 나와 최씨는 이따금씩 나가 아줌마네 집 앞을 왔다갔다했다. 모기가 달려들어 다리와 팔을 물어뜯었다. 최씨는 모기 따위는 상관없다는 표정이었으나 나는 가려워 견딜 수가 없었다. 수원 아줌마가 아기를 낳다가 죽을지도 모른다는 생각이 가슴에 덜컥 얹어졌다.

아침이 왔다. 눈을 뜨자마자 후다닥 방문을 열고 뛰어나갔다. 아줌마네 집 앞은 잠잠했다. 철도 부지 밭둑에 드문드문 서 있는 맨드라미와 능소화가 붉은 꽃을 피우고 있었다. 아줌마네 집 마당에는 물을 끼얹은 자리가 흥건하게 젖어 있었다. 최씨는 아직 방에서 자고 있는 듯했다. 수원 아줌마는 새벽 네시경에 무사히 아기를 낳았다고 했다. 사내아이였다. 할머니는 교감 선생님 집으로 전화를 걸러 갔다. 아줌마 시댁에 전화를 한다는 것이었다.

「전화를 왜 이제 하세요?」

「수원네가 꼭 애기를 갖고 싶어서 그랬다네」

교감 선생님 부인이 의아해하자 할머니는 그렇게 일러주었다. 그날 해거름에 울진에서 고달영 씨의 어머니와 여동생이 도착했다. 수원 아줌마는 열흘 간 몸조리를 한 뒤 아기를 안고 울진으로 떠났다.

최씨의 말처럼 갑상선이란 배를 타고 남편을 찾아 나섰다는 생각이 들었다.

5장 지워지지 않는 무늬

| 이해할 수 없는 단어 |

미꾸라지

한동안 장대비가 퍼붓고 가랑비가 흩날릴 때 마루에 앉아 마당을 내려다보면 세상에 대지가 처음 생겼을 무렵을 떠올리게 한다. 딱딱한 땅과 무른 땅, 잘게 부서진 청석과 박힌 돌이 여기저기 분포되어 있는 마당은 빗물에 의해서 새로운 지형들을 만들어낸다. 강이 생기고 산이 만들어지는가 하면 협곡이 생기고 한쪽에선 바다가 터를 잡는다.

어디서 둑이 터진 듯 물마루가 몰려와 산들은 부서지며 또다른 내가 형성된다. 내는 겹쳐지면서 큰 강을 만드는가 하면 어느새 굽이도는 강 옆으로 새로운 산맥들이 들어선다. 끊임없이 변화하는 모양을 지켜보노라면, 태고부터 땅은 저렇게 몸을 비틀며 숨을 쉬고 있었으리란 생각이 든다. 또한 산과 강 사이에선 여느 땐 볼 수 없는 기이한 것들이 출현한다. 그건 마치 원시의 생물과 같다. 두꺼비 달팽이 소금쟁이들이 새로운 세상을 장악한다.

　마루에 앉아서 태고의 대지를 바라보며 우쭐한 상상에 젖어 있던 나는 곳간 앞으로 걸어갔다. 집이 없는 민달팽이가 처마 밑에 생긴 작은 물고랑을 지나고 있었다. 달팽이의 더듬이에 손을 대어보는 재미는 놓칠 수가 없다. 손끝만 닿여도 움추러들었다가 이내 긴 촉수를 내뻗는 민달팽이 앞에 쪼그리고 있던 나는 깜짝 놀랐다. 처마 밑에 형성된 작은 도랑에 미꾸라지 한 마리를 보았기 때문이었다. 아주 굵은 지렁인가 싶었지만 주둥이에 수염이 서너 개가 돋아 있고 아가미를 달싹대며 숨을 쉬고 있는 게 분명 미꾸라지였다. 크기는 가운데손가락만했다. 아무리 태초의 땅 같은 마당이라지만 미꾸라지까지 있을 줄은 몰랐다.

　나는 미꾸라지가 마당에서 헤엄치고 있다는 사실을 어떻게 이해해야 할지를 몰랐다. 근방에 미꾸라지가 살 만한 못이나 개천이 있는 것도 아니었다.

　마침 비 구경 나왔던 미향 이모가 우리 집 삽짝을 지나고 있었다. 미향 이모는 빨강 우산을 한 손에 들고서 사뿐사뿐 마당으로 들어와 「히야 정말 미꾸라지네!」 하며 감탄을 하였다. 미꾸라지는 물고랑이 비좁다는 듯 주둥이를 땅에 콕콕 찧었다.

　「장대비가 쏟아질 때 바다나 강에서 가늘고 긴 모양의 고기들은 비를 타고 하늘로 오른단다. 그것들이 구름과 섞여 있다가 비가 내릴 때 떨어지는 거야」

　미향 이모가 그렇게 일러주었다. 그 얘긴 나도 대구에 가 있는 형한테서 들은 적이 있긴 했다. 미꾸라지가 비를 거슬러 오르는 광경이 눈에 아른거리고 구름 위에 누워 있다가 구름이 비를 뿌리자 우리 집 마당에 떨어지는 연상이 그림처럼 머리를 스쳤다. 아주 유쾌한 상상이었다. 이 세상 곳곳에 무수한 생물들이 번성

하게 된 연유를 내게 암시해 주었다.

「세상이 처음 만들어졌을 때도 많은 생물들이 구름을 타고 떠돌다가 이곳저곳에 돌연히 나타났겠지요?」

마당을 시원의 땅처럼 느꼈던 좀 전의 생각을 알 길 없는 미향이 이모가 고개를 갸우뚱거렸다.

하지만 그 미꾸라지를 본 뒤로, 비가 오지도 않고 시원의 땅도 아닌데 갑자기 나타나는 것들이 자주 내 눈에 띄었다. 정말 그것은 무어라 설명할 길이 없었다. 며칠이 지난 후 숙제를 하려고 필통을 열었을 때, 필통 안에서 아주 조그마한 꽃뱀이 발견되었다. 필통이라선지 얼핏 색연필심인 줄 알았다. 가끔 질 나쁜 연필을 깎다 보면 풀로 붙인 자리가 떨어져 연필이 세로로 길게 반동강이 나는 경우가 있었다. 그러면 반동강 난 연필나무에 심이 박혀 있는 걸 볼 수 있는데 이 꽃뱀의 굵기는 꼭 연필심만했다. 아기뱀은 조금도 무섭지 않았다. 고개를 쳐들고 혀를 낼름낼름거리던 뱀은 단정하게 똬리를 틀고 앉아 나를 바라보기도 했다. 목 아래로 자수가 놓여 있는 듯한 청색과 홍색의 비늘은 너무나 작고 섬세해 눈이 부셨다. 나는 연필심이 변해서 꽃뱀이 되는가, 아님 꽃뱀이 변해서 연필심이 되는가, 하는 착각과 미망에 사로잡혔지만 곧 알 수 있었다.

마당에 있던 미꾸라지도 구름을 타고 떨어진 것이 아니라, 꽃뱀도 연필심이 변해서 된 것이 아니라, 그건 우리 삶에 끼여든 틈입자 같은 것이라 생각했다. 마치 조개 속에 숨어 있다가 나타난다는 진주처럼 미꾸라지도 꽃뱀도 우주의 갈피 속에 숨어 있다가 홀연 내 앞에 나타난 것이리라.

살아 있는 생물만이 틈입자는 아니었다. 그 틈입자는 전혀 뜻밖의 상황에서 나에게 나타나고는 하였다. 방학이 되고 며칠이 지난 어느 날 나는 보배구슬을 잃어버린 일이 있었다.

아이들에게는 누구나 딱 하나씩의 보배구슬(우리가 〈오야〉라고 통칭하는)를 갖고 있는데 그 보배구슬이야말로 무엇과도 바꿀 수 없는 소중한 물건이었다. 보배구슬을 이용해 아이들은 자기의 자산을 부풀리기 때문이었다. 그 구슬이 없으면 구슬치기의 정밀한 게임을 이겨낼 수가 없었다. 고향의 구슬치기는 대구나 서울 등지에서 하는 운이나 확률에 의존하는 놀이가 아니라 사격을 하듯이 아주 정교한 기술이 필요한 독특한 게임이었다. 뛰어난 기술자일수록 우선 훌륭한 보배구슬을 고르는 눈을 가져야 했다. 가장 멋진 보배구슬이란 누구의 손에나 함부로 들어가는 게 아니었다. 문구점이나 가게에서 팔리는 구슬 가운데 정밀하면서 아름답게 가공된 구슬이 퍽 드물기도 했지만 뛰어난 기술자가 아니면 그런 구슬을 고르는 법을 모르기 때문이었다. 많은 대가를 치르고야 얻을 수 있는 그 구슬은 오랫동안 손에 익어 마치 또하나의 손가락처럼 움직여주는 것이었다.

그런 내 보배구슬이 어느 날 갑자기 보이지 않았다. 방 안에는 물론 마루 밑에도 부엌에도 개집 안에도 보배구슬을 찾아낼 수가 없었다. 보배구슬이 없는 한 걸출한 기술을 가진 다른 동네 맹장들과 게임을 겨룰 수가 없는 일이라 나는 구슬을 찾는 데 혈안이 되었다.

내가 구슬 찾기를 포기할 즈음 미향이가 우리 집에 온 일이 있었다. 여름방학 숙제로 나비를 채집하는 중에 우리 집 앞을 지나다 나와 대청마루에 나란히 앉게 되었다. 미향이는 배추나비와 풀나비를 잘 구별하지 못했다. 미향이가 가져온 나비 상자에는 금방 날아갈 듯한 나비들이 수수깡 위에 얹혀 있었다. 다른 애들은 수수깡을 사각으로 깎아 채집한 곤충을 올려놓았는데 미향이는 동그랗게 깎았다. 그래선지 마치 나비들이 가는 다리로 수수깡을 껴안고 있는 듯이 생동감이 넘쳤다.
「하얀 날개에 검은 점이 박힌 게 배추나비야」
내가 그렇게 일러주었다. 미향이는 마당에 있는 빨랫줄을 보며 말했다.
「저 바지 네 거니?」
바다색 짧은 바지를 가리켰다. 그 바지는 멜빵 장치가 되어 있는 어머니가 사온 바지였다. 옷이라면 죄다 형에게서 물려받았던 터라 처음부터 내 소유인 그 바지가 무척 자랑스러웠다. 게다가 멋진 멜빵 바지였으니 미향이 눈도 거기 쏠리는 게 당연했을 것이다. 바지를 입고 밥을 먹다가 국물이 흘러 할머니가 빨아두었었다.
「나한테도 저런 멜빵 바지가 있는데?」
「저건 남자 바지야」
나는 으시대며 말했다.
「여자용도 있는걸? 내 건 주홍색이야」
나는 냉큼 뛰어가서 아직 물기가 축축한 바지를 걷어왔다.
「정말 이렇게 생겼니?」
하며 바지를 배 위에 걸치고 주머니에 손을 넣어 옷 모양새를 보여주었다. 그때 주머니 속에서 손가락 끝에 무엇인가 닿는 게 있었다. 어쩐지 익숙한 감촉이라 얼른 집어올렸다. 놀랍게도 그것은 보배구슬이었다. 유리구슬 안에 팔랑개비 문양이 들어 있고 표면이 까칠까칠하게 닳아 게임 중에 손가락 틈에서 미끄러질 염려도 없는 내 보배구슬이었다.
그토록 찾던 구슬이 여기 있다니. 나는 멜빵 바지의 주머니도 뒤졌던 기억이 났기 때문에 느닷없이 나타난 구슬 앞에 어리둥절할 지경이었다. 심지어 배추나비가 잡고 있는 동그란 수수깡 중에 내 구슬도 있었던 게 아닌가 착각이 들 정도였다.

그러나 나는 곧 알 수 있었다. 보배구슬은 어느 알 수 없는 공간에 잠시 숨어 있다가 가장 적절한 시기에 내게 다시 나타나 주었다는 것을.

아 신비한 틈입자들. 단 한번도 피지 않았던 채송화의 봉오리가 벙그러질 때 그 안에 앉아 있던 딱정벌레. 삼십 년 전 돌아가신 할아버지의 서고에서 가져온 지도책을 넘기다 발견된, 말로만 들었던 왕방울 네 잎 클로버. 기억할 수도 없을 만큼 까마득히 오래전에 잃어버렸던 파란색 주사위. 늦잠을 자고 일어난 어느 날 아침, 엄마 처녀 시절 사진 액자 위에 앉아 있던 굴뚝새 한 마리. 그 신비한 틈입자들은 단조로운 내 유년의 무늬들을 얼마나 황홀하게 수놓았던가.

그런데 이상했다. 유년 시절 그렇게도 빈번히 나타나 나를 놀라게 했던 그 신비로운 틈입자들을 성인이 된 뒤로 한번도 만난 적이 없었다. 바쁘던 입시(入試)철 돌연히 나타나 머리의 피로를 잠시 들어줄 그 어떤 것, 혹은 이십대 초반의 권태에 찌들려 있던 봄날 오후 황홀한 유혹을 애타게 그리워할 때도 그 틈입자는 나타나 주지 않았다. 아주 이따끔 뜻밖의 사건을 맞닥뜨릴 때도 있긴 했다. 그러나 그 역시 구체적인 요인들이 이미 깔려 있었거나 논리적 설명이 가능한 것일 뿐 결코 틈입자는 아니었다. 어떤 기묘한 우연마저도 앞뒤의 확률이란 방식으로 해명이 가능한 것들이었다. 그래서 나는 어린 시절의 그 황홀한 틈입자들에 대해 슬픈 수정(修整)을 하게 되었다. 그들은 틈입자들이 아니었던가 보았다. 그들이 숨어 있던 미지의 우주 공간은 처음부터 없었던 모양이었다.

틈입자들이 아닌 한 그들은 모두 유년 시절의 이해할 수 없는 경험이 돼버린다. 차라리 미꾸라지는 구름을 타고 떠돌다 내려왔고, 꽃뱀은 연필심을 착각한 것이려니 하는 슬픈 이해가 더 적절할지도 모를.

2 이해할 수 없는 단어 2

항문

이해할 수 없는 것들 중에 유쾌하지 못한 것도 있다.

순자에게는 욱진이라는 남동생이 있었다. 호박장군이라고 탐탁찮은 별명을 갖고 다니는 욱진이는 머리가 아주 컸다. 정말 늦가을 거름 더미 위에 끝까지 남아 있는 누런 씨호박처럼 머리 모양이 크고 울퉁불퉁하게 생겼다. 욱진이는 초등학교에 들어가는 날짜를 놓치는 바람에 여덟 살이 되었는데도 철없는 꼬맹이들과 어울렸다.

욱진이가 제 나이에 초등학교에 입학하지 못한 것은 녀석의 항문 때문이었다. 저속한 표현일지라도 직접적으로 말하자면 똥 때문이라고 해야 할 것이다. 물론 초등학교 1학년 꼬마들 중에는 똥오줌싸개들이 여럿 있으므로 욱진이가 굳이 똥 때문에 입학을 못했다는 설명은 적절치가 않다. 녀석의 사정은 좀 색다른 구석이 있었다.

그 무렵 초등학교 입학 수속은 선생님들이 마을을 돌아다니며 취학 연령에 찬 아이들을 직접 조사해서 이루어졌는데, 그것은 썩 명료한 방법이었다. 호적에 생년이 제대로 기입된 애들이 별로 없던 당시에 교무실에 앉아 입학 안내장을 발송한다면 중학생

될 애가 초등학교에 입학하러 간다고 집을 나서는 해프닝도 벌어질지 알 수 없었다. 하여간 이 해에도 선생님들은 마을로 신입생들을 알아보러 다녔다. 우리 마을에 들어서면서 「이 동네 올해 학교 들어갈 애가 누구니?」하고 처음 마주친 애들한테 물었다. 애들은 서슴없이,

「호박장군요」

하며 욱진이를 첫머리에 올렸다. 왜냐면 지금은 〈일 이 삼 사〉도 서툴지만 머리가 아주 커서 학교에 들어가기만 하면 공부를 썩 잘할 것이라고 믿었기 때문이었다. 호박장군 욱진이는 입학절차가 완료되어 입학식 날을 기다리고 있었다.

드디어 입학식 날. 그의 누나와 엄마가 옷을 곱게 차려입고 민들레가 잔뜩 피어 있는 변소 앞에서 욱진이를 기다렸다. 녀석은 한번 똥을 누면 한 시간 정도는 걸렸기 때문에 하염없이 대기하고 있어야 했다. 욱진이는 변소 (안이 아니라) 앞에서 똥을 눌 때마다 궁둥이 밑에 귀한 신문지를 깔았다.

내가 학교에 가면서 녀석이 엉거주춤 앉아 있는 모양을 보았는데 무엇을 빠뜨린 게 있어 다시 집으로 오는 길에도 여전히 신문지에 앉아 울상을 짓고 있었다. 이미 녀석의 똥은 팔뚝만큼 빠져나와 있었다. 그런데 신문지 위에는 약간의 물만 떨어진 흔적이 있을 뿐 똥은 조금도 떨어져 있질 않았다. 그러니까 팔뚝만큼 길게 늘어진 똥이 잘려야 항문을 훔치고 학교를 갈 텐데 그것이 잘리지 않는 모양이었다. 나도 가끔씩 아주 굵은 똥을 눌 때는 쉬이 잘려지지가 않아 고통스러웠던 경험이 있었다. 그래도 조금만 기다리면 강도가 느슨해져서 저절로 똥이 잘렸는데 욱진이의 똥은 훨씬 단단한 듯했다.

기다리다 못한 듯 욱진이의 누나가 달려들었다. 이번에는 손이

나 가위로 똥을 대신 잘라주겠거니 싶었는데 그게 아니었다. 똥을 도로 항문으로 밀어넣는 거였다.

〈에이, 그래도 똥을 못 잘라 도로 집어넣다니!〉

나는 좀 멀찍이 떨어져서 못마땅하게 뇌까렸다.

똥을 가까스로 항문에 도로 집어넣은 누나는 「됐다, 입학하러 가자!」하고 소리쳤다. 욱진이는 소매로 흘려내린 코를 쓱 딱으며 와아 기쁜 함성을 내지를 줄 알았는데, 「와왕」울음을 터뜨렸다. 분홍 한복 치마를 곱게 차려입은 그의 엄마도, 「에이 우라질 놈!」 버럭 욕설을 내뱉으며 방으로 들어가 버렸다.

나는 오랜 뒤에야 그때 욱진이 똥을 눈 것이 아니라, 똥을 누다 탈장(脫腸)이 되었다는 사실을 알았다. 욱진은 이삼 일에 한 번씩 그렇게 탈장이 되었다. 항문 밖으로 대장이 길게 흘러나온 것이었다. 그러나 내 기억에는 아침 볕이 옹송그리는 민들레밭 앞에 앉아 똥을 자르지 못해 학교에 가지 못한 걸로 박혀 있다. 그리고 아무리 미련한 욱진이 누나라 해도, 항문으로 되집어넣을 때마다 똥을 잘라버리고 싶은 충동을 어떻게 참았을까, 내내 궁금하였다. 하여간 머리가 커서 공부를 잘하겠거니 싶었는데 똥 때문에 엄청난 시간을 소모하였으니 우리는 매우 안타까워하였다.

그해 겨울 내가 도시로 전학갔을 때였다. 한 식당에서 욱진이의 항문 아래 길게 늘어진 똥과 똑같이 생겨먹은 물건이 식탁 쟁반에 오르는 것을 보고 기겁을 한 적이 있었다. 도시에는 진귀한 것이 많지만 똥까지 음식으로 삼을 줄은 미처 몰랐다.

「으아 식탁에 똥이 오르다니!」

나중에 알았는데 그것이 돼지 창자로 만든 순대라고 했다. 나는 지금도 순대를 먹지 못한다. 내가 먹지 못할 뿐만 아니라 남이 먹는 것도 두 눈 뜨고 보기 힘들다. 여자애들은 너나없이 순

대를 훌륭한 기호 식품으로 꼽았다. 그러나 욱진이 누나도 결코
순대를 입에 대지 못할 것이다. 모르긴 해도 그녀가 나처럼 처음
순대를 보았을 때 이런 비명을 질렀을지 모른다.
「어맛, 똥을 자르다니!」

3 이해할 수 없는 단어 3

교미

 사실 인생의 여로에 있어서 성(性)으로부터 가장 해방될 수 없
는 시기는 유년기이다. 우주가 뿜어내는 비의(秘意)가 온통 그
시절을 어지럽혀도 성이 안겨다주는 기이함에는 따르질 못한다.
 내가 병도 녀석을 공포스럽게 생각한 것은 녀석이 돼지가 홀레
붙는 걸 보고서 〈나도 커서 저렇게 할거야〉라는 일성 때문이었
다. 그것은 한동안 나를 혼란이 아니라 고통에 빠뜨렸다. 물론
처음엔 지저분한 놈이라고 치부했지만 녀석이 사타구니에 있는
그 병뚜껑 같은 물건을 거머쥐고 여자애들한테 〈나도 커서 저렇
게 할 거라구〉 하며 자신만만하게 대들 땐, 인간의 얼굴에 먹칠
을 하고 다닌다는 생각에서 정말 그러면 큰일이라는 공포감이 나
를 따라다닌 것이다.
 어쨌든 인간도 홀레를 하고 말 것이라는 고통스런 가설은 우리
가 손을 씻고 이빨을 닦고 머리를 감으며 청결감을 유지하는 관
습이 한낱 허례처럼 느껴지게 하였다. 궁둥이에 늘 오물이 묻어
있는 돼지처럼 홀레를 해대면서 휴지로 궁둥이를 깨끗이 닦는다
는 것은 위선이 아니냐는 것이다. 그런 양심적인 고통 속에 빠져
있는 나에게 한가닥 빛이 생겼다. 지저분한 홀레 때문에 입은 마

음의 상처를 씻어줄 만한 사례였다.

여름이면 우리 또래의 아이들은 잠자리를 잡는다. 잠자리의 허리춤에 호박꽃 암술을 묻혀 잠자리를 유인하곤 하는데, 잠자리의 흘레가 곧 아이들에겐 큰 기쁨이 되는 셈이었다.

잠자리의 암수가 붙어 있는 모양은 꼭 두 가지였다. 텀블링하듯이 꼬리를 감고 엉거주춤 붙어 있는 것과 나란히 길게 이어져 있는 모양이 그것이다. 바로 그 후자의 형태——수컷의 꼬리가 암컷의 움푹한 목덜미에 붙은 채로 나란히 날고 있는 잠자리의 흘레 장면은 나를 적이 안심시켰다. 그것은 돼지나 개에 비하면 거의 성스럽다고 여겨질 만큼 단정한 자태였다. 흘레에 대해 참담하게 구겨진 마음에 상당히 위로를 얻었다. 본능적으로 살아가는 동물들을 관찰하다 보면 때때로 사람들의 삶이 거울처럼 드러날 때가 있는 법이다.

사람에게는 잠자리와 같은 긴 꼬리가 없고 목덜미도 움푹하니 패여져 있지 않으나 흘레에도 품위가 있을 수 있다는 한 예(例)를 나에게 보여주었던 것이다. 나는 그 뒤로 남자들보다 여자들이 머리카락이 긴 이유를 알게 되었다. 여자들은 머리를 길러 그 〈목덜미〉를 감추고 다닌다. 아직 흘레에 대한 생각이 없는 초등학교 계집애들은 귀까지 올라가도록 강동하게 단발을 했지만 차츰 몸이 커지면서 머리도 길러 고등학생쯤 되면 목덜미가 덮일 정도가 되었다. 특히 육체가 한껏 부풀은 처녀들은 긴 머리카락으로 목덜미를 감추는데 그 숨겨진 목덜미에는 성의 비의가 간직되어 있다는 것이다. 부는 바람에 긴 머리카락이 흩날리며 하얀 목덜미가 살며시 드러나면 이제 흘레를 할 만큼 성숙됐음을 사내들은 눈여겨볼 터이고, 손가락을 깊숙이 뒷목에 넣어 머리카락을 찰랑찰랑 흔들어 보일 때는 성스런 흘레의 준비가 다 되었음을 사내들에게 넌지시 표하는 게 아닌지. 오랫동안 〈목덜미〉의 단상은 나를 편안하게 하였다.

훗날에야 나는 잠자리가 앞뒤로 붙어 나란히 날고 있는 모양이 홀레가 아니라 홀레에 앞서 수컷이 암컷을 유인하는 모습이라는 사실을 알았다. 그러나 그 지식은 내 어린 시절의 성적 감각을 조금도 흐트려놓지 않았다. 오히려 그런 유희적이고도 찬란한 유인이야말로 인간을 인간답게 만드는 품격이 아닐 것인가. 그래서 긴 머리카락을 늘어뜨린 여자들에게 사내들은 성적 매력을 더 갖는 게 아닌가. 목덜미를 감추는 만큼 신비에 찬 홀레가 준비되어 있을 거라는.

4 이해할 수 있는 단어 1

죽음

나는 어릴 때 죽음에 대한 신화적 제의를 느꼈던 적이 있었다.

그해 겨울이었다. 우리 집 메리의 친모(親母)인 역시 같은 이름의 메리가 살아 있을 때였다. 어느 마을에나 흔히 있는 누런색 잡종견인 메리는 우리나라 황구의 보편적인 특성들, 이를테면 주인에게 지나치게 아부를 한다든가, 제 집 앞에서만큼은 불 같은 용맹을 발휘한다든가, 아이들이 싸질러놓은 똥에 군침을 흘리는 습성 등을 고루 갖춘 개였다.

그러나 신통하게도 주인이 아무리 어린애라 하더라도 하늘에다 대고「메리야」하고 소리치면 어디에서든 기다렸다는 양 쏜살같이 달려오는 기특한 면도 있었다. 마을의 모든 개의 이름은 〈도꾸〉 아니면 〈메리〉였지만 녀석들은 자기 주인의 음성만을 구별해 내는 특별한 재주가 있는 듯했다.

　동네 아이들은 누구나 자기 집 개를 좋아했지만 나도 우리 〈메리〉를 무척 좋아했다. 〈똥개가 진돗개보다 머리는 좋다〉는 말처럼 우리 메리도 제법 영리했다. 닭장 앞에 얼씬대는 참새를 앞발로 때려 잡은 적이 있어도 비슷하게 생긴 병아리를 문 적은 없다. 내가 여름날 청마루에 목침을 베고 누워 있으면 녀석도 나를 따라 제 집 앞에서 빗자루를 목에 걸치고 엎드려 있었고 내가 학교 갈 때면 잘래잘래 교문 앞까지 따라오기도 했다. 내가 교문 앞에서 녀석의 머리를 쓱 쓰다듬어주면 녀석은 그렇게 좋아하면서도 아쉬워하는 눈치를 보였다. 머리 쓰다듬어주는 손길을 얻고 싶어서 먼 길을 따라왔구나 하는 생각에 나는 곧장 교실에 들어가질 못하고 운동장에서 바라보곤 했는데 그러면 녀석이 오히려 내가 먼저 들어가는 걸 보고 가겠다는 양 줄곧 그 자리에 서 있었다. 정말 내가 교실로 들어가 창문으로 내다보면 녀석은 경중경중 뛰어서 집으로 돌아가고 있었다. 그럴 때면 메리는 개가 아니라 꼭 동생 같은 느낌이 들었다.

　그러던 지난해 12월 중순이었다. 몹시도 춥던 그날, 저녁 밥을 먹고 나서 보경사에서 사온 악어와 장난을 치고 있다가 어디 놀러 갈 데가 있을까 싶어 방문을 열었다. 그때 수원 아줌마 집 앞으로 개 한 마리가 막 달려오는 것이 보였다. 뒷발이 앞발에 닿을 만큼 빠르게 달려오는 통에 녀석이 우리 집 메리인 줄 모를 지경이었다. 삽짝을 들어설 때야 비로소 메리인 줄 알고, 내가 언제 녀석을 불렀던가 아리송해져서 고개를 갸우뚱거리고 있는데 마당으로 뛰어든 메리는 날듯이 몸을 공중으로 띄우며 마루로 올라왔다. 워낙 갑작스런 일이라 내가 방 안에 그대로 앉아만 있었다. 메리는 마루 위에서 미끄러지듯 멈췄으나 굉장히 빠른 속도로 달려온 탓에 문지방을 넘어 방 안으로 한발을 내딛고는 잠깐 나를 올려다보았다. 그리곤 내가 만져주려고 손을 뻗기도 전에 몸을 돌려 마당으로 달려나가고 있었다. 녀석은 순식간에 수원 아줌마 집 앞으로 꼬리를 감추었다.

「지를 불렀는 줄 알고 착각했나? 나이 많은 녀석이라 헛귀를 들었는가 보네」

나는 실실 웃었다. 아무리 급해도 결코 주인 방 안에는 발을 들이지 않는 것이 녀석들의 습성이었다. 모처럼 대구에서 형이와 〈메리야〉 하고 부르면 반가움에 못이겨 황황히 달려오다가 관성으로 마루에서 멈추지 못하고 미끄러지며 문지방에다 머리를 처박곤 하지만 절대로 방 안으로는 들어오는 법은 없었다. 그런 녀석이라 방 안에 한 발을 들일 만큼 무척 즐거운 일이 있나 보다 싶었다. 기분이 좋으면 경중경중 뛰어다니며 제 앞가림을 못하는 녀석이었으니.

그 다음날 새벽이었다. 나는 굴뚝에 올라 온 동네의 경치를 감상하였다. 지난 밤 눈이 내려 철도 부지 밭들과 길이 온통 하얗게 덮여 있었다. 탱자나무며 찔레, 동일네 집 뒤 왕대나무 잎에도 눈이 덮여 동트는 동네를 벅차게 빛내고 있었다. 눈은 들판에 누워, 아직 늦잠을 자는 아이들을 기다렸고 목이 묶인 병도네 불독이 눈이 왔다는 신호를 온동네 개들에게 알리느라 쿵쿵 짖어대고 있었다. 집 밖으로 다니는 사람들은 아직 보이지 않았다.

그런데 그때, 중 한 명이 해련사에서 나오는 길로 내려오고 있었다. 회색 승복을 입고 머리에 털모자를 쓴 중이 혼자서 걷고 있는 모습은 참 아름답게 느껴졌다. 숨죽인 듯 멈춰 있는 하얀 풍경 속에 단 하나의 움직임은 그렇게 인상적일 수가 없었다. 영흥산 계곡을 흐드러지게 메우고 있는 소나무 눈꽃들이 이따금씩 여기저기서 툭툭 떨어져내렸다.

나는 우리가 놀려대는 똘중(동자승)인가 싶어 자세히 살펴보았다. 비탈길 가운데쯤 내려왔을 때 그가 어른 중인 것을 알았다. 그리고 어깨에 뭔가를 메고 온다는 것도 알았다. 그는 어깨에 줄을 걸치고 있었는데 뒤에는 개 한 마리가 끌려오고 있었다. 눈 위로 긴 자국을 만들며 죽은 개를 끌고 마을로 내려오고 있는 것이었다. 아침 햇살에 눈빛이 반짝이기 시작했다. 가까운 곳의 눈들은 흰빛을 띠고 먼 곳 눈은 푸른빛을 띠었다.

중은 개를 끌고 동네로 들어섰다. 산 아래 첫 집인 옥금네 집 앞에 개를 두고 그 집으로 들어가는 게 보였다. 개들이 쥐약을 섞어놓은 음식물을 먹고 죽는 경우가 많았기 때문에 그 개도 그런가 보다 싶었다.

그날 오후였다. 겨울 방학 때까지 오전 수업만 하기로 되어 있어 나는 정오를 조금 넘긴 시간에 집으로 돌아왔다. 마을 사람들이 우리 집에 잔뜩 모여 있었다. 누구 집 잔치인가, 내가 의아해하며 마당으로 들어섰다. 마을 어른들이 고기 한 접시씩 앞에 놓고 떠들썩하게 먹고 있었다.

부엌으로 고개를 내밀자 할머니는 내게도 고기를 한 접시 건넸다. 내가 부엌 앞에서 고기를 집어 입에 넣고 있는데 신경쟁이 이발사가 삽짝으로 들어왔다.

「어이구 벌써 장만했네. 개 끌고 온 스님도 한 그릇 잡숫고 갔어요?」

최씨가 히죽거리며 손가락으로 고기 한 점을 집어올렸다. 할머니는 농담도 가려서 하라는 듯 눈을 흘겼다.

「에끼 이 사람, 그 스님은 벌레도 안 밟는다네」

나는 그 순간 뭔가 머리를 스치는 게 있어 개집으로 눈을 돌렸다. 메리 새끼인 강아지만 추운 듯 집 안에 옹크리고 있었다. 농사철이 아닌 요즘엔 풀어놓기 때문에 메리가 놀러 갔겠거니 하면서도 어떤 불안감을 부여잡으며 떨리는 소리로 할머니에게 물었다.

「메리 어디 갔어요, 할머니?」

할머니는 아무 말도 않고 고개를 돌렸다. 최씨가 히죽 웃으며 말했다.

「지금 준일이 입에 들어가고 있잖아」

「……할, 할머니 이게 메리예요?」

내 가슴 속에서 쿵, 거리는 소리가 들렸다. 아침에 해련사에서 중이 끌고 오던 그 개가 우리 메리였구나! 아이들에게는 놀라는 것보다, 무섭거나 슬프거나 하는 감정이 먼저 찾아오는 법이었다.

나는 세상이 무너지는 듯한 슬픔을 느끼고 있었다.

내 손은 떨렸고 눈앞이 막막하였다. 고기를 먹는 것 외에는 아무것도 할 수 없었다. 고기는 결코 맛있지 않았다. 그러면서도 혀와 목구멍이 거부하지도 않았다. 맛과는 전혀 무관하게 나는 고기를 질경질경 씹으면서,

「메리야…… 메리야……」

접시를 든 채 감나무에 머리를 기대고 구슬피 울었다

「메리야 메리야…… 우리 메리야」

그러나 나는 사춘기로 접어들면서 어릴 때의 그 어처구니없었던 섭취를 부끄러워하여 아무에게도 말하지 못했다. 아무리 어렸어도 피붙이처럼 함께 뒹굴었던 개를 먹었다니. 전날 이미 쥐약을 먹고서도 나에게 마지막 작별을 알리려고 허둥지둥 달려왔던 사랑스러운 친구를 먹어댔다니.

그런데 나이가 들수록 그때 고기를 씹으며 울었던 기억이 새롭

게 되살아났다. 당시에 표현할 수 없었던 감정들도 어느 정도 해명할 수 있었다. 고기가 이에 씹히는 것이 슬픔을 씹는 것 같았던 그때의 기억, 잘게 부서진 고기가 목구멍을 넘어갈 때는 내 온몸이 슬픔으로 가맣게 물드는 것 같았던 그때의 기억이 선연하게 떠올랐다. 슬픔이 영원히 몸속에 간직되고 혈관 속으로 흘러다니라고, 내가 어느 곳에 있든 너를 잊지 않겠노라고……. 그것은 내 유년에 행한 엄숙한 죽음의 제의였다.

대학 시절, 책 속에서 먼나라에 있었다던 식인 풍습을 읽으면서 고개를 끄떡이고는 다시 한번 사무치게 옛 친구 메리를 불러보게 되었다.

5 이해할 수 있는 단어 2

길

그해 7월 중순, 어느 수요일 아침. 나는 일찍 채소를 팔고 돌아와 모처럼 굴뚝에 올라가 보았다. 소월동에서 빠져나오는 오십천 줄기가 유유히 굽이돌아 다리 너머 바다로 이어지는 풍광은 언제 보아도 일품이었다. 연한 녹색의 띠가 하류로 내려올수록 조금씩 푸른색이 스머드는 듯하더니 다리쯤에서는 완연히 푸른색을 띠고 있었고 다리 너머 등대에 이르면 검푸른 빛깔로만 광활한 바다를 채우고 있었다. 멀리 수평선에는 검푸르다 못해 오히려 흰빛이 아득하게 그어졌다.

마을에는 집들의 한쪽 귀퉁이마다 아침밥 짓는 연기가 몽글몽글 피워오르고 있었다. 나는 해련사 쪽 옥금이네 집에서 엿공장까지 한번 휙 둘러보는데 이상한 현상 하나가 눈에 들어오는 것을 느꼈다. 우리 집 닭장 뒤에서 산으로 이어지는 길 위로 여느 때 보지 못한 미묘한 빛깔이 그어져 있는 것을 보았다. 나는 이 때 무슨 사기 파편이 그 흙길 위에 박혀 있거니 싶었다. 아니면 오래전에 땅에 박혀 있다가 비가 와서 드러난 것이거나 누군가 함부로 버린 사기그릇 파편이 햇살에 반사되어 되쏘는 빛이라 짐작했다.

나는 자질구레한 놀이들에 떠밀려서 한동안 그 〈사기 파편의 빛〉을 잊어버리고 있었다. 그러던 몇 날이 지나고 우연히 어린 감을 따려고 뒤뜰 감나무에 올라갔다가 주위를 둘러보던 내 시선은 또다시 그 빛과 마주치게 되었다. 그 날은 소나기가 한바탕 뿌렸던 때라 아직 해가 두터운 구름에 가려 있어서 그 빛을 의아하게 생각하였다.

나는 감을 몇 개 따고는 곧장 그 빛이 났던 길로 가보았다. 우리 집 닭장 뒤와 샘터 사이에 있는 그 지점에 다다라서 흙을 유심히 살폈다. 흙 위 어느 곳에도 사기 파편 따위는 보이지 않았다. 이상스런 착각이겠거니 싶어 나는 아무렇지 않게 돌아섰다.

그러던 어느 날 나는 그 빛의 놀라운 정체를 알게 되었다.

대구에 있는 학교에 숙직을 하러갔던 아버지는(아버지는 그 무렵 방학이라 집에 내려와 있었다) 이튿날 집으로 돌아올 때 실로폰을 사 가지고 왔다. 실로폰은 벅찬 멜로디를 가지고 있었다. 나는 밤이 이슥토록 아버지에게 실로폰을 배워 「동무생각」 「꽃밭에서」 등의 곡을 물방울처럼 곱게 퉁겨낼 수 있었다. 다음 날 아침을 먹고 나서 실로폰을 허리에 끼고 마루에서 내려섰다.

「어딜 가져가니? 애들한테 함부로 돌리지 마라?」

「저어…… 혼자 뒷산에 가서 한번 쳐보려구요」

아버지에게 태연한 척 둘러댔지만 아침에 눈을 떴을 때부터 두

근대는 가슴을 누를 수가 없었다. 미향이에게 실로폰을 보여주고 싶었다. 그동안 한번도 그 아이를 놀라게 해준 적이 없었지만 실로폰만큼은 그 일을 해줄 성싶었다. 그러나 마음 한켠에는 두려움 같은 것도 자리잡고 있었다. 과연 미향이가 무어라 말할까. 〈아, 정말 예쁜 실로폰이네〉 그럴까, 아니면 〈이런 건 우리 집에 수두룩해〉 하고 피식 웃어버릴까.

 나는 실로폰을 옆구리에 끼고 조용히 걸음을 내딛었다. 매미들이 쨍쨍 울고 있었다. 내 귀엔 햇볕이 쨍쨍 내리쬐는 소리로 들렸다. 나는 발자국 소리를 죽이며 닭장 뒷길을 지나 철도 부지 옆을 통과했다. 그리고 조그마한 샘물이 보이는 곳에 이르자 왠지 더 이상 발을 옮겨 딛지 못하고 멈칫멈칫, 거렸다. 미향이 집이 바로 지척이었다.

 「동무생각」과 「꽃밭에서」를 미향이가 노래하고 내가 실로폰을 치는 상상이 머릿속에 터질 듯 가득했지만 갑자기 오금이 저리는 듯해서 계속 걸을 수가 없었다. 곧장 미향이 집으로 갈까 어쩔까 목이 타듯이 망설였다. 〈웃긴다 얘. 겨우 실로폰 자랑하려구 아침부터 뛰어왔니?〉 미향이가 그렇게 놀릴지도 모른다는 생각이 들자 나는 그만 돌아서고 말았다. 조금 비틀거리며, 그러나 아무 일도 아니라는 듯 어깨를 펴고 길을 되짚어 내려왔다. 감나무에서 매미가 쨍쨍 울었다. 실로폰을 잡고 있는 손에 땀이 흘렀다. 나는 전에 미향이네 이삿짐 차가 빠진 곳에 이르러 언뜻 뒤를 돌아보았다. 혹시 미향이가 나와 있으면 손짓하며 실로폰을 보여주려고 했다.

 그런데 목을 비스듬히 틀어 돌아보는 내 눈에 미향이는 보이지 않고, 조금 전 돌아섰던 샘터 앞길에서 아주 선명한 푸른 빛이 보이는 게 아닌가. 좁은 길을 가로지르고 있는 그 푸른 빛의 선

(線)은 전에도 몇 차례 보았던 그 〈사기 파편의 빛〉이라는 것을 나는 알 수 있었다. 그러고 보니 조금 전에도 오금이 절여 돌아섰다고 표현하고 말았지만 사실은 그 지점에 발이 닿는 찰나 흡사 젖은 땅에 전선이 묻힌 곳을 밟은 듯이 전류가 온몸을 휩싸고 도는 듯했던 것이다.

성인이 되어서도 그런 경험을 한 적이 있었다. 그녀를 만나러 가는 설레임과 흥분으로 인해 오히려 주체되는 마음이 길 위의 어느 지점에 이르면 마치 음극과 양극이 부딪쳐서 일어나는 불꽃 같아서 못내 서성이고 말았던 그런 일이 있었다.

하지만 길 위의 그 지점이 그녀와의 별다른 추억이 서린 곳은 아니었다. 미향이와도 그랬다. 몇 번 그 길로 어깨를 나란히 하고 걸었을 뿐이었다. 굳이 있다면 근처 샘터에서 손을 씻던 걸 거기서 본 적이 있고, 마을 토박이 계집애들에게 지지 않으려고 혼자서 공깃돌을 연습하던 자리였을 뿐이었다. 단지 그 푸른 선이 그어진 길에서 한 발짝만 더 옮기면 그 집의 대문이 보였고 두 발짝만 걸으면 대청 위로 비쭉히 내밀고 있는 처마를 볼 수 있었다.

돌이켜보니 내가 그 아이 집을 간다고 성큼성큼 걷다가도 차마 돌아서고 말았던 날들은 대체로 그 길 위에서였다는 사실을 알았다. 그래서 그 길 위에는 앞뒤로 나 있는 내 발자국들이 많이 남아 있었고 그만큼 흙도 다른 곳보다 단단해졌을 것이다. 이따금 날아들어 싹을 틔우려던 토끼풀 강아지풀들도 그 자리에서는 내 발자국에 의해 싹이 꺾인 일도 잦았을 테고, 그 곳에 있는 작은 자갈도 땅에 박혀 비가 와도 쉬이 씻겨 내려가지 못하고 오랫동안 그 자리를 지켜야 했을 것이다.

나는 훗날 그 푸른 빛이 돌던 자리를 떠올리면서 어쩌면 인간이 만들어나간 길의 원형은 바로 푸른 빛의 지점들이 이어져서 된 것이 아닌가 하는 생각을 갖게 되었다. 연모(戀慕)하는 이가 있는 사람들마다 푸른 빛의 선들을 가지고 있을 터이고 감히 그 푸른 빛을 통과하지 못하고 종내 서성거리기만 했던 그 빛의 선들을 따라, 토끼풀 강아지풀들이 자기 터를 비켜주었으리라. 그래서 수많은 푸른 빛의 선들이 만나고 이어지고 혹은 교차하고 해서 종내 길들이 만들어진 게 아닌가.

　길들은 이젠 광채를 내지 않으나 옛적 푸른 빛의 기억을 간직하고 있어, 음미하면서 길을 걷는 자들에게 자기의 기억을 보여주곤 하는 게 아닌지. 그래서 사람들은 길 위에서 문득 더한 행복감이나 갑작스런 실의에 사로잡히고, 예술가들도 길을 걸으며 푸른 빛이 보여주는 기억으로 인해 돌연한 영감(靈感)들을 얻는 것이 아닌지.

6장 신(神)

1 사진 한 장

까아아악 까아악.
영홍산의 깊은 계곡을 만드는 오른편 산중턱에서 까마귀 소리가 들려왔다. 희미하게 메아리를 울리며 잦아드는가 싶더니 다시 까아아악 까악 산허리를 맴돌고 있었다.
「저 놈의 까마귀를 쫓아내든지 해야지」
신경쟁이 최씨가 짜증스럽게 내뱉었다. 곁에서 고기 널던 병도 아버지가 최씨를 힐끗 보다 아무 말도 하지 않았다.
「청년들은 힘 뒀다 어디 써먹나? 주둥이라도 틀어막든가 하지」
다시 최씨가 불퉁스레 말을 하자 리어카에 널판자를 옮겨 싣는 병도 아버지는 무표정하게,
「그저께 노루 잡으러 갔다가 저 친구를 만났어」
「오 그래요? 도대체 어떻게 생겨먹었어요?」
「허허, 사람처럼 생겼지 어떻게 생겨. 저 친구도 이제 나이를

꽤 자셨겠구먼. 젊었을 땐 인물이 참 좋았는데……」

「애기도 나누었어요?」

「애긴? 말을 해본 지가 오래돼 아마 혀도 굳었을걸. 산에만 돌아다니다 보니 금방 내 앞에서 어른거렸는데 벌써 건너 계곡에서 소리가 들리더라구. 번개처럼 이 산 저 산을 옮겨다닌다더니」

「제기랄. 내 눈에 띄었다면, 그냥…… 어이구, 도무지 산에만 돌아다니니!」

최씨는 신발에 묻은 흙을 튀어나온 돌에 긁으며 말했다. 병도 아버지는 고기를 널다가 허리를 펴고는,

「그때가 언제였더라. 저 친구가 우리 마을에 내려온 적이 있긴 했지. 아마 십년도 훨씬 더 되었을걸」

「오 그랬어요? 뭣하러 내려왔는데요?」

이 동네로 이사온 지 십년쯤 된 최씨로서는 알 수 없는 옛일이었다.

「파평 윤씨 댁이었지? 그 집 딸이 무슨 병으로 죽어 상여가 올라가던 날이었는데, 그때 저 친구가 내려와 상여 앞을 막아선 적이 있었다구」

「왜요? 그래서 어떻게 됐어요?」

「일본 유학할 때 같이 갈 뻔했다던가 어쨌다던가, 꽤 가까운 사이였다는 얘기가 있었어. 하여간 그때 상여꾼들이 일부러 상여를 멈추어 주었지. 저 친구가 퀭한 눈으로 다가와 상여를 어루만진 후 그 자리를 비키대. 그때 나도 상여를 메고 있다가 옆에서 봤는데 어릴 때 인물이 그대로 남아 있더구만」

「제기랄, 젊었을 때 한번 안 놀아본 놈이 없다더니……」

잠깐 호기심을 보이던 최씨는 별것도 아니네 하듯이 콧등을 찡그리며 중얼댔다. 그리곤 공연히 화가 난다는 듯 땅에 박힌 돌

하나를 신발 뒷축으로 뽑아내고는 도랑으로 걸어찼다. 병도 아버지는 최씨를 보며 고개를 조금 흔들다가 아무 말 없이 고기 상자에 허리를 숙였다. 최씨는 한숨을 푸우 쉬고는, 「에이 어디 가서 죽도록 술이나 퍼마셔 버릴까」 하며 고추밭 옆길로 걸어갔다.

어제 저녁 수원 아줌마의 시어머니와 시동생이 왔다가 하루를 묵고 조금 전에 떠났다. 떠날 때까지 무슨 얘기라도 들을까 기웃거리던 최씨는 그들이 끝내 별말 없이 떠나자 허탈하고 텅 빈 심정을 가누지 못하는 눈치였다.

고달영 씨의 어머니는 할머니와 비슷한 일흔 살쯤 되어보였다. 고씨의 동생이란 사람과 아줌마의 빈집에서 자고 아침 일찍 일어나 짐을 꾸렸다. 아줌마의 짐은 꾸리고 보니 얼마 되지 않았다. 짐보다 고기를 말리는 그물이나 어구들이 더 많았다.

「신세만 많이 지고 인사도 못하고 떠나서 미안하다고 그러대요」

옥금이 엄마와 연자 엄마가 이삿짐 꾸리는 것을 도와주러 왔다.

「미안하긴 뭐. 몸은 어때요? 아기는 건강하고요?」

「병원에서 나와 요즘 집에서 요양하고 있다오. 아들애도 아주 지 애비를 꼭 찍어놓은 것 같고요」

「형수님이 나중에 건강해지면 찾아와 꼭 인사드리겠다고 전해달래요」

옆에서 남동생이 말했다.

「그럼 그냥 두지 왜 짐을 챙겨요?」

「지가 옮기고 싶다 그러네요」

고씨의 어머니가 대답했다.

「혹시 쓸 만한 것이 있으면 가져가세요. 그 아이가 건강하게 된다구 해서 예전 같은 일을 하겠어요?」

리어카와 그물은 병도 아버지가 가져가고 삽이라든가 호미 따위의 자질구레한 농사 기구들은 우리 집에 두었다. 최씨는 다른 것은 가지지 않고 사진 액자 하나만 들고 갔다.

그러나 전날 저녁 고씨의 어머니가 혼자 우리 집에 들러서 할머니와 이런 얘기를 주고 받았다.

「그 아이가 뒷집 할머니를 많이 의지하고 있었나 봐요. 할머니한텐 숨길 수가 없네요」

「의지야 늙은이가 젊은 사람한테 하지요. 새댁은 참 예도 바르고 고운 사람입디다」

「병원에서 치료 시기를 놓쳤다고 하대요……. 그애가, 살아 있는 동안 이사를 하는 게 좋겠다고 해서……」

「……」

「에휴, 복도 지지리도 없는 년. 손자 하나 낳아주어 고맙기는 하지만…… 곰배팔이가 돼도 저승보다야 이승이 낫다고 하는데……」

이삿짐을 들고 가기 전에 고씨의 어머니와 남동생은 푸성귀밭 옆으로 아줌마의 못 쓰는 가구와 작은 물품들을 옮겼다. 이삿짐은 트럭을 부르려고 하다가 그냥 버스에 싣고 가기로 했다. 이불장 문갑 같은 가구가 있긴 했으나 이미 남이 버렸던 물건을 다듬어 놓은 것에 불과했다. 무더기가 큰 짐들을 빼버리니까 들고 갈 것이 많지 않았다. 차비에 웃돈만 더 얹으면 버스 짐칸에 다 싣고 갈 수 있을 정도였다.

버스에 옮겨싣지 않을 못 쓰는 물건들이 죄다 한 곳에 모아졌다. 다른 옷을 깁기 위해 모아놓은 헌 옷가지, 수놓인 밥상보, 책 등 자질구레한 물품들이었다. 고씨의 어머니는 집 앞에 넓직한 공터가 있어 버릴 물건들을 쌓아놓았겠지만 하필 그곳이 아줌마가 늘 고기 배를 따던 자리였다. 거기서 부른 배를 조금 틀고 앉아 고기를 따던 아줌마의 모습이 자꾸 내 눈에 아른거렸다. 웃을 때 눈이 아주 초승달처럼 변하던 모습도 눈에 선했다.
 일을 도우러 왔던 옥금이 엄마와 연자 엄마를 제외하고는 동네 사람들은 묵묵히 푸성귀밭 공터에서 자기들 일만 하고 있었다. 최씨는 우리집 삽짝에 서서 바지주머니에 손을 넣었다가, 잠바 주머니에 손을 넣었다가, 하며 안절부절못하는 기색이었다. 고씨의 동생이 성냥곽을 들고 왔다. 아줌마의 손때 묻은 흔적들이 불에 타오르자 샘터에서 빨래를 하던 아줌마들이 목을 쭉 빼고 이편을 건너보았고 근처에서 고기를 널던 어른들도 잠시 일손을 멈추고 돌아보았다.
 바싹 마른 물건들이라선지 모두 흔적없이 사라지기까지는 얼마 걸리지 않았다. 처음 큰 불길이 치솟다가 금방 재로 변해 사그라들고 말았다. 죽은 사람도 아니라는데 어찌 그리 눈물이 나는지.

2 시선에 대하여

 일요일 아침. 나는 지난 방학 때 엄마가 사준 멜빵 바지를 입고 교회 갈 준비를 하였다. 할머니는 교회 갈 때만 멜빵 있는 그 옷을 입도록 허락하였기 때문에 일주일에 한번씩 오는 일요일이 그리울 지경이었다. 치약을 사용해 양치를 하고 뽀얀 두부물에 머리를 감았다. 할머니는 이발사 최씨가 하듯이 타올 양 끝을 잡고 머리를 털어주었다.
 「헌금이다. 아이스케키 사먹지 마라」
 할머니는 십원짜리 동전을 하나 쥐어주며 말했다. 그 즈음엔 헌금으로 아이스케키를 사먹는 일은 거의 드물었다. 몇 년 전 초등학교 1학년이 되어 주일학교에 다닐 때는 헌금으로 아이스케키를 사먹었던 일이 자주 있었다. 나는 염려 마라는 듯이 싱긋 웃으며 서둘러 운동화를 신었다. 아까 마당에서 머리를 감을 때부터 병도네 메탄가스 위로 배드민턴 공이 속속 공중으로 솟아오르는 게 보였기 때문이었다.

나는 횅하니 밖으로 달려나갔다. 미향이와 순자가 덕수 형네 오이밭 앞에서 배드민턴을 치고 있었다. 미향 이모는 싸리나무 곁에 서서 구경을 하고 있었다. 방학 때 포항 병원에 다녀왔다는 미향 이모는 표정이 많이 밝아져 있었다.

미향이에게 배드민턴이 있다는 것을 처음 알았다. 그보다 배드민턴을 탁구 라켓으로 치는 줄 알았던 나는 커다란 파리채처럼 생긴 배드민턴 라켓을 보고 아버지에게 속은 것을 알았다. 작년에 아버지는 탁구 라켓과 탁구공을 가져왔는데 공이 자꾸 깨지자 배드민턴 공을 사가지고 와서 「이제 베트민턴을 치고 놀아」라고 했다. 탁구 라켓으로 배드민턴을 치는 데 익숙해질 즈음 깔대기처럼 생긴 그 공마저 잃어버렸었다.

순자는 연해 헛방을 치다가 이따금씩 공을 맞혀 나를 놀라게 하였다. 내가 멜빵 옷을 입고 거드름을 피우듯이 팔짱을 끼고 있자 미향이 이모에게서 구원의 손길이 왔다.

「준일이도 한번 쳐봐」

예전에 탁구 라켓으로 치는 데 익숙했던 나는 긴 배드민턴 라켓을 들자 순자보다 더 헛방을 쳐댔다. 몇 차례 부끄럽게 허공을 휘두른 뒤에야 차츰 그물망 가운데로 공을 맞히는 일이 늘어났다. 진땀을 흘려가며 거듭 공을 맞추는 데 성공을 거두자 그 다음엔 미향이와 마주보고 서 있다는 사실이 의식되면서 또다시 자주 공을 놓치게 되었다. 나는 공을 치는 데 주력을 해야 할지 미향이와 마주 서 있다는 기쁨을 만끽해야 할지 잘 구분을 할 수 없었다. 공을 치는 데 골똘하면 미향이를 잊게 되고 미향이와 서 있다는 기쁨을 즐기다 보면 공을 놓치게 되었다.
「준일이는 운동 신경이 아주 좋은데」
 미향 이모가 칭찬하는 소리가 들렸다. 나는 내가 잘못 치면 미향 이모가 라켓을 빼앗을까 봐 열심히 공을 쫓아다니는 수밖에 없었다. 그러던 어느 순간 묘한 느낌이 와닿는 것을 느꼈다. 닭 깃털로 만든 공을 치는데 왜 그런지 미향이를 치는 것 같았던 것이다. 마치 손바닥으로 마주 서있던 미향이의 어깨를(어느 부분이든) 톡 치는 듯한 느낌이었다. 그것은 공중에서 배드민턴 공이 내 라켓와 와닿을 때 라켓 손잡이를 타고 내 손으로 전해진 진동에 불과하다는 생각을 나는 할 수 없었다. 단순한 진동이라면 그때마다 손목이 아니라 가슴이 떨릴 리가 만무했다.
 미향이가 친 공이 공중으로 날아올랐다. 푸른 하늘로 떠오르는 흰색 공이 정점에서 머물 듯이 느린 곡선을 그리자 그 위를 날아다니던 고추잠자리들이 공에 앉으려는 듯 발을 대고는 하였다. 정말 고추잠자리가 앉는 걸 보려는 듯 미향이는 아주 힘껏 공을 쳐올렸다. 내 라켓에 맞은 공도 아주 탄력 있게 공중으로 솟구쳤다.
 그때 내가 친 공이 빗맞았는가 싶었는데 눈 깜짝할 사이에 중학교 교감 선생님 댁 지붕 위로 올라가버렸다. 아주 낭패스러웠다. 전에도 몇 번이나 야구공이 지붕으로 올라가 그 집 할머니에게 야단맞은 적이 있었기 때문이었다. 교감 선생님 집은 대문이 있었다. 대문 위를 통해 지붕에 올라가야 하는데 거기 있는 장독이나 지붕 기와를 깬다고 아예 공을 찾아가지 못하게 심술을 부렸다. 내가 교감 선생님 집 대문 앞에 서서 주저하고 있는데 다행스럽게 미향 이모가 이렇게 말했다.

「괜찮아. 집에 또 공이 있어」

「아니에요. 공을 찾아올 수 있어요!」

나는 사내로서 공에 대해 책임을 지겠다고 배짱을 부렸지만 사실 별 대책이 없었다. 그때 애타게 기다리던 차임벨 소리가 들려왔다. 예배 시작 삼십 분 전에 뾰족한 교회 종탑에서 울려퍼지는 소리였다. 「준일이 교회 가야 되지 않아?」하고 미향 이모가 궁지에 몰린 내 심정을 알아주었기 때문에 나는 할 수 없다는 듯 라켓을 미향 이모에게 넘겼다.

미향이는 집에 가보아야 한다면서 나와 같이 큰길로 나섰다. 우리는 다리를 건너 강구에 이를 때까지도 거의 대화를 나누지 않았다. 왠지 말을 한다는 것이 아주 서먹하게 느껴졌다. 마주 서서 흥분된 감정으로 서로의 몸을 터치하듯이 배드민턴을 쳤기 때문에 말 따윈 필요없어진 거라고 생각했다. 우리는 어깨를 일 미터 정도 띄우고 나란히 예배당이 보이는 곳까지 걸어갔다.

예배당 가까이에 아이스케키 공장이 있었다. 세 평 남짓한 그 공장에서 면내의 모든 아이스케키가 만들어졌기 때문에 그 아이스케키 공장은 말하자면 아이들의 관광 명소였다. 여름철마다 아이들은 그 공장 앞에 모여서 아이스케키가 제조되는 광경을 구경하곤 하였다. 공장 안벽을 따라 실험실 대롱 같은 관들이 촘촘히 매달려 있고, 거기에 물을 부어 냉동실 안으로 보내면 빨강 노랑 고동색의 아이스케키들이 탄생되었다. 아이들은 돈이 없어 아이스케키를 사먹을 수 없었다. 아이스케키 박스를 어깨에 메고 형들이(대체로 중학생들) 마을을 돌아다니며 「아이스케키」하고 외치면 아이들은 그늘에서 구슬을 굴리다가도 잊지 않고 「줘야 먹지」라고 되받는다. 그러면「돈 줘야 주지」하는 소리가 되돌아온다. 메아리처럼 늘상 되풀이되지만 어차피 아이들은 돈이 없다. 한여름의 시골은 매미 소리와 함께 아이스케키를 다투는 소리만 쨍쨍거릴 뿐이었다.

 그런데 돈이 있을 때는 교회 갈 때였다. 헌금할 십 원이 아이스케키를 달콤하게 유혹했다. 나는 미향이와 나란히 서서 공장 안을 들여다보며 그 유혹이 실로 감당할 수 없을 만큼 팽팽하게 부풀어오르는 것을 느꼈다. 초등학교 1학년 때는 무던히도 많이 아이스케키를 사먹었다. 헌금할 돈과 아이스케키 사먹을 돈이 구별이 안 되었기 때문이었다. 할머니가 그 사실을 어떻게 알고는 (나는 주일학교 출석부에 헌금 내용이 기록된다는 사실을 몰랐다) 호통치질 않고 나를 교회 종탑으로 데려갔다. 그날 나는 처음으로 면내에서 가장 높은 건축물인 뾰족한 종탑에 올라가 볼 수 있게 되었다. 종탑 안은 한 사람이 겨우 통과할 만큼 비좁았다. 그 안에 나무 계단이 있다는 것을 상상도 못한 나는 눈앞에 전개된 신기한 세계에 어쩔 줄 몰라하며 할머니를 따라 꼭대기까지 올라갔다.

 종탑 꼭대기에는 조그마한 창문이 있었다. 아마 환기통인 듯한 그 창문으로 할머니와 나는 머리를 내밀었다. 거기에서는 면내의 모든 풍경들이 한눈에 들어왔다. 강구항에는 배 세 척이 들어오고 있었고 극장 앞에는 거지 한 명이 영화 간판을 구경하고 있었다. 멀리 우리 학교도 보였다. 운동장 가에 있는 회전대는 반지처럼 작은 모습이었고 버드나무는 마치 땅에 꽂아놓은 닭 솜털 같았다.

「돌아가신 너희 할아버지가 이 종탑을 지었단다」

 할머니는 여기 올라온 이유를 설명하지 않고 엉뚱한 말을 꺼냈

다. 할아버지가 종탑을 세웠다는 것은 이미 알고 있었다.
「종탑을 세울 때 있었던 얘기를 하나 해주마. 벽돌을 위로 옮기던 인부 한 사람이 아래로 떨어져 다리를 다친 일이 있었어. 그 인부의 집엔 눈이 먼 어머니가 계셨거든. 그 인부가 아주 믿음이 깊고 신실한 사람이라 모두 발을 동동 굴렀지. 그런데 그 인부가 다리를 다친 날 집에 계신 늙은 어머니의 눈이 밝아졌단다」
「정말요?」
「그래. 너희 할아버지한테서 들었지」
나는 그 인부가 종탑에서 떨어지지 않고 지붕에서 떨어졌으면 어떻게 되었을까 하고 생각하였다. 할머니는 굳이 종탑임을 강조하는 눈치였다.
「종탑은 하나님의 눈이란다」
할머니는 종탑 창문 귀퉁이로 보이는 스피커를 가리키며 말했다. 기린의 목처럼 쭉 뻗은 종탑 끝에는 커다란 스피커 두 개가 양쪽으로 달려 있었다. 눈보다 귀처럼 생겼다는 게 훨씬 적절한데도 할머니는 눈이라고 주장했기 때문에 내가 이렇게 말했다.

「치, 눈이 소리를 내나요?」

「사람들이 하나님의 눈이 자기들을 지켜보고 있다는 걸 잊어버리기 때문에 소리를 내어 알게 해주는 거야」

할머니는 그렇게 설명했다. 그 말을 들어선지 그 뒤로 차임벨 소리가 들리면 내가 종탑 창문으로 보았던 면내의 광경이 떠오르곤 했다. 그리고 하나님이 할머니와 내가 보았던 것처럼 마을 전체를 내려다보고 있을지도 모른다는 생각을 하였다. 나는 그뒤로도 헌금으로 아이스케키를 바꿔 먹는 버릇을 아주 고치진 못했지만 차임벨 소리가 들리는 동안에는 차마 아이스케키를 입에 넣을 수가 없었다.

예배당 앞에서 미향이와 헤어졌다. 아이스케키를 못 사먹어서 그런지 나는 그날 〈눈〉에 대해서 갑자기 많은 생각을 하게 되었다. 초등학교 1학년 때처럼 종탑에만 얽매인 게 아니었다. 눈이 〈지켜본다〉는 것에 대해서 사색을 해보았던 것이다. 예배 시간 마칠 때까지 그랬다. 나는 〈눈〉에 대해 사색을 하면서 주로 미향이와 배드민턴 치던 일을 떠올렸다. 어째서 배드민턴 공을 치는 것이 미향이 몸에 손을 대는 듯한 야릇한 느낌이 들었을까. 그것은 어쩌면 〈시선〉 때문이 아닐까. 미향이는 공중으로 떠오르는 공에 한순간도 눈을 떼질 않았다. 그래서 공은 미향이의 예쁜 시선들로 가득 차 있었을 것이다. 정말이지 공중에 떠오지는 닭 깃털은 시선이 가득 담겨 터질 듯이 부풀어보였다. 시선이 담긴 공을 치니까 마치 미향이에게 닿인 듯 가슴이 출렁거렸던 게 아닐까. 시선이란 그 사람이 없는 곳에서도 그 사람을 대신할 수 있는 그 무엇이 아닐까.

이발사 최씨도 그랬다. 수원 아줌마의 물건들을 사람들이 나눠 가졌을 때 최씨는 아무것도 갖지 않고 오직 사진 한 장만 가졌다. 수원 아줌마가 채송화밭에 앉아 방긋 웃고 있는 사진이었다. 사진이 이상한 것은 아무리 기울어도 보는 사람과 눈이 마주친다. 그래서 숙제를 하거나 라디오를 듣다가도 갑자기 사진으로 눈을 돌리면 사진 속의 사람도 나를 계속 주시하고 있었다는 양 나와 눈길이 마주치는 것이다. 나는 수원 아줌마의 사진을 최씨 방에서 보는 순간, 최씨가 수원 아줌마 집에게 얻어온 것은 〈지켜보는 눈〉이다, 라고 생각했다. 〈지켜보는 눈〉만이 아줌마를 대신할 수 있다고 여긴 것 같았다.

그날 저녁 교회에서는 영화 상영을 하였다. 극장에서 영화를 볼 수 있는 기회는 학교에서 가는 단체 관람뿐이라고 믿는 아이들은 죄다 교회로 몰렸다. 극장 화면도 비가 오듯 흰 줄이 죽죽 그어져 있었는데 교회의 영화도 비가 오는 듯한 화면이었다.
교회 마룻바닥에는 이백 명쯤 되는 아이들이 바글거렸다. 발 냄새가 진동했지만 닭똥 소똥 냄새나 가장 세련된 불꽃을 일으킨다는 메탄가스 냄새에도 익숙한 아이들은 아무도 개의치 않았다. 주일학교 교사들도 아이들을 천국으로 보내려는 마당에 발 냄새 따위야 전혀 장애가 안 된다는 듯 아이들을 조용히 다스리는데만 신경을 썼다.
이윽고 뒷자리에 세워놓은 영사기가 좌르르르 돌아가며 화면이 나타나자 아이들은 숨을 죽였다. 내 자리는 영사기 옆이었다. 영사기에서 필름이 돌아가고 렌즈를 통해 필름에 빛을 투과하여 화면이 만들어진다는 사실은 알고 있었지만 나는 영사기가 뿜어내는 빛에 매혹되어 있었다. 영화는 「돌아온 탕자」였다. 이미 귀가 닳도록 들은 내용이라 오랫동안 한눈을 팔다가도 화면만 보면 금방 어디쯤 진행되었는지 알 수가 있었다. 그래서 나는 거의 화면은 보지 않고 어둠을 가로지르는 영사기 빛에만 관심을 두었다.

캄캄한 어둠을 뚫고 빛이 나아가자 빛이 닿이는 곳마다 영화가 나타난다는 사실은 기이하기까지 했다. 앞자리에 앉은 계집애가 벽에 걸린 흰 천 모서리를 들어올리자 천의 굴곡을 따라 영상이 휘어졌다. 한 사내애가「야, 관두지 못해!」하고 손을 들어올리며 소리쳤는데 심지어 영사기 빛에 드러난 녀석의 손등 위에조차 영화가 나타났다. 그것은 빛 속에 영화가 가득 담겨 있다는 사실을 말해주었다. 벽에 걸린 흰 천에 화면이 보이는 것은 하나의 현상에 불과할 뿐 실제로는 이미 영사기 빛 속에 영화가 모조리 담겨 있을 터였다. 나는 아주 골똘하게 빛을 바라보았다. 모든 아이들의 얼굴이 앞을 향해 있는데 나 혼자만 고개를 옆으로 꺾고 있자 지나가는 선생님이,

「너 영화 안 보니?」

하고 작은 소리로 물었다.

「지금 보고 있잖아요」

나는 그렇게 대답하고 계속 빛을 주시하였지만 허공을 가로지르는 빛 속에서는 어떤 영상의 기미도 읽어낼 수 없었다. 그것은 빛의 놀라운 속성이었다. 영사기에서 내쏘는 빛은, 아무것도 담겨 있지 않은 듯하나 사실은 발사체의 실상이 고스란히 간직된 시선(視線)과 같은 것이었다.

그건 내게 아주 중요한 체험이 되었다. 훗날 나는 그때의 시선에 대한 생각을 정리하면서〈지켜본다〉는 것과〈발사체의 실상과 같다(실상이 담겨 있다)〉는 시선의 속성이 바로 신에 대한 관념을 만들어낸 것은 아닌가 하는 생각을 갖게 되었다. 하늘에서 지켜본다는 것과 따라서 존재하지 않는 곳이 없다는 무소부재(無所不在)의 신 관념이 바로 시선의 속성에서 비롯됐다는 사실이다. 좀

근사하게 말하자면 응시의 메커니즘이 고대로부터 오랜 기간 인간에게 축척되어 와서 신에 대한 관념이 생겨났다는 것이다. 시선에는 평안과 공포가 있다. 그날 밤 집으로 돌아가는 길에 나는 또 한번 〈시선〉과 만났는데 그것은 평안함의 반대편에 있는 공포로서의 시선이었다.

집으로 가는 길은 무척 캄캄하였다. 미향이 집인 서울 약국도 문이 닫혀 있었다. 강구 다리를 건너면서 삼사와 화전으로 가는 아이들과 헤어지자 나 혼자 남게 되었다. 오진에서 함께 교회를 다니는 재빈이 녀석은 오늘 따라 교회에 나오질 않았다. 녀석이 오늘 교회에 나오지 않는 것은 아마 그저께 시험칠 때 컨닝을 하다가 들켰기 때문일 것이다. 여름방학 내내 저녁마다 텔레비전 앞에 앉아 있던 재빈이는 개학하자마자 치른 시험에 책을 몰래 보다가 들통이 났다. 선생님은 시험지를 돌려주고 나서「자식들 컨닝하지 마. 내가 다 보고 있을 테니」하고 큰소리치며 교탁 앞에 앉았다. 그러더니 신문을 펴들고 읽는 것이었다. 십 분 정도 흘렀을 때 느닷없이「오재빈! 보고 있는 책 들고 앞으로 나와!」하고 소리 질렀다.
　신문에 얼굴을 파묻고 있던 선생님이 컨닝하는 것을 보았을 리가 없다고 믿은 재빈이는 절대로 책을 보지 않았다고 오리발을 내밀었다. 나중에야 선생님이 신문에 구멍을 뚫어놓고 아이들을 살피고 있었다는 것을 알게 되었다. 그 다음 시간 또 선생님은 신문을 보고 있었는데 아무도 컨닝할 엄두를 내지 못했다. 오히려 매섭게 감독할 때보다 더 조심했다. 선생님의 눈이 신문지만큼 크게 느껴졌기 때문이었다.
　공부라면 거의 일등을 도맡았던 재빈이에게 컨닝 사건은 상당히 충격을 준 것 같았다. 벌써 삼 일이 지났는데도 방에 틀어박혀 꼼짝을 하지 않았다. 한편으로는 내 속이 후련했지만 이 날처럼 밤에 혼자 집으로 올 때면 재빈이가 없는 것도 여간 아쉬운 일이 아니었다. 오일장이 서는 공터를 지나면서부터 어둠이 풀어놓는 온갖 무서움과 실랑이를 벌려야 했다. 장터 입구의 공동변소, 조금 가면 나타나는 송씨 사당, 그리고 길가에 널어놓은 오징어 옆을 걷는 것은 정말 끔찍한 노릇이었다. 오징어 허리춤에는 인광이 껌벅였다. 오징어의 인광과 같은 빛이 사람 시체에서도 나타난다는 것을 우리는 알고 있었다. 그것을 도깨비불이라고 했다. 오징어 허리춤에서 반짝이는 도깨비불은 우리 마을 입구가 보일 때까지 나타났다. 오징어의 눈은 허리에 달렸다. 그래서 마치 죽은 오징어가 나를 쏘아보고 있는 것처럼 느껴져 나는 하늘만 쳐다보고 뛰기 시작했다.

우리 마을 엿공장 앞에 이르자 언제 무서움에 시달렸냐는 듯 유쾌해졌다. 머릿속에서 이글거리던 공포의 생각들이 한순간에 거품처럼 씻겨졌다. 우리 마을 안이라면 손바닥처럼 알고 있기 때문에 다른 상상이 자리잡을 공간이 없었다. 오히려 계집애들을 놀려주려고 귀신놀이를 하던 우리들이었다.

나는 곧장 집으로 가려다 말고 아침에 배드민턴을 친 덕수 형네 오이밭 앞에서 발길을 멈췄다. 재빈이 녀석은 내일쯤 되면 틀림없이 생글생글 웃으며 언제 자기가 컨닝을 했느냐며 미향이에게 또 수작을 붙일 것이다. 그러니 녀석이 다시 나타나기 전에 미향이와 좀더 가까워지는 수밖에 없었다.

〈미향아, 어제 잃어버린 베트민턴 공 찾아왔어〉 하는 것이 가장 자연스러운 일일 터였다.

교감 선생님 집 대문을 살짝 밀어보았다. 대문은 잠겨 있었다.

나는 대문 옆에 있는 은행나무를 타고 올라갔다. 은행나무는 별로 크지 않아 수월하게 발을 올릴 수가 있었다.

아침에 보아둔 베트민턴 공은 바람에 날린 탓인지 지붕 위에 보이지가 않았다. 미향이가 찾아갔는가 싶기도 했고, 눈치 빠른 재빈이 놈이 공을 잊어버린 것을 알고 할머니를 졸라 지붕 위로 올라갔는지 알 수 없었다. 혹 바람에 날려 어디론가 떨어졌을까 싶어 주변을 훑어보았다. 공은 담장을 넘어 앞 집에 떨어져 있었다. 바람에 날렸는가 보았다. 담장 너머는 엿공장이었다. 나는 다시 내려와 엿공장 안으로 들어갈까 망설였다. 하지만 일요일이라 공장문이 닫혀 있을 터였다. 나는 곡예사처럼 담장 위에서 발을 옮겨 딛으며 어두운 엿공장 안으로 조심스럽게 뛰어내렸다. 뛰어내린 곳은 안쪽 창고 뒤켠이었다. 창고 옆으로 살금살금 걸어갔다. 일요일이라 공장 안은 무척 조용하였다.

나는 베트민턴 공을 집어들 때만 해도 정말 다행스럽다고 생각했다. 내일이면 인부들이 공을 집어가 버려 영영 찾지 못하게 될 게 뻔했기 때문이었다. 나는 자못 흐뭇한 기분에 캄캄한 엿공장 안을 한번 휙 둘러보고는 뛰어내렸던 담장 쪽으로 어슬렁어슬렁 걸음으로 옮겼다.

「아이구 자꾸 왜 이러세요?」

그때 내 귀에 간질간질 속삭이는 여자 목소리가 들려왔다. 나는 깜짝 놀라 발소리를 죽였다. 그 통에 목소리는 더욱 또렷이 들렸다. 어두운 창고 안쪽에서 나는 소리였다.

「누가 오면 어쩔려구요?」

「히히, 대문을 꽉 잠가놓았으니 염려 말어」

남자 음성이었다.

「다음에 또 안테나 선을 끊을 거예요?」

여자 목소리에는 맹맹한 콧소리가 섞여 있었다. 우리 동네에서 그런 독특한 콧소리를 내는 사람은 재빈이 엄마밖에 없었다.
「그럼 어쩌겠어. 자네 보고 싶으면 또 선을 끊어야지. 으흐흐」
남자가 은밀하게 웃었다. 사장의 막내동생인 공장장이었다. 내가 배드민턴 공을 손에 들고 창고문 안으로 얼굴을 집어넣었다. 창고 안쪽에서 새어나오는 불빛이 시멘트 바닥 위에 사선으로 그어져 있었다. 불빛이 고르지 않고 어룽거리는 걸 보아 호롱불을 켜놓은 것 같았다. 전깃불은 너무 밝아 비밀이 샐 염려가 있을 터였다. 호롱불빛은 박스를 쌓아놓은 안쪽 모퉁이에서 팔랑팔랑 흘러나오고 있었다.
「자 우리 안테나 선을 한번 더 이어보자구」
「그만해요」
「만져봐. 단단한가」
「어마, 벌써?」
「이게 이렇게 하면 이어지는 거구 이렇게 하면 끊어지는 거야」
「호호호」
가끔씩 텔레비전 안테나 선이 끊긴다더니 공장장이 그랬던가 보았다. 그리고 안테나 선에는 또다른 비유가 숨어 있다는 것도 알았다. 내가 엄청난 비밀을 알게 되었구나 하는 생각이 무거운 돌을 안고 있는 것처럼 가슴을 짓눌렀다. 나는 돌을 내던지고 무조건 도망쳐야 한다는 생각부터 했다. 호롱불빛이 그어져 있는 지점이 내 발끝에서 불과 이 미터밖에 떨어져 있지 않았다. 시멘트 바닥을 울렁울렁 흔들고 있는 호롱불빛처럼 내가 알게 된 비밀의 무늬가 머릿속에서 울렁거렸다.
뒤꿈치를 들고 돌아섰다. 살금살금 몇 걸음을 옮기던 나는 창고문 앞에서 소스라쳤다. 머리카락이 쭈뼛 서는 것 같았다. 어둠 속에 공장장이 가만히 서서 나를 노려보고 있었던 것이다. 나는 순간 뭐라 둘러댈까, 그냥 와왕 울어버릴까, 질끈 감았던 눈을 뜨고 공장장을 쳐다보았다. 다시 본 내 눈에 그것은 공장장이 아니라 창고 문에 걸린 공장장의 옷이었다. 숨이 컥, 막혔다. 옷이 거기에 있는 것이 공장장이 있는 것보다 더 질리게 만들었다. 어딘가에서 나를 노려보고 있을 것 같아서였다. 벌벌 떨며 발을 옮겨 딛었다. 캄캄한 사위는 온통 공장장의 눈으로 빽빽히 들어차 있어 숨조차 쉴 수 없었다.

은행나무를 내려와서야 내 손에서 배드민턴 공이 빠져나갔다는 것을 알았다.

3 시가행진

아침부터 화창한 날씨였다. 학교에서는 3교시를 마치고 시가행진을 하게 되어 교실이 떠들썩하였다. 도내 초등학교 축구 대항전에서 우리 학교가 우승을 하였기 때문이었다.

우리 학교는 축구를 아주 잘했다. 군내 축구 대항전에서는 도맡아 우승을 하였다. 선수들만 아니라 일반 아이들도 수시로 반 대항 축구 시합을 벌여 반의 우위를 가름짓곤 하였다. 우리 동네는 야구 글러브와 텔레비전 탓에 축구의 인기가 좀 시들하지만 여느 동네엔 축구가 구슬치기와 견줄 만큼 각광을 받았다.

우리 학교가 우승할 가능성은 며칠 전부터 점쳐졌다. 8강전 시합이 벌어지기 전까지는 대구에서 축구 경기가 벌어지는 줄도 몰랐지만 4강까지 오르자 사뭇 얘기가 달라졌다. 사회 시간이었다.

「아아, 마이크 시험중. 아 지금 우리 학교와 대구 초등학교의 축구 경기가 막 시작되었습니다. 학생들은 응원하는 마음으로 수업에 임해주기를 바랍니다. 이상」

다음 산수 시간이었다. 선생님이 칠판에 산수 문제를 풀던 중에 또 마이크 소리가 들렸다 「아아, 마이크 시험중. 금방 우리 학교의 정기수 선수가 한 골을 넣었습니다」

띄엄띄엄 마이크로 전해주는 소식에 아이들은 답답해서 죽을 노릇이었다. 답답하긴 선생님들도 마찬가지였다. 아마 대구 축구 경기장에서 축구부 코치가 골을 넣을 때마다 학교로 급히 전화를 하는 모양이었다. 4강에서 3대 1로 이겨 결승에 올라가 현풍 초등학교와 대결을 벌인 것은 바로 그저께였다.

전반전 경기가 1대 0으로 이기고 있다는 소식이 마이크로 알려지자 아이들은 아예 칠판은 보지 않고 교실 한쪽 귀퉁이에 붙은 스피커 상자만 바라보고 있었다. 한참 동안 스피커에서 아무런 소식이 없더니,

「아아, 마이크 시험중. 마이크 소리가 잘 들립니까? 혹시 잘 들리지 않는 학급은 급히 연락주시기 바랍니다」

교무주임 선생님의 지겨운 목소리가 끝나고 한동안 찌지지, 잡음이 들렸다. 우리 반 급장이 벌떡 일어나 교무실로 달려가려는데 「여기는 대구 시민운동장 축구 경기장입니다. 영덕군에 소재하고 있는 강구 초등학교와 달성군에 소재하고 있는 현풍 초등학교가 지금 막 후반전 경기에 돌입했습니다」 하는 소리가 들렸던 것이다.

라디오의 축구 중계가 시작되자 학교는 이내 열광의 도가니로 변해버렸다. 마치 학교를 대구 축구장에 옮겨놓은 듯 아나운서의 말 한마디 한마디에 즐거운 비명과 애석한 탄성이 터져나왔다. 십 분씩의 연장전 끝에 우리 학교가 2대 1로 이겼다. 근 십 년

만에 도내 경기에서 우승을 한 것이었다.
「야 요번엔 부정 선수가 없었대?」
「그럼. 전부 우리 학교 선수들야」
 몇 년 전에 결승까지 오른 적이 있었는데 키 작은 중학교 축구 선수가 뛴 게 들통이 나서 등위 자체가 취소된 적이 있었다. 아이들은 우승에 환호하면서도 은근히 걱정을 하는 표정들이었다.
 다행히 시가행진을 나가던 이날 아침까지 우승 취소를 알리는 마이크 방송이 들리지 않았다. 시가행진은 면사무소 앞마당에서 시작되었다. 면장님이 나와 뭐라 한마디 떠든 뒤 축구부 주장에게 우승 트로피를 전달했고 이어서 행진에 들어갔다.
 맨 앞에 브라스밴드가 서고 다음에 화환을 목에 두른 축구 선수들이 뒤따랐다. 그 다음엔 6학년부터 4학년까지 아이들이 씩씩하게 걸어갔다. 큰 북을 쿵쿵 울리며 대열 맨 앞이 종탑이 있는 교회를 통과하고 아이스케키 공장을 지났다. 극장이 보이는 삼거리 앞을 지날 때 행진은 절정에 이르렀다. 길을 가던 행인들은 물론이고 시장 상인들도 연도에 나와 박수를 쳤다. 좀 떨어진 부두에 있던 어부들까지 갑바 차림으로 간간이 끼어 있었다. 우리 동네 어른들은 별로 보이지 않았다. 연자네 할아버지와 송천댁 영감만이 마을에서 제일 나이 많은 어른답게 수염을 휘날리며 사람들 틈에 서 있었다. 왕년의 축구 선수였던 고래고기집 김씨는 술을 한잔 걸쳤는지 대열 안으로 들어와 축구부 주장과 악수를 나누었다.
「야, 주장이 바나나킥을 차서 골을 넣었어」
 내 옆에서 행진하던 병도가 손으로 곡선을 그으며 말했다. 당시 브라질 펠레의 영향을 받아 아이들 사이에도 바나나킥이 대유행이었다.

「8강 때도 바나나킥으로 골문을 갈랐다는 거야」
「공이 발에 빗맞으면 절루 바나나킥이 되는걸」
 앞에 가던 재빈이가 심드렁하게 내뱉었다. 재빈이는 내가 며칠 전에 〈안테나 선〉의 비밀을 알게 됐다는 사실을 전혀 모르고 있었다. 나는 아무에게도 그 충격적인 사건을 발설할 수 없었다. 왠지 나부터 그것이 몰고올 파장을 감당할 수 없을 것 같아서였다.
 하여간 컨닝하다 들키긴 했어도 여전히 우등생임에 틀림없는 재빈이는 행진중에 느닷없이 태도가 변해 있었다. 어제 라디오 방송을 들을 때만 해도 마치 자기가 축구장에서 뛰고 있는 듯이 우리 공격 선수가 골문 앞에서 공만 잡아도 슈우웃, 슈우웃, 하고 입술을 내밀고 소리 지르며 애교심을 과시하던 녀석이었다. 나는 재빈이가 왜 갑자기 돌콩처럼 뾰루퉁해졌는지 짐작할 수 있었다. 조금 전 극장 앞에서 행진 대열이 꺾여질 때 대열 맨 앞에서 행진하는 브라스밴드를 보았기 때문이었다. 화려한 제복을 입은 브라스밴드를 보자 대열 끝에 따라가는(4학년이라 맨 꼴찌에 서서 걸어갔다) 자신의 위치가 한심스러웠을 것이다. 녀석은 무엇이든 일등을 하고 말겠다는 포부를 지니고 있었다. 처음 면사무소에서 나올 때는 씩씩하게 두 팔을 쳐들고 행진하던 4학년들은 브라스밴드에서 울려퍼지는 큰북 소리가 뒤에까지 들리지 않아 왼발을 행진 박자에 맞출 수도 없었다. 그래서 행진 대열이 아니라 마치 끌려가는 패잔병 같은 꼴이었는데, 거기에 자신이 끼여 있다는 것이 짜증스러웠던 게 분명했다. 게다가 브라스밴드 맨 앞에는 미향이가 근사한 황금색 띠를 두른 제복을 입고 발을 높이 쳐들며 걸어가고 있었던 것이다.
 길가에 서 있는 사람들도 아예 4학년들 쪽은 쳐다볼 생각조차 않고「밴드부 참 멋있네」「축구 선수들도 밴드부들처럼 좋은 옷을 입히잖구」하는 말들까지 들려왔다. 나는 아주 고소했다. 재빈이가 집에 텔레비전까지 있어도 밴드부에 들어가기엔 역부족인 것을 잘 알고 있었다. 밴드부엔 아주 부잣집 애들만 가입했다. 텔레비전뿐만 아니라 자동차나 선박까지 있는 애들도 부지기수란 얘기를 들었다. 그리고 대개 5, 6학년들로 이루어져 있었다.

요즘 미향이는 트라이앵글을 치지 않고 피리를 불었다. 멋은 트라이앵글이 좋지만 행진할 때는 대열 맨 앞에 서서 피리 부는 애들이 최고였다. 그래도 재빈이는 자기가 미향이와의 격차를 인정할 수 없다는 듯 아득하게 들려오는 큰북 소리에 왼발을 맞추려고 애를 쓰고 있었지만 오히려 우스꽝스럽게 보일 뿐이었다. 패잔병 대열 속에 혼자 팔을 높이 쳐들고 가는 꼴은 뒤에서 봐도 가관이었다.

대열 맨 앞은 벌써 강구다리에 접어들려고 하는데 꼬리 부분은 이제 겨우 삼거리에서 꺾여지고 있었다. 몇몇 아이들은 대열을 이탈해서 아이스케키 공장을 기웃거렸다. 맨 뒤에서 아이들을 정리하는 선생님들도 내리쬐는 햇볕을 부채로 가리는 데만 신경을 쓰며 건성으로「야야, 들어가」할 뿐이었다.

「아이구 줄도 기네」

「어째 뒷줄은 잘렸다 붙었다 하는 게 도마뱀 꼬리 같애」

잔치가 끝나는 마당이라 상인들과 어부들은 일터로 돌아가고 있었지만 아줌마들은 조금이라도 흥미를 늘리려는 듯 우리들을 향해 떠들었다. 우리 중에 모범적으로 행진을 계속하는 아이가 있다는 것을 모르고 하는 소리였다. 재빈이는 그제야 높이 쳐든 팔을 슬그머니 내렸다.

뒷꽁무니가 다방과 당구장 사진관 따위들이 늘어선 중심가를 통과할 즈음엔 사람들은 우리들을 별로 쳐다보는 기색도 아니었다. 어떤 아줌마는 짐을 가득 실은 리어카를 끌며 빨리 안 지나간다고 짜증을 부렸다. 나는 사진관 옆에 있는 서울약국을 보았다. 딸의 행진을 계속 지켜보았을 서울약국 주인만큼은 여전히 뒷맛을 즐기고 있을 것 같아서였다. 그런데 서울약국은 문이 닫혀 있었다. 약국이 쉬는 날은 거의 없었기 때문에 의아하게 생각되었다. 나는 오늘 새벽 잠결에 머리맡에서 할머니가 중얼거리던 말이 문득 떠올랐다. 긴가민가했던 그 말이 사실인지도 몰랐다. 참 어쩔거나. 처자가 집을 나갔다니.

강구다리를 건너고 있는 대열 맨 앞쪽에서 팔 힘이 빠진 큰북소리가 둥둥 들려오고 있었다.

7장 사랑

l 텅 빈 가슴

「어이, 몇 마리야?」
「한 백 마리쯤 돼요」
 고기를 잡아 올리던 백씨 아저씨가 소리쳐 묻자 못 둑에서 순자 오빠가 큰소리로 대답했다.
 햇볕이 쨍쨍 내리쬐는 줄기강에서 마을 장정들이 한창 물 퍼올리기와 고기잡이를 하고 있었다. 타들어가는 듯한 가뭄이 계속 이어지자 마을 사람들이 줄기강에 물을 퍼서 논에 대고 있는 중이었다. 고기잡이는 줄기강에 고인 물이 반쯤 줄어들면서 시작되었다. 줄기강은 오십천에서 얼마 떨어지지 않는 곳에 있는 늪 지대였다. 오래전엔 일종의 강줄기(지류)였던 게 언제부턴 늪으로 변했는데 사람들은 이곳을 줄기강이라 불렀다. 줄기강 늪 지대 중에서 가장 수심이 깊은 줄기강 연못은 폭이 오십 미터 정도 되었다. 연못에는 붕어나 뱀장어 가물치 들이 많았다.

「어이 올해처럼 가물면 어디 농사를 짓겠어!」

「젠장, 모내기 할 때는 천지 사방 물난리더니 이제 와 논이 쩍쩍 갈라지기만 하고……」

「월말쯤 한 차례 비가 온다니까 그동안 고기 맛이나 봐야지」

깊은 연못이 바싹 죄여들자 수면이 죽 끓듯 하였다. 봉식이 아버지가 세숫대야로 물에서 펄쩍펄쩍 뛰는 붕어들을 게으르게 퍼 올렸다. 구경하는 사람들은 붕어 따위엔 아무런 관심이 없었다. 연못가에서 어깨까지 옷을 걷어붙이고 진흙에 묻혀 있는 가물치를 건지는 쪽만 바라보고 있었다.

진흙 속에 사는 가물치를 손으로 잡아올려서 둑으로 내던지면 거기서 큰 대야에다 담았다. 큰 가물치는 못 중간에 많을 터이지만 늪 지대라 자칫 위험할 수가 있어 가장자리의 진흙만 뒤지는 것이었다. 몸집이 작은 가물치라도 아이들 팔뚝만큼은 되었다. 벌써 가물치는 다섯 대야를 가득 채웠다. 적어도 이백 마리는 될 성싶었다. 저녁이 되면 집집마다 어른 수대로 나눈 뒤 일한 장정들이 더 가져가는 식으로 분배될 것이었다.

아이들과 함께 고기를 잡는 것을 구경하다가 나는 혼자 집으로 갔다. 어젯밤 미향이 이모가 돌아왔기 때문이었다. 일 주일 만에 돌아온 미향이 이모는 술에 잔뜩 취한 상태였다. 누군가 남호 해변가에서 서성거리는 것을 보고 통조림 공장으로 오는 물자동차에 태워 보냈다고 한다. 미향 이모는 서울약국으로 가지 않고 곧장 우리 뒷집으로 왔다. 미향이가 달려나와 제 이모의 허리를 부축하면서도 마구 헝클어진 긴 머리카락을 다듬어주곤 했다. 얼마 후 엿공장 골목 어귀로 지프차 들어오는 소리가 밤공기를 흔들었다. 개들이 요란스럽게 짖어댔다. 자정이 다 되어가는 시간이었다.

내가 미향이네 집 쪽을 근심스러운 눈으로 바라보며 우리 집 마당으로 들어서려는데 낯선 아줌마의 악장치는 소리가 들려왔다. 눈앞 근심은 미향이네 집이 아니라 우리 집에 있었다.

「이봐, 이걸 그래 머리라고 깎은 거야!」

윗동네 아줌마가 3학년짜리 하나를 데리고 와서 최씨를 보고 뭐라 떠들고 있었다. 최씨는 신경질을 얼굴에 담고 마루에 앉아 있었다.

「내가 보니까 멀쩡한데 뭘 자꾸 그래요」

이미 한참 전부터 다투고 있었는지 최씨는 찌부드드하게 옆구리를 틀고 앉아 잡지를 뒤적였다.

「눈 뜨고 똑똑히 봐! 내가 낫으로 깎아도 이보단 잘 깎겠다」

뚱뚱한 몸매를 가진 아줌마는 손가락으로 아들의 머리를 쿡 찌른 후 최씨에게 삿대질을 했다. 이름을 잘 모를 3학년짜리 녀석의 머리통은 얼핏 보아도 감자처럼 들쭉날쭉했다. 최씨 솜씨라기엔 믿을 수 없을 정도였다. 오히려 최씨는 잡지를 뒤적이며 왜 자꾸 귀찮게 구느냐는 듯 시큰둥하게 대꾸했다.

「그럼 낫으로 깎아보지 그래요」

「으애애!」

「헛참. 걔 머리통이 원래 그래 생긴 걸 나더러 어떡하란 말이오」

「뭐라고!」

아줌마는 달려들어 최씨가 들여다보던 잡지를 냅다 팽개치고 금방이라도 얼굴을 할퀼 듯이 헉헉거렸다. 할머니가 있었으면 말리기라도 했을 텐데 나로서는 구경 말고는 좋은 방법이 없었다. 할머니는 아마 가물치 매운탕 거리를 준비하느라고 엿공장 사택에 가 있을 것이다.

최씨는 요즘 들어 머리 깎은 아이의 부모들로부터 항의받는 일이 잦았다. 대부분 이발소로 찾아왔기 때문에 별로 실감이 되지 않았는데 요 며칠 동안은 아예 이발소 문을 닫은 탓에 소동이 집에까지 번진 것이었다.

사실 요즘 아이들의 머리를 깎아놓은 걸 보면 동네 아이들의 돌머리를 스포츠 머리로 바꾼 최씨의 자부심은 어디에도 찾아볼 수 없었다. 마을 사람들이 〈나사가 풀린 것 같은〉 최씨를 그래도 함부로 하대하지 않는 것은 머리 깎는 솜씨만큼은 어딜 내놓아도 자랑할 만했기 때문이었다. 그런 최씨가 갑자기 머리 깎는 솜씨가 형편없어진 것이었다. 수원 아줌마가 마을을 완전히 떠나버렸기 때문이었다. 아줌마가 아기를 낳고 떠날 때까지는 그러지 않았는데 자질구레한 물건들을 불에 태우고 짐을 옮긴 뒤부터는 드러나게 최씨의 일상이 헝클어져 버렸다. 가끔씩 땅이 꺼져라 한숨을 쉬기도 하고, 안하던 담배를 입에 물더니 어느덧 골초가 된 양 입에서 떨어지지 않았다. 머리를 까탈스럽게 깎아 신경쟁이라 불리던 때가 그의 이발 역사에서 전성기였던 셈이다. 이젠 아무도 신경쟁이라고 불러주지도 않았다.

「머리를 다시 깎든가 돈을 도로 내주든가 해!」
「너 일루 와서 앉아」

최씨는 어쩔 수 없다는 듯 방에 들어가 이발 가위를 꺼내왔다. 3학년 아이가 엄마의 서슬에 짓눌려 마루 끝에 앉았다. 주인집 아들인 나한테도 마당에서 이발을 해주지 않았던 최씨는 아이의 머리카락에 가위질을 시작했다. 철컥철컥거리는 가위질 소리가 아주 불규칙했다.

수원 아줌마가 떠난 것이 이발에 흥미를 잃을 정도인가, 어른들의 세계를 엿보는 걸로만은 최씨의 마음 상태를 짐작할 수가 없었다. 사랑을 잃게 되면 사람이 저렇게 되나 보다 싶었다. 마치 수원 아줌마가 떠나면서 최씨의 유일한 소유인 이발 기술을 가지고 가버린 듯했다. 나도 언젠가는 그의 심정을 이해할 수 있는 날이 있을 거란 생각은 들었다. 하지만 내게 그런 날이 오더라도 저렇게는 무너지지 않을 거란 자신이 있었다. 너무나 어리석게 보였기 때문이었다. 그런데 그 실험은 너무 빨리 찾아왔다. 바로 이틀 뒤 학교에서였다.

수업을 마치고 청소 당번이라 책상을 정리하려는데, 같은 청소 당번인 재빈이가 책가방을 둘러메는 것이었다.

「너 집에 가려고 해? 청소 당번이잖아」

「나? 오늘부터 밴드부가 됐거든. 오늘 연습 때문에 청소 못할 거라고 선생님한테 말씀드렸어」

「뭐? 너 정말 밴드부니?」

나는 믿을 수 없었다.

「너는 귀가 어둡니? 우리 반 애들 다 알고 있는데」

내가 낮에 선생님 심부름으로 우체국에 다녀온 사이에 결정이 내려졌나 보았다. 하긴 며칠 전부터 재빈이 엄마가 부지런하게 학교를 들락거리긴 했었다. 나는 재빈이 엄마가 재빈이를 밴드부에 넣으려고 아무리 들락거려도 결코 성취를 못할 것이라고 믿고 있었다. 아니 들락거릴수록 절망만 확인할 거라고 오히려 흐뭇해하고 있었다. 그 이유는 재빈이네가 부자 축에도 못 낄 뿐만 아니라 절묘한 운명적인 장애가 있다는 걸 알기 때문이었다. 바로 작년에 재빈이는 3학년 2반에 배정이 되었는데 담임 선생님이 여자인 홍미선 선생님이었다. 공부를 일등 하는 재빈이에게 여자 선생님은 결코 어울리지 않는다고 판단한 녀석의 엄마는 학교를 찾아가 끝내 홍 선생님의 눈물을 흘리게 한 뒤 반을 바꾸고 말았다. 바로 그 홍 선생님이 올해부터 밴드부를 지도하고 있었기 때문에 재빈이의 소원은 결코 이루어질 수 없다고 확신했다. 재빈이 엄마는 교장 선생님을 찾아가 염치없이 밴드부 가입을 요구하자 교장은 부자는 아니더라도 공부를 일등 하기 때문에 반대 명분을 찾지 못하고 망설였다. 그때 홍 선생님은 얼마 전 있었던 재빈이의 컨닝 사실을 전하며 반대를 했다고 한다. 그러자 재빈이 엄마는 오히려 지도 선생님을, 입이 가벼운 고자질쟁이니까 교체해야 한다며 교장 선생님을 다그치는 어리석음을 범했다.

그런데도 재빈이가 밴드부에 들어갔다니, 믿을 수 없는 일이었다. 아들을 위해서라면 물과 불을 안 가리는 사람이 재빈이 엄마였다. 재빈이 엄마가 드디어 교장 선생님과 〈연결〉을 한 모양이구나! 나는 눈앞이 노래졌다. 전에 엿공장에서 숨어서 본 그 기억이 눈앞에 생생히 떠올랐다. 그 통에 재빈이가 밴드부가 된다는 것이 무엇을 의미하는가를 잊어버릴 지경이었다. 나는 서둘러 청소를 마치고 정말 재빈이가 밴드부를 하고 있는지 확인해 보고 싶었다. 밴드부 연습은 일찍 수업이 끝나는 1학년 3반 교실에서 이루어졌다.

일본식 목조 교사를 돌아가 군내에서 유일한 삼층 건물인 1학년 교실로 가보았다. 발 소리를 죽이고 복도를 걸어가는데 복도를 끝에서 〈푸른 하늘 은하수……〉 악기 소리가 솔솔 들려왔다. 작은북 소리가 찰랑찰랑 들렸고 피리 소리가 물결처럼 흘러다녔다.

나는 까치발을 들고 창 안을 들여다보았다. 홍 선생님이 지휘봉을 들고 앞에 서서 팔을 흔들고 있었다. 맨 앞자리에서 미향이가 피리를 불고 있었다. 아마 가을 운동회 뒤에 열리는 학예회 때를 대비해 연습하는 중일 것이다. 나는 스물다섯 명쯤 되는 부원들을 살펴보았다. 맨 뒷자리에 정말 재빈이의 얼굴이 보였다.

재빈이 앞 책상에는 탬벌린이 놓여 있었다. 재빈이가 탬벌린을 맡게 되었구나. 마음속에 겨우 버티고 있던 기둥 같은 것이 픽 쓰러지는 것 같았다. 나는 그나마 다른 애들은 모두 악기를 들고 연주를 하는데 재빈이만 혼자 멍청하게 앉아 있는 것이 위로가 되었다. 재빈이의 음악 실력이 형편없는 걸 알아차리고 연주를 못하도록 하는가 싶었다. 그런데 한 곡을 끝낸 선생님은,
「오재빈은 오늘 첫날이니까 다른 부원들 하는 걸 잘 봐둬. 악보 보는 연습도 하구」
홍 선생님이 그렇게 말하자 재빈이는 힘찬 목소리로,
「예 선생님!」
하고 대답하였다.
나는 계속 까치발을 들고 창 밖에 서 있을 필요가 없다는 것을 알았다. 이미 모든 일들은 나에게 등을 돌리는 쪽으로 진행되고 있었다. 개인 연습이 시작되자 아예 홍 선생님은 재빈이 앞에 와서 손바닥 위로 지휘봉을 탁탁 치며 개인 지도를 하기 시작했던 것이다. 나는 내쫓기듯이 복도에서 빠져나올 수밖에 없었다. 재빈이 엄마가 과자와 콜라 병을 잔뜩 가슴에 껴안고 반대편 복도에 모습을 드러냈다.
집으로 돌아오는 길에 나는 몇 번이나 무릎이 꺾어질 뻔하였다. 재빈이가 미향이를 아주 차지해 버렸다는 생각을 하니 걸음마저도 제대로 옮겨 딛을 수가 없었다. 앞으로는 시가행진이나 학예발표회 운동회 등등 무수한 자리에서 사람들의 부러운 시선을 받으며 미향이와 나란히 있을 것이었다. 심지어 녀석은 이미 발을 맞추는 데는 익숙해져 있으니, 탬벌린 연주를 시늉으로만 하더라도 모두들 〈야 신입부원이 저렇게 훌륭한 연주를 하는구나!〉 하며 감탄할 게 틀림없었다.

최씨는 마루에 걸터앉아 목을 늘어뜨리고 담배를 피고 있었다. 신경과민의 경련이 비스듬히 붙은 눈썹에 자글자글 끓고 있었다. 발 앞에는 담배 꽁초가 잔뜩 쌓였다. 오늘도 일찍 퇴근한 모양이었다.

「입이 굴뚝인가. 담배 좀 그만 피우게」

할머니가 절구에 게를 빻다가 불쑥 쏘아붙였다. 최씨는 한숨을 길게 내쉬곤 담배 꽁초를 발로 모아 마룻장 밑으로 밀쳤다.

「남자가 그만 일로 맨날 송장처럼 지내!」

나는 할머니를 거들떠보지도 않고 바로 방으로 들어갔다. 할머니는 나이를 그만큼 먹어서도 최씨의 심중을 헤아리지 못하는 것 같았다. 방에 들어온 나는 한숨을 푸우, 내쉬었다. 최씨의 갈라진 심정을 고스란히 내 속에서도 느낄 수 있었다. 저녁밥도 먹은 둥 마는 둥하고 일찌감치 잠자리에 들었다. 책가방도 다시 사질 않고 다음날 그대로 들고 갔다. 자연 시간에 책이 없어 꾸지람을 들었고 숙제를 안한 국어 시간에는 아이들이 보는 앞에서 종아리에 매를 맞았다. 이상하게 종아리가 하나도 아프지 않았다. 가슴만 쓰렸다.

2 만남

재빈이는 밴드부에 들어가고 난 뒤로 한층 으시대듯 동네를 휘젓고 다녔다. 엄마가 없을 때도 빨간 나비 넥타이가 있는 옷을 입기도 했고 텔레비전을 보려고 모여든 아이들에겐 좀더 엄격한 기준을 세워 신체 검사를 실시하기도 했다. 재빈이가 밴드부에 들어가게 된 것은 다름아닌 공장장 문씨가 축구공 삼십 개를 학교에 기증했기 때문이라고 한다. 떠도는 소문이 아니라 재빈이 입에서 직접 나온 말이었다. 공장장 문씨가 도내 축구 대항전에서 우승한 걸 축하한다며 축구공을 전달하는 자리에서 교장에게 이렇게 말했다고 한다.

「우리 동네에 밴드부에 들어갈 만큼 음악에 소질 있는 학생이 있어요」

「아 그렇습니까? 누구지요?」

「오재빈이라는 애인데 공부도 아주 잘하고 나중에 크게 될 아이 같습니다」

「아 전 미처 몰랐군요. 밴드부에 들어가도록 지도 선생님한테 얘기해 두겠습니다」

재빈이는 공장장까지 나서서 자기의 소질을 인정한 것에 스스로 도취된 나머지 그런 얘기를 들려주었다. 하지만 공장장의 요구가 교장 선생님을 움직이게 했던 것은 녀석의 음악 소질 때문이 아니라 축구공 삼십 개의 위력 때문임을 녀석이 잊어버린 모양이었다.

「그 자식 되게 잘난 체 뻐기네」

재빈이는 밴드부에 들어가고부터 딱지나 구슬치기를 하지 않았다. 길을 걸을 때는 탬벌린 연습하듯이 눈앞으로 손바닥을 펴서 흔들고 다녔다. 언제부턴지 아이들이 녀석을 슬슬 피하기 시작했다. 아무리 심하게 다투었어도 돌아서면 금방 친해지는 게 아이들 세계지만 어떤 땐 싸우지 않았는데도 사이가 벌어지는 경우가 있다. 발을 딛고 있는 자리가 어디냐가 결정적인 변수인 셈이다.

눈치가 빠른 재빈이는 어느 날 아이들에게 제법 근사한 제의를 하나 했다.

「너희들 복숭아 포도 사과 같은 거 한번 먹어보지 않을래?」

「치이, 하두 가물어서 영덕 복숭아 나무도 말라 죽는다는데 그딴 과일이 어디겠니」

「병신들. 통조림 공장에 가면 발에 차이는 게 과일이야」

통조림 공장은 강구에서 가장 큰 공장으로 외지인이 운영하고 있었다. 규모는 우리 마을 엿공장과는 비교조차 되지 않았다. 아이들이 여전히 시무룩하게 있자,

「일요일에는 지키는 사람도 별로 없어. 가서 주워오기만 하면 돼」하고 꼬드겼다. 아이들은 꽤 유혹을 느끼는 표정이었지만 선뜻 나서려고 하지 않았다.

그제야 사태가 심상찮게 돌아가고 있다는 것을 알아차린 재빈이는 아이들과의 우정을 회복하기 위해서 꾀를 쓰기 시작했다. 아이들과 관계를 맺지 않으면 제 아무리 잘난 짓을 해봤자 자랑할 데가 없어지는 것이다. 그것만큼 고통스러운 일이 없다는 것을 잘 아는 재빈이는 며칠 동안 궁리 끝에 아이들이 놀랄 만한 계책을 내놓았다.

「야, 통조림 공장에 미향이도 같이 가기로 했어」

「정말?」

「그으럼」

아이들은 놀라지 않을 수 없었다. 서울약국 집 딸이 도둑질하는 데 따라나서다니. 미향이가 간다고 하자 아이들은 느닷없이 어떤 난관을 무릅쓰고라도 성공적으로 과일을 훔쳐내겠다고 다짐을 하였다. 나는 설마 미향이가 따라나설까 싶었다. 뜻밖에도 미향이는 오히려 기대에 부풀은 얼굴을 하고 나타났다. 하얀 범표 운동화에다가 파란 체육복까지 입고 나온 미향이를 보자 나는 어리둥절해졌다. 아이들은 이렇게 멋진 도둑질은 처음이야, 하는

눈치였다. 벌써 과일을 훔쳐냈다는 듯 미향이에게 무슨 과일을 가지겠냐고 물었다. 병도는 미향이가 보는 앞에서 낡은 운동화 끈이 끊어질 만큼 단단히 졸라맸다.

우리는 땅거미가 깔려올 무렵 통조림 공장 대문을 지켜보며 숨을 죽였다. 육중한 철문은 우리가 넘어갈 수는 없었다.

「중학교 운동장 뒤쪽으로 가면 낮은 담장이 있어. 그리로 가자」

병도가 작은 눈을 반짝이며 말했다.

우리는 병도의 뒤를 따라 태연하게 운동장 뒷길을 돌았다. 모랭이산 자락이 멎는 곳이었다. 담장을 타넘기는 어렵지 않았다. 휴일이라 통조림 공장 안은 적막이 감돌고 있었다. 이 동네는 개도 키우지 않는지 개 짖는 소리도 들려오지 않았다. 우리는 한두 명씩 떨어져서 담장 아래를 기어갔다. 대문 옆에 수위실이 있었다. 보통 집에는 대문 안쪽에 개를 묶어두었는데 여기는 사람이 망을 보고 있었다. 우리는 대문을 지키는 사람이 적어도 개만큼 냄새를 잘 맡는 코와 밝은 눈을 가졌을지 모른다는 추측을 하곤 진저리를 치며 공장 안을 노려보았다. 공장 안에서 생선 냄새와 과일 냄새가 스물스물 흘러나왔다.

재빈이가 먼저 거미처럼 몸을 낮춰 어두운 공장 안으로 들어갔다. 병도도 봉식이도 따라 건물로 사라졌고 미향이도 더듬더듬 손을 짚으며 뒤따라왔다. 사방이 어둑했으나 식별은 될 정도였다.

공장 건물에 들어서자 넓다란 복도 한가운데 아이스케키 공장의 기계처럼 사각형의 작업대가 설치되어 있었고 종이 상자들이 한쪽에 쌓여 있었다. 우리들은 각기 흩어져서 쌓여 있는 박스들을 열어보았다. 박스 속에는 비닐 끈과 과일 냄새만 풍길 뿐 과일은 보이지 않았다. 공장 건물은 모두 세 동이었다. 나는 뒤늦게 들어와 그 박스들이 비어 있는 것을 눈치채고 곧장 복도로 이어진 안쪽 건물로 들어갔다.
「야, 여기 있어」
뒤에서 봉식이의 목소리가 가늘게 들렸다. 봉식이는 포도를 손에 들고 흔들어 보였다. 좀 전 지나쳤던 빈 박스들 옆에 과일 박스가 있었던가 보았다. 아이들이 그쪽으로 몰려갔다. 나는 내가 들어와 있는 안쪽 건물에서도 과일 박스를 발견할 수 있을 것 같았다. 어디선가 찬기운이 느껴지는 걸 보아 직감적으로 근처에 과일을 무더기로 쌓아놓은 냉장 보관 창고가 있을 법했기 때문이었다. 어디쯤 냉장 창고가 있을까 주변을 살피던 그때, 갑자기 건물 밖에서 고함치는 소리가 들렸다.
「웬 놈이야!」
「야 튀어」
건물 입구에서 전깃불이 켜졌다. 병도가 짧은 선을 긋듯이 소리를 질렀다. 순식간에 발자국 소리가 우다다닥, 건물 밖으로 빠져나갔고 덩치 큰 남자 한 명이 아이스케키 공장 같은 작업대 앞에서 두리번거리는 게 보였다.
「쥐새끼 같은 놈들, 어디로 갔어!」
나는 일단 건물 뒤쪽으로 도망쳤다. 재빈이와 다른 애들은 들어왔던 담으로 달아난 것 같았다. 나는 마당을 가로질러야 하는 위험 때문에 담으로 갈 수가 없었다. 건물 뒤켠에 트럭 세 대가 세워져 있었다. 나는 트럭을 엄폐 삼아 도망칠 자리를 엿보고 있는데 뜻밖에도 트럭 뒤에 미향이가 숨어 있었다.
나와 미향이는 트럭 뒤에 몸을 감추고 기회를 노렸지만 갈수록 달아날 길이 어려워지는 것 같았다. 숙소에 있던 인부들인 듯 너댓 명이 몰려나와 우리가 들어왔던 건물 앞쪽을 막아서고 있었다.

모자를 눌러 쓴 청년 하나가 성큼성큼 우리가 숨어 있는 트럭으로 다가왔다. 나와 미향이는 트럭 뒤로 뒷걸음을 쳤다. 뒤쪽은 산이었다. 어차피 앞으로 못 갈 바에야 산으로 도망치는 게 안전할 것 같았다. 내가 산길을 올라가자 미향이도 따라왔다. 나는 동네의 어떤 곳이든 모르는 데가 없었지만 통조림 공장 뒤쪽 산은 잘 알지 못했다.

「미향아 염려 마. 이 산이 모랭이산이야. 이 산을 따라가면 우리 동네가 나와」

나는 겁에 질린 미향이를 안심시켰다. 우리 동네 왼편에 놓여 있는 모랭이산이 통조림 공장 뒤쪽까지 걸쳐 있다는 점은 알고 있었다. 모랭이산이 끝나는 지점에 우리 동네가 있고 거기서부터 영흥산이 시작되었다.

첫길이라 해도 산길을 가는 것은 별로 어렵지가 않았다. 뱀이나 토끼를 잡든가 깡통불을 돌리려고 산을 온통 누비고 다녔던 우리였다. 산길은 대충 봐도 어디로 통하는지 알고 있었다. 조금 산비탈로 걷다가 우리 학교가 보이면 산을 내려오면 되었다.

산아래 집들이 보이자 미향이는 안심한 듯 주머니에서 복숭아를 꺼냈다.

「야, 너 솜씨 좋은데? 이거 어디 있었니?」

「으응. 맨 안쪽 건물에도 작업대가 있었어. 거기에 과일이 가득 쌓여 있던데 뭐」

미향이는 무용담을 늘어놓듯이 제물에 신이 나서 떠들었다.

「훔친 봉숭아라서 그런가? 통조림은 많이 먹어봤지만 이렇게 맛있지 않았어」

우리는 복숭아를 먹으면서 길을 걸었다. 나는 재빈이가 과연 템벌린을 다룰 줄 아는가가 무척 궁금했지만 기분을 잡치고 싶지 않아 묻지 않았다. 그리고 도대체 재빈이만큼 가난한 애가 밴드부에 단 한 명이라도 있는가도 의심스러웠지만 우리 집이 재빈이네보다 더 가난하기 때문에 그것도 물을 수가 없었다. 그러고 보니 내가 꺼낼 수 있는 얘기란 터무니없이 한정되어 있었다.
「너 이모, 요즘도 방에서 우니?」
무려 다섯 달 전에 미향이가 하던 얘기였다.
「아니」
「괜찮아? 술 먹고 돌아왔었잖아」
「응, 그때 통조림 공장 차 타고 집에 돌아왔어」
나는 해변가에 술 먹고 다니는 것이 얼마나 위험한 일이지 얘기해 주었다. 몇 달 전에도 한 여자가 남호 근처에서 술에 취한 채 바닷가에 다니다가 총 맞아 죽은 일이 있었다. 군인들이 〈손 들어〉 소리치곤 재깍 손을 올리지 않으면 방아쇠를 당긴다고 했다. 몇 년에 한번씩 간첩들이 나타날까 말까인데도 밤이 되면 주민들이 얼씬도 못하게 했다. 아무것도 모르는 외지인들이 경치 좋다고 해변을 거닐다가 시체가 되어 나오기 일쑤라고 어른들이 말을 했다. 미향이도 알고 있다는 듯 고개를 끄덕였다.
「이모가 그때 대구로 그 아저씨를 찾아갔었대. 화가 아저씨 말이야」
「그래서 만났대?」
「으응. 그 아저씨가 있던 지하실 방에 갔는데, 아저씨는 없고 그림 위로 먼지가 잔뜩 쌓여 있더래. 물감이나 팔레트는 오래전에 바싹 마른 상태였구. 사흘 만에 아저씨가 나타났대. 목발을 하구서……」
「목발이 뭐야?」
「다리 한쪽 없는 사람들이 옆구리에 끼고서 걷는 거 몰라? 그림 관두고 기계 공장에서 일하다가 다리를 심하게 다쳤대. 이모는 이제 영원히 그 아저씨와 결혼을 할 수 없게 됐다고 괴로워해. 자기 때문에 불구가 됐는데두 아무것도 해줄 것이 없다며…… 아저씨는 극장 간판쟁이가 아니라 진짜 화가래. 그 말을 집에서는 아무도 안 믿어」

「그럼 앞으로도 계속 술 마시고 바닷가로 나가겠네?」

총 맞아 죽을지도 모르는 정말 걱정되는 일이었다.

「웃기지 마. 외삼촌은 서울 병원으로 보내겠대. 거기서 치료를 받으면 전처럼 회복이 될 거래」

너무 우울한 얘기를 나눈 것 같았다. 나는 마지막 남은 대화거리를 발견하였다.

「미향이 너 요즘 피리 불지?」

「빨리 가자. 길이 캄캄해졌어」

나는 처음부터 피리 얘기를 꺼내지 않은 것을 후회하며 앞장서서 빠른 걸음으로 길을 걷기 시작했다.

그런데 길이 산 아랫마을로 빠지지 않고 자꾸 위로 향했다. 길만 따라가면 결국엔 아랫마을과 연결되기 때문에 나는 별 의심을 품지 않고 미향이를 재촉해서 길을 걷게 했다. 아랫동네가 점점 멀어졌다.

「준일아, 그만 올라가고 내려가자. 길이 없어도 내려가면 마을이 나올 거 아니니?」

「그건 위험해. 조금만 더 따라가면 내려가는 길을 만날 거야」

나는 미향이에게 산길이란 위를 향해 있다 해도 꼭대기로 가는 것이 아니고 아래로 향해 있다 해서 반드시 내려가는 길이 아니라는 것을 일러주었다. 길을 따라가다 보면 양갈래 길이 나오고 거기서 등성이로 오르는 길과 기슭으로 내려오는 길만 선택하면 되는 것이었다. 보통 양갈래 길에서는 그 구별이 뚜렷한 법이었다. 나는 그런 복잡한 설명을 할 수 없었다. 자꾸만 비탈길을 오르는 통에 미향이의 손은 떨고 있었고 나도 낯선 길이라 조금씩 겁이 나기 시작했다.

십여 분쯤 어두워진 산길을 걸었을까. 주위가 온통 캄캄하다 싶었는데 뒤따라오던 미향이가 길 아래로 미끌어지고 말았다. 나는 가까스로 곁에 있던 아카시아 나무를 잡았지만 미향이의 몸이 작은 벼랑 아래로 곤두박질치는 것을 보았다. 미끄러진 길섶에 키 작은 떡갈나무만 있어서 미향이의 몸이 지탱되지 못하고 줄곧 떨어지고 말았던 모양이었다.

내가 황급히 미향이가 떨어진 곳을 보며 발을 디딜 곳을 찾았다. 하지만 길 아래는 사오 미터쯤 되는 깎아지른 듯한 바위가 박혀 있었다.

「어딨어?」

「여기야, 여기!」

바위 아래 풀섶에서 미향이가 비명을 질렀다. 나는 오던 길을 조금 내려가 미향이가 떨어진 바위 밑으로 달려갔다.

미향이는 발목이 심하게 접질린 것 같았다. 몇 발짝 못 걸어가 다시 주저앉고 말았다. 큰일이었다.

「여기 꼼짝 말구 있어」

「왜?」

「내려가서 우리 집 최씨 아저씨 불러올게」

「안 돼. 나 혼자 여기 있으란 말야!」

그도 그렇다 싶었다. 나는 미향이를 업었다. 불안한 마음에 미향이를 업는 것이 얼마나 멋진 일인가는 생각조차 할 수 없었다. 우리 또래는 남자보다 여자애들이 체중이 더 나갔다. 얼마 가지 못해서 내가 비틀거리며 간신히 발을 옮겨 딛고 있을 때 앞에서 검은 물체가 다가오는 게 보였다. 사람이었다. 밤에 낯선 길에서 사람과 마주치는 게 어떤 사나운 동물을 만나는 것보다 무서운 법이지만 나는 미향이를 무사히 데리고 가는 데만 정신을 쏟고 있었으므로 전혀 두렵지 않았다. 오히려 다행스럽다 싶었다.

「아저씨 오진 가는 길이 이쪽 맞나요? 얘가 다쳤거든요」

그 자는 어둠 속에서 나를 바라보더니 등을 보이고 앉아 미향이더러 업히라는 시늉을 했다. 미향이도 말없이 등에 업혔다. 사내는 미향이를 업고 성큼성큼 앞으로 발을 내딛었다. 나는 캄캄한 길을 잘못 딛을까 허둥대듯 걷는데도 사내는 바람처럼 휙휙 발을 옮겨 딛었다. 그때 문득 내 머리에 저 사람이 까마귀일지 모른다는 생각이 날카로운 바늘처럼 찔러왔다.

〈아저씨, 까마귀 맞죠?〉

나는 사내 뒤를 쫓아가며 몇 번이나 그렇게 물을 뻔하였다. 내가 까마귀와 산길을 걷다니. 마을 아이들은 누구도 까마귀가 그림자처럼 어른거리는 것을 보았을 뿐 눈앞에서 본일도 없다고 했다.

나는 이미 까마귀가 분명하다고 단정을 내리고 있었다. 그런데도 이상스럽게 무섭지가 않았다. 칠흑같은 산 속에서 어떻게든 미향이를 데려가야 한다는 생각에만 짓눌려 있었기 때문일 것이다. 사내는 헝클어진 머리에 검은 외투를 입고 있었다. 사내의 모습이 어둠과 뒤섞여 있어 뒤를 쫓아가는 것도 쉽지 않았다. 나는 사내의 엉덩이 양쪽에 매달려 있는 미향이의 흰 운동화만 보고 허겁지겁 뒤를 따라갔다. 사내의 걸음은 벌써 모랭이산을 벗어나고 있었다. 나는 그제서야 덜컥 겁이 났다. 사내가 무섭다기보다 사내의 입에서 갑자기 까마귀 소리가 들리면 어쩌나 싶었기 때문이었다. 만약 산이 울릴 만한 그 해괴한 음성을 내지르면 미향이는 업힌 채로 기절해 버릴 것 같았다. 내가 조마조마한 마음을 움켜잡고 뒤따라가는데 산 밑으로 우리 동네가 보였다.
 해련사 바로 뒷길에서 사내는 미향이를 내려놓았다. 나는 긴 한숨을 토했다. 사내에겐 고약한 소리지만 미향이를 업어준 것보다 까마귀 울음을 내지 않았다는 쪽이 그렇게 고마울 수가 없었다.
 미향이는 여전히 발을 옮겨 딛기 힘들어했다. 나는 미향이를 부축해서 몇 걸음 걷다가 뒤를 돌아보았다. 사내는 벌써 저만큼 걸어가고 있었다. 나는 미향이 주머니에서 복숭아 두 개를 꺼내 그에게 달려가 불쑥 내밀었다. 사내의 눈이 흘낏 나를 건너보았다. 내 귀밑에서 잔소름이 좌악 뻗치는 것 같았다. 나는 얼른 복숭아를 그의 발밑에 내려놓고 넘어질 듯 허둥대며 미향이에게로 달려왔다.
「미향아, 무섭지 않던?」
 해련사 비탈길을 내려가면서 내가 물었다.
「아니」
 미향이가 그 사람이 까마귀인 것을 아는지 궁금했지만 차마 물어볼 수가 없었다.
「업어줄까?」
「괜찮아」
 나는 미향이를 업고 싶었지만 팔로 겨드랑이를 껴서 부축하는 것도 괜찮았다. 굴뚝에서 보면 그렇게 길었던 해련사 길이 겨드랑이를 끼고 걷는데도 금방 끝이 나버렸다. 마을 첫집인 옥금이네 집을 지나올 때는 미향이와 나는 손을 잡고 있었다. 나는 용기를 내어 물어보았다.

7장 사랑 *199*

「산으로 도망친 것이 후회되지?」
　미향이는 아무런 대답도 하지 않았다. 연자네 집을 지나 샘터 앞에서 걸음을 멈췄다. 미향이네 집은 마당에 불이 켜져 있었다. 할머니가 기다리고 있는 것 같았다. 미향이가 하나 남은 복숭아를 내게 건넸다. 나는 마다하는 시늉으로 손을 저었다.
「너 먹어. 통조림보다 맛있다 그랬잖아」
「사실은…… 재빈이가 통조림 공장에 가자고 했을 때 준일이 너도 가느냐고 물었어」
「……」
「너도 간다길래 따라나선 거야」
「정말?」
　미향이는 고개를 끄덕이곤 까만 눈동자로 나를 한참 동안 바라보았다. 먼 불빛에 미향이의 눈이 반짝반짝 빛나고 있었다. 미향이가 손을 입에 대고 쿡, 웃었다.
「너랑 도둑질하는 게 이렇게 재미있는 줄 몰랐어」
　체육복에 붙은 엉컹퀴 씨앗을 털어낸 뒤 미향이는 혼자 집으로 들어갔다. 나는 자박자박 어두운 길을 걸어나왔다.
　닭장 뒤를 돌아 우리 집삽짝으로 들어서려다 말고 내처 엿공장 쪽으로 빠르게 걸어갔다. 왠지 그냥 집으로 들어가서는 안 될 것 같았다. 가슴이 터질 듯이 이글거렸기 때문이었다. 엿공장 앞 큰길에 나왔을 때 나는 갑자기 달리기 시작했다. 캄캄한 밤길을 마구 휘저으며 달렸다. 오일장터를 지나 강구다리까지 달렸는데도 이상하게 숨이 가쁘지 않았다.
　극장을 스쳐지나고 비릿한 냄새가 고여 있는 부두를 통과하였다. 얼음공장 육교 아래를 지나 금진 바닷가를 한참 달리고서야 뛰기를 멈추었다. 검은 바다에서 파도 소리가 철썩철썩 들려왔다. 나는 바닷가에 우뚝 솟은 큰 바위에 비스듬히 등을 기대고 팔을 크게 벌렸다. 긴숨을 내쉬며 하늘을 올려다보았다. 별들이 쏟아져내렸다. 북두칠성 오리온 카시오페아 알고 있는 별자리들이 내가 있는 자리를 친숙하게 만들었다. 나는 계속 달리고 싶었다. 금진을 지나 창포와 멀리 축산까지 내달리고 싶었다. 어쩌면 평생 달리고 싶은 마음을 가슴에 안고 살아갈지도 모른다는 생각이 들었다.

  오랜 훗날 나는 우연한 기회에 차를 몰고 금진 해변가를 지나간 적이 있었다. 지금은 동해안의 유명한 낚시터가 된 그곳 해변도로를 따라가다가, 하늘에서 쏟아지는 별을 바라보며 긴숨을 내쉬던 옛일이 떠올라 그곳이 어디쯤일까 기억을 더듬어보았다. 큰 바위를 중심으로 활처럼 해안선이 굽어지는 지형이 금진리 끝 지점에 있어서 나는 놀라지 않을 수 없었다. 밤중에 고향집에서 여기까지 열한 살짜리 아이가 한달음에 달려왔다고 보기에는 너무나 먼 거리였다. 그 어떤 열망이 내 유년을 이만한 거리로 사로잡았는지, 유년의 회상은 과장과 자기 연민으로 이루어져 있다는 내 주장을 단번에 뒤집을 만한 것이었다. 때때로 유년은 현저한 주체성을 내뿜는 시기이기도 한 것이다.

8장 선과 악

1 가장 깊은 곳에 숨겨놓다

나는 기억으로써 유년의 정확한 모습을 그려낼 수 없다. 기억이란 시간의 레일 위에 멈춰서 있는 고장난 열차와 같다. 시간의 레일을 따라가면 어느 지점에서 기억의 그 열차를 만난다. 기억이란, 과거를 재현한다는 것이란, 심리 속의 궁핍을 메우는 환각일 뿐이다.

유년은 기억 속에 갇혀 있는 것이 과거가 아니라 성년의 세계 한 모퉁이에 잠재되어 있는 현재이다. 의식의 뚜껑을 열면 가장 깊은 곳에 유년의 삶들이 몸을 뒤채며 숨을 쉬고 있다.

우리 집 닭장 뒤편을 따라가는 그 길, 언젠가부터 은은히 푸른 띠의 빛을 발하고 있는 그 길 위를 서성였다. 내 호주머니에는 피리가 꽂혀 있었다. 나는 며칠 전 음악 시험에 대비하기 위해 미향이에게서 빌린 피리를 돌려주려고 가는 중이었다.

동화 속에서 들쥐에게 춤을 추게 했다는 피리처럼 미향이의 피리는 이상한 마력을 지니고 있었다. 피리를 불면 미향이와 더불어 있었던 일들이 피리 끝에서 피어오르는 것 같았다. 입을 댄 채 들숨을 쉬면 미향이의 몸 냄새를 맡을 수 있었다. 나는 이날 아침 학교 가기 전에 저금통을 열었다. 수요일 아침마다 리어카를 끌며 벌었던 돈을 가지고 학교 앞 문구점에 갔다. 밴드부에서 사용하는 미향이의 피리는 보통 피리보다 손가락 하나 정도 길었다. 문구점에는 그 같은 피리가 보이지 않았다. 나는 시외버스를 타고 영덕으로 갔다. 한번도 혼자서 버스를 타고 영덕까지 간 적이 없었으므로 영덕 가는 길은 여간 두렵지 않았다. 영덕 군청 앞 악기사에서 겨우 미향이의 것과 똑같은 피리(리코더라 불렀다)를 구할 수 있었다.

 내 예상은 들어맞았다. 집에 오는 길에 피리를 꺼내 불어보았던 것이다. 미향이의 피리를 불면 피리 끝에서 미향이의 가는 음색이 묻어 있었지만 내가 산 피리는 여느 나무가 꺾인 자리에서 굴절되어 나는 퉁명스런 소리에 불과했다. 피리 속에 입김을 계속 불어넣으니 피리에 혼이 들어가 있다는 생각을 하지 않을 수가 없었다.

 이날 따라 샘터에서 얼마 떨어지지 않은 그 길 위에는 푸른 빛이 더 나는 것 같았다. 나는 잠시 푸른 빛의 길 위에 서 있다가 걸음을 옮겼다. 미향이 집 대문을 열 때는 가슴이 쿵쿵 울렸다.

「미향이는 지금 없는데 피리를 놔두고 가」

 미향이 할머니가 말했다. 나는 미향 이모는 있어요, 하고 물으려다 그만두었다. 미향 이모의 방문은 꼭 닫혀 있었다.

 나는 악기사에서 구입한 피리를 마루에 올려놓고 나오면서 심한 부끄러움을 느꼈다. 재빈이는 컨닝 따위를 하지 않아도 여전히 공부를 일등 했으므로 내가 미향이의 혼을 얻는 길은 그 애의 물건을 이렇게나마 훔치는 수밖에 없었기 때문이었다.

나는 집으로 돌아가 서랍 속에 감춰둔 피리를 꺼냈다. 피리는 전체적으로 흰색이었고 입술이 닿는 부분만 주홍색이었다. 피리를 입술에 얹고 살짝 불어보았다. 삐이—, 피리 대롱을 타고 흐르는 소리에 그 애의 목소리가 한층 짙게 배여 있었다. 나는 피리를 서랍 안쪽에 깊이 묻어두었다.

「너 그 피리 미향이 거라고 하지 않았니?」

할머니가 달걀을 꺼내려 도장에 들어가다 물었다.

「아, 이거 좀 있다 갖다 줄 거예요, 할머니」

「썼으면 빨리 돌려줘. 남의 물건은 다 귀한 줄 여기고」

나는 죄책감에 사로잡혔다가 차츰 마음이 씻겨지는 것을 느꼈다. 교회 종탑에서 내려다보면 내가 피리를 훔친 것만 보이는 것이 아니라 피리를 간직하고 싶은 내 마음까지 보일 거란 생각이 들었다. 어쩌면 종탑의 눈은 내가 피리를 훔쳤다고 여기질 않고 그 아이의 입김을 가졌다고 여길지 몰랐다. 입김을 훔친 것은 악(惡)일까.

「아침에 비가 올 듯하더니 안 오고 마네」

계란을 사러 온 욱진이 엄마가 마루에 앉아 한숨을 내쉬었다.

「연자네 어른은 좀 어떠시대?」

「글쎄 차도가 없대요. 사람도 잘 알아보고 말도 좀 하는데 내왕을 못하시니」

「새댁이 걱정이구먼. 날씨가 이제 생사람까지 잡네 그려」

할머니는 마흔 살이나 된 연자 엄마를 아직도 새댁이라 불렀다. 며칠 전 연자 할아버지가 논에 갔다가 논에 물 대는 일로 소월동 사람과 다투다 집으로 돌아왔는데 그만 대문 앞에서 쓰러지고 말았다. 기골이 장대하고 긴 수염을 휘휘 날리며 다니던 연자 할아버지가 갑자기 쓰러질 줄은 아무도 몰랐다. 「조심들 하게. 중풍이 어디 문 두드리고 오겠냐」 「에휴, 저승길이 대문 밖이라더니」 연자 할아버지가 쓰러지자 그 연배의 노인네들은 긴장하는 기색이 역력했다.

하여간 이젠 연자 할아버지를 길에서 못 보게 될는지 몰랐다. 연자 할아버지는 설날에 세배를 가면 마당에서 소 여물을 썰다가 「왔냐? 세배했다 셈치고 마루에 있는 돈 십 원씩 가져가거라」 하는 걸로 아이들에게 가장 인기를 끌던 노인네였다. 속 타듯이 가뭄이 심하다 해도 좀더 있으면 잘 되든 못 되든 추수를 할 판국인데 그 새를 못 참아 논을 다니다가 변을 당했다고 할머니는 애석해하였다. 할머니는 저녁 먹고 난 뒤 연자네 집에 간다며 나가 밤늦도록 돌아오지 않았다.

할머니가 없는 동안 나는 머리끝까지 이불을 덮어쓰고 피리를 만지작거렸다. 흰색 피리 대롱이 이불 속에서도 요요히 빛을 내는 것 같았다. 입에 대고 불다가 소리가 커지면 콧구멍에다 대고 불어보기도 했다.

「애는 불을 끄고 자지」

방문 여는 소리가 어렴풋하게 들려왔다.

「어휴 참. 인물 잘생긴 게 걱정이라더니⋯⋯ 술을 먹고 들어오질 않나 또 휑하니 나가버렸다니⋯⋯ 참 바람이 들어도 오달지게 들었어」

「진들 오죽 답답했으면 저럴라구요. 아무도 제 심정을 몰라주니⋯⋯. 그나저나 별 탈 없이 돌아와야 할 텐데⋯⋯」

할머니가 방문을 닫고 나가는가 싶었는데 마루에서 순자 엄마의 음성이 들렸다.

나는 몸을 뒤척이며 입술을 만져보았다. 피리가, 피리의 놓였던 자리가 입술 위에 또렷이 남아 있었다.

2 자전거처럼 흔들리는 세계

중학교 교감 선생님 집은 마루가 니스칠이 되어 유리처럼 반짝였다. 할머니와 나는 문지방 앞에 앉아 대구에서 올 전화를 기다리고 있었다. 조금 전 교감 선생님 집에서 일하는 옥희란 계집애가 득달같이 달려와「준일이 할머니, 대구에서 전화 왔어요」고 함지르고 간 뒤에 할머니와 같이 뛰어온 길이었다. 엄마는 전화를 건 뒤에 끊었다가 우리가 도착했을 때쯤 되어 다시 교환을 불러 전화를 걸 터였다.
「방에 좀 들어오세요. 거기 계시지 말고」
동네 교환수 역할을 하는 교감 선생님 부인은 인사치레로 방에 들어오라고 권유했다.
「됐네. 밭에서 오는 길이라 발도 더럽고」
할머니는 거듭 사양하면서도 문지방으로 바싹 다가앉았다. 전화벨이 울렸다. 나는 할머니가 전화를 받는 동안 할머니 귀에다 내 귀를 함께 대고 전화 목소리를 들었다. 엄마 목소리는 깔짝깔짝 거리기만 할 뿐 잘 들리지 않았다.「그래 잘 있냐? 여긴 다들 무고하다」「연자네 노인이 몸이 좀 성치 못하다」「응, 많이 가물었지. 나락은 찧어봐야 알겠구나」「그래, 몸조심하고, 전화비 많이 나오겠다」할머니는 독백하듯이 한참 소리 지르고는 나에게,
「추석 전에 한번 오겠단다」
하며 전화를 바꿔주지도 않고 탁, 수화기를 내려놓았다. 할머

니는 적어도 초등학교는 졸업해야 전화를 받을 자격이 있다고 여기는 눈치였다. 하긴 할머니는 환갑이 지나서야 처음 전화를 사용했으니 나로서도 크게 손해볼 것이 없었다.

아쉬운 쪽은 전화가 끝나면 당장 유리처럼 니스칠이 되어 있는 마루에서 내려와야 한다는 사실이었다. 할머니는 대개 수화기를 내려놓자마자 바로 교감 선생님 집을 나왔기 때문이었다. 나보다 앞서 할머니가 대문 밖을 나서다가 하마터면 황급히 걸어오는 재빈이 엄마와 부딪칠 뻔하였다. 재빈이 엄마가 할머니에게 꾸벅 인사했다.

「재빈네는 언제 왔는가?」

재빈이 엄마는 아랫배가 척 달라붙는 긴 치마를 입고 있었다.

「조금 전에 왔어요. 준일이 엄마는 추석에 내려오겠네요」

맹맹한 콧소리가 묻어나는 목소리로 재빈이 엄마가 말했다.

「응. 바쁘게 어딜 가누?」

「예. 머리 한 지도 오래됐구 해서」

「내 보기엔 올 적마다 머리 하는 거 같은데」

「호호」

재빈이 엄마가 웃고 갔다. 할머니는 혼잣말로 중얼거렸다.

「저 사람은 너벌너벌 팔자도 좋다. 농사 짓는 사람 마음 헤아려 가만 좀 있지 않고」

창근 형이 오토바이를 타고 뭉개던 오이밭은 이제 오이는 걷어내지고 배추가 싹이 트고 있었다. 김장용 가을 배추였다. 덕수 형이 배를 타러 가고 난 뒤 박씨가 덕수 어머니와 함께 고랑을 일구고 배추 씨를 뿌렸다. 고추잠자리가 수십 마리 자욱하게 날고 있었다. 고추잠자리 아래를 지나는 내게 전에 미향이와 배드민턴을 쳤던 기억이 새삼 떠올랐다. 높이 떠오른 배드민턴 공을 쫓아다니며 잠자리들이 앉으려고 발을 대곤 하였다. 이제 배드민턴 공이 날지 않자 잠자리들이 마치 공중을 헤매며 공을 찾는 듯이 보였다. 미향 이모가 「준일이는 운동 신경이 좋은데」 보조개를 지으며 칭찬하던 모습도 눈에 아물거렸다. 내가 공을 지붕 위에 올려버리고 배드민턴 라켓을 건네자 미향 이모는 라켓을 받지 않고 희고 가는 손가락으로 내 뺨을 가볍게 때렸었다. 미향 이모도, 미향이도 요 며칠 사이 보이지 않았다.

　최씨가 자전거를 타고 골목길로 들어온 것은 할머니와 내가 욱진이네 돼지막을 지날 때였다. 최씨는 앞바퀴를 덜컹거리며 좁은 길을 위태롭게 달려오고 있었다.

　「저 사람이 또 왜 저러나?」

　할머니는 곧 도랑에 처박힐 듯이 달려오는 최씨를 흘깃 돌아보았다.

　「또 대낮부터 술 먹었구먼. 나사가 풀릴 듯 말 듯하더니 이젠 숫제 풀어놓고 다녀!」

　할머니가 최씨에게 들리도록 큰 소리로 내뱉었다. 그전 얼마 동안은 최씨를 이해하려고 하던 할머니는 요즘엔 드러내놓고 나무라고는 하였다. 술이 취해서 마당에 구토를 했던 그저께는 아침 늦잠을 자고 일어나는 최씨에게 「이 집이 교육자 집안일세. 어디 술내 풍기며 집에 들어오나. 이번에 기한이 끝나면 당장 이사를 하시게」 하고 화를 내기까지 하였다.

　최씨는 덜커덩 덜커덩, 위태롭게 자전거를 몰고 오더니 아니나다를까 욱진이네 돼지막 가까이에 와서 도랑에 자전거를 처박고 말았다. 돼지 배설물이 흐르는 지점에서 불과 한바퀴를 통과해서 넘어졌기에 망정이지 조금만 일찍 넘어졌다면 오물을 뒤집어쓸 뻔했다. 손과 바지에 진흙이 묻은 채로 몸을 일으킨 최씨는 자전거 핸들을 들었다 놓았다 하면서 바퀴에 붙은 흙을 털어냈다. 할머니는 황망히 아예 흉보기도 싫다는 양 고개를 돌리고 집쪽으로 걸음을 옮겼다.

그때 몇 차례 툭툭 바퀴살에 엉긴 진흙을 털어내면서 최씨가 하는 말이 할머니를 황망히 돌아서게 만들었다.

「할머니, 저 감나무집 처자가 죽었대요! 」

할머니는 뭐라 말하려다 찌푸린 눈으로 최씨의 행색을 아래위로 쏘아보았다. 최씨의 코가 발갛게 달아올랐다.

「서울, 서울약국집 처제 말입니다요. 아 내가 좀 전에 강구 김씨네 고래고기 집에서 술을 한잔 걸치고 있는데 건너편에 서울약국이 난리더라구요. 뭔가 싶어 알아보니 글쎄 그 처자가 죽었다면서……」

「도대체 무슨 소린가?」

할머니는 얼굴을 잔뜩 찌푸리며 되물었다. 최씨는 술 냄새를 풍기며 금방 했던 말을 왕왕 되풀이하였다. 머리 위에 가맣게 날고 있던 고추잠자리가 무엇에 놀란 듯 뿔뿔이 흩어지고 있었다. 눈에 보이지 않는 아주 큰 잠자리채가 돌연 허공을 휘젓고 있는 것만 같았다.

미향이 이모가 죽었다고 한다. 등대 아래 방파제 위에서 옷이 벗겨진 모습으로 쓰러져 있었다고 한다. 물내를 가득 머금은 바닷바람이 온 마을로 불어오던 그저께 새벽이었다.

「목에 졸린 흔적이 뚜렷하게 나 있었나 봐요」

봉식네 돼지막 골목 입구인 담배 가게 앞에서 마을 어른들이 모여 웅성거렸다.

「어느 놈 짓이야? 새벽 방파제에서라면 뱃놈들이나 낚시꾼들이 그러지 않았을까?」
　연자 아버지가 담배 연기를 길게 내뿜었다.
「건달들인지도 모르죠. 남자 관계가 오죽 복잡했어야지」
「젠장, 처녀가 눈물이 고인 눈을 퀭하니 뜨고 다니니 남자가 들끓을 수밖에」
　담배 가게 안에서 누군가의 목소리가 흘러나왔다. 아이들도 귀동냥이라도 들으면 무슨 얻을 게 있는가 싶어 담배 가게 앞에 바글바글 몰려 있었다. 덕수 아버지가 말했다.
「새벽녘에 왜 거기 있었대요?」
「그야 뭐, 저번에도 남호에서 해변을 돌아다니다가 총 맞을 뻔했잖아요? 요즘 들어 밤새도록 돌아다니는 일이 잦았대요」
　옥자 오빠가 대답하자 덕수 아버지는 묻는 요지가 그게 아니라는 듯 다시 물었다.
「아니, 왜 그렇게 돌아다니냐고?」
「참내 이 아저씨는, 그 여자 여기 올 때부터 실연당해 왔잖아요. 그래서 머리가 해까닥한 거지요」
　옆에서 성냥개비로 어금니를 쑤시고 있던 병도 아버지는 방금 생각이 났다는 듯 말꼬리를 치켜올렸다.
「흠흠, 바지가 벗겨져 있었다며? 정말 홀라당 벗겨져 있었던가?」
　다른 어른들도 갑자기 그것이 궁금하다는 양 서로 얼굴을 쳐다보았다.
「피부가 계란 속살 같았을 텐데, 히야아 참. 아 맨처음 발견한 게 낚시 나온 사내놈이래지? 히야아 참」
　병도 아버지는 눈을 가느스름하게 뜨고 뭔가를 눈앞에 떠올리는 표정이더니, 「그 자식이 바로 신고는 했을까 싶으네」 하고 중얼거렸다.

어른들 한둘은 찍찍 이빨에 바람 들어가는 소리를 냈고 한쪽에선 계속 숙의를 해봐야 더 이상 나올 얘기가 없다는 걸 알고 흩어지려고 하였다. 그래도 남아 있는 얘기가 더 있지 않겠느냐며 몇몇은 눈치를 살피고 있는데 엿공장 앞길로 이발사 최씨와 봉식이 큰형이 자전거를 타고 오는 게 보였다. 두 사람이 그 현장에 다녀오는 길이라고 하자 돌아가려던 사람들이 다시 모여들었다.

「영덕 경찰서에서 현장조사를 나왔더라구요. 방파제 돌 위에 못을 박고 나일론 끈을 둘러놨어요」

「돌 위에 못이 박히나?」

「아이구. 돌 사이 시멘트에 못을 박은 거지요」

「그래서 어찌 됐나?」

「예 현장을 보존한대요. 파도가 치는데 보존인들 제대로 되겠어요?」

봉식이 큰형이 그렇게 보고를 하자, 최씨가 입을 벌리고 하늘을 향해 코방귀를 뀌었다.

「흥, 나 원. 아 그놈들이 현장 보존을 한다고 어쩌고 하더니 엉뚱하게도 구경하는 사람들을 잡아들이는 거예요. 처음부터 계획적이었요. 총을 꼬나들고 방파제 입구를 딱 막아서더라구요」

「아니 왜?」

세 사람의 입에서 동시에 〈왜〉라는 물음이 튀어나왔다.

「아 글쎄, 사람들은 꼼짝 못하게 가둬놓고 여자들과 애들을 골라내지 뭐예요? 그러니 남자만 남았지요. 그 동네 중학교 1학년짜리 하구 아랫동네 칠십 넘은 옥천 영감까지 합쳐서 대략 서른 명쯤 됐지요. 그리곤 이놈들이 조사를 한다면서 모두 바지 끈을 풀으래요」

「어? 왜 그래?」

최씨가 다시 코방귀를 핑, 뀌며 뜸을 들이자 봉식이 형이 나서서 차분하게 설명했다.

「팬티를 조사하겠다는 겁니다. 처음부터 비밀로 감춰둔 부분이었던가 봐요. 죽은 여자 옆에 다른 옷은 다 있는데 팬티만 없더래요. 아, 물론 남자 팬티는 버려져 있었고요. 그러니까 죽인 놈이 여자를 겁탈하고 목을 조른 뒤 팬티를 바꿔 입었다, 그런 얘깁니다. 보통 범죄자의 심리가 현장 조사할 때 사태를 살피려고 나와본대요. 그래서 경찰들이 우리 중에 팬티를 바꿔 입는 살인자가 끼여 있을 줄 알고, 기습적으로 조사를 벌였던 모양입니다」

최씨가 성질이 잔뜩 오른 낯으로 투덜거렸다.

「나 원 참. 아이 저 모래사장 끝에서 여편네들이 또랑또랑 눈을 굴리고 있는데 우리는 바지를 까내리고 있었으니. 그것두 중학생 1학년 놈하구! 흐흐 옥천 영감은 아직도 불알이 팅팅하대요」

「그래서 여자 팬티 입은 놈이 나왔어?」

덕수 형 아버지가 눈을 끔뻑이며 물었다.

「개 코인가 나오게요. 원래 순사 꼭대기 앉아 있는 게 도둑이라고, 벌써 기미를 눈치채고 튄 게지요」

최씨가 담배를 사러 가게에 들어가며 시부렁거렸다.

「그래도 잔머리 많이 굴렸네. 변사 사건이 한두 곳 아닐 텐데. 저번에 삼사에서 총 맞아 죽은 여자는 가족들이 도착하기도 전에 시체가 화장터로 가고 있었잖아」

「그게 다 서울약국이 힘이 있어서 그러네」

경찰의 조사는 끝이 난 게 아니라 그것으로 시작이었다. 강구에서 살인자를 찾아다닌다는 소문이 들리는가 싶었는데 이튿날

곧장 우리 마을로 들이닥쳤다. 마을 청년들은 모두 다 붙들려갔
다. 9월 19일과 20일 사이에 무엇을 했느냐 어디에 있었느냐 하
며 형사들의 엄중한 취재를 받았다고 했다. 여자가 죽던 새벽 시
간에는 상당한 마을 청년들이 논에 가 있었기 때문에 한층 곤혹
을 치렀다. 나이든 중년들은 집에서 조사를 벌였다. 경찰 지프차
들이 돌아다니며 연일 농사일이 바쁜 마을사람들의 발을 묶어놓
고 심문을 했다. 돼지 여물이 다 떨어져 한창 바쁜 옥금이 엄마
는 그날 남편이 새벽에 집에 있었다고 둘러댔는데 이미 그전에
배씨가 옥금이 아버지를 위해 준다며 논에서 보았다고 증언을 했
던 터라 심각하게 혐의자로 몰리기도 했다. 옥금이 아버지는 경
찰서에서 하룻밤을 새고 시뻘겋게 해가지고 돌아왔다. 날짜와 시
간에 대해 그다지 철저하지 못한 어른들이라 공연한 오해를 사기
도 하고 지레 인정을 베풀다 보니 뜻하지 아니한 착오가 생기기
도 하였다.

하지만 우리 마을에서 가장 곤혹을 치르고 얼굴에 두드러기가
나도록 뺨을 맞은 사람은 이발사 최씨였다. 홀아비인 최씨가 수
원 아줌마를 좋아했다가 최근 실의에 빠져 있었고 게다가 이발소
까지 문 닫는 일이 허다했던 점 때문이었다. 누가 고자질을 했는
지 몰라도 미향 이모가 이사올 적부터 가장 눈여겨본 사람이 최
씨라는 정보까지 경찰들이 가지고 있었다.

여러 가지 정황들로 알리바이가 세워져 최씨가 집으로 돌아온
것은 사흘이 지나서였다.

「아무렴 우리 마을에 그런 흉악한 놈이 있을라고!」

다소 위태로운 고비는 있었지만 마을에 범인이 없는 걸로 사태
가 수습되는 듯보였다. 그러나 경찰서를 오가며 심문을 받던 와
중에 생겨난 사소한 진술과 엇갈린 배려들은 사람들 마음에 뜻하

지 않은 앙금이 쌓이게 하였다. 그렇잖아도 십몇 년 만의 가뭄이라고 논바닥처럼 가슴이 쩍쩍 갈라지던 판국이었다.

경찰서에서 받은 심문 때문에 사이가 틀어진 어른들 가운데 옥금이 아버지와 배씨가 가장 심한 편이었다. 심문을 당하고 닷새쯤 지나서 엉뚱하게도 두 사람이 돼지막 문제로 시비가 붙었다.

「아니, 내 땅에 내가 돼지막을 짓겠다는데 왜 야단이오!」

욱진이 아버지 배씨가 현재 있는 돼지막 옆에 두 채를 더 지으려고 하자 그 아래 밭이 있는 옥금이 아버지가 눈을 부릅뜨고 못 짓게 한 것이다.

「안 되네. 자네 돼지막에서 나오는 똥물이 내 밭으로 흐르잖아!」

옥금이 아버지는 배씨보다 열 살 위였다.

「아니, 지금까지도 안 흘렀는데 두 채 더 세운다고 해서 뭐가 달라지오!」

「야 이 자식아, 비올 때 똥물이 내 밭으로 안 흐르대?」

「이 양반이. 내가 니 자식이야? 낫살 처먹었다고 대접해 주려고 했더니 이젠 애비처럼 놀구 있네」

「뭐! 요런 새빠질 놈이 어디다 대고!」

「어쩔래, 내 혓바닥 한번 뽑아볼 테야!」

동네 사람들이 달려들어 말렸지만 끝내 욱진이 아버지는 돼지막을 더 짓겠다고 고집을 부렸다. 밤에 블록을 쌓으면 새벽에 와서 허물고 하는 그런 지겨운 꼴이 며칠간 이어졌다.

담배 가게에서 오씨와 술을 마시던 병도 아버지도 별일 아닌 걸로 말다툼을 벌였다. 그러던 중에 병도 아버지가 저번 줄기강 연못을 칠 때 잡은 가물치를 빼돌린 과거가 드러나버렸다. 오씨가 무슨 말다툼 끝에 「천형, 가물치를 삼십 마리나 가져가놓고 왜 돈은 나한테 이천 원밖에 안 가져오우」 하고 덧붙였는데 그게 아주 몹쓸 일로 발전하고 만 것이다. 가물치를 빼돌렸다는 말이 튀어나오자 곁에 있던 어른들의 얼굴이 불그락거렸다. 욱진이 아버지 돼지막처럼 개인의 일이 아니었다. 마을의 오랜 전통을 천씨가 깨었다는 사실을 묵과하지 않을 낌새였다. 아무리 무지렁뱅이라는 천씨도 마을 전체의 공분을 얻고는 버틸 재간이 없을 터였다. 그래서 어떻게든 오씨와 해결을 봐야겠다고 결심한 듯 벌떡 의자를 박차고 일어났다.

「이놈아. 고기를 빼돌리자고 했던 게 나야? 니 놈이잖아!」

「어쩔시고? 이거 생사람 잡으시네. 그때 천형이 엿공장 댁으로 고기를 가져가다가 한 통을 대문 뒤에 숨겨놓았지 않소!」

「허어, 이거 이거. 아구통을 찢어버릴 놈을 봤나!」

병도 아버지가 윗통을 벗어젖혔다. 탁자가 넘어지고 소주병이 깨졌다. 사람들이 서둘러 말렸지만 급기야 병도 아버지는 깨진 소주병을 들고 허공을 휘저었다. 삽시간에 담배 가게가 난장판으로 변했다.

몇 차례의 싸움만으로도 작은 우리 마을은 온통 흉흉한 느낌에 젖어들었다. 매년 이맘때 친목계처럼 행해 오던 노루잡이를 가자는 말도 꺼내는 사람이 없었다. 추석이 지나고 벌어지는 연중 가장 큰 행사인 면내 동대항 축구 시합에도 청년들은 준비할 기색이 아니었다. 사실 들에 나가도 별 할일이 없었다. 쭉정이만 남아 있는 허연 논을 바라볼 바에야 서너 명씩 어울려 술판을 벌이거나 화투를 치는 게 나았다.

그러나 그건 어른들의 세계일 뿐이었다. 욱진이는 여전히 신문지에 앉아 똥을 길게 내놓다가 다시 집어넣곤 했고 엿공장의 고물을 훔쳐 지나가는 엿장수에게 엿을 되바꿔 먹은 은밀한 계획들을 아이들은 여전히 가지고 있었다. 병도는 아버지가 소주병으로 막춤을 추는 시간에도 〈병 뚜껑〉을 내놓고 동네 계집애들에게 겁을 주었다. 재빈이는 다소 인기가 시들해진 텔레비전 시청자들을 끌어모으기 위해 방 앞에 걸레를 두고 아이들이 발을 닦는 정도로 시청을 허락하였다. 그러나 걸레 빠는 일만은 꼭 아이들에게 시켜 텔레비전의 자긍심을 지켰다. 나는 미향 이모를 잃은 슬픔을 가눌 길 없어 학교만 마치면 보배구슬을 들고 이웃동네로 구슬치기 원정을 나가 해가 빠져야 돌아오고는 하였다.

병도 아버지의 싸움이 있고 일 주일이 흘렀다. 그날은 우리 마을에서 또하나의 쓰라린 사건이 일어난 날이었다. 나는 그날 학교에서 반대항 축구 대회를 하느라 피곤하여 일찍 잠자리에 들었다.

내가 잠에서 깨어난 것은 자정 무렵이었다. 어두운 방안을 살펴보니 할머니가 아랫목에서 팔베개를 하고 새우처럼 웅크려 자고 있었다. 「나이 들면 다리 펴고 잘 힘이 없어」 할머니는 무릎을 배에 붙이고 자는 게 훨씬 편하다며 늘 그런 자세를 취했다. 나는 다시 잠을 청하려다 오줌이 마려워 잠을 깬 것을 알았다. 낮에 축구를 할 때 물을 많이 마셨기 때문이었다.

밖은 그믐께라 캄캄했다. 마루에서 요강을 더듬다가 쪽마루로 걸어가 굴뚝으로 올라갔다. 거기서 거름 더미로 곧장 오줌을 내갈기기 위해서였다. 나는 배를 한껏 내밀어 오줌발을 날렸다. 메리가 기지개를 펴고 나와 오줌 누는 광경을 지켜보고 있었다.

연자네 집에서 굿하는 소리가 쿵작쿵작 울려왔다. 철도 부지 끝지점 해련사 가는 길목에 연자네 집이 있었다. 굿이 밤새도록 이어질 모양이었다. 연자 할아버지가 중풍에 걸린 것이 옛날 저 세상에 간 작은 할아버지 탓이라며 액을 떼기 위해 굿을 해야 된다는 처방이 내려졌다고 한다. 연자네 집은 재산이 제법 넉넉한 편이라 굿판도 기세가 좋았다. 온 동네가 캄캄한데 연자네 집만 대낮처럼 불이 훤했다. 철도 부지 끝에 줄지어 서 있는 백양나무 이파리가 역광을 받아 팔랑거리는 게 보였다. 굿판을 구경가고 싶었지만 칠흑 같은 밤이라 조금 으스스했다. 나는 어둠 속에 잠겨있는 동네를 한번 더 휘둘러보았다.

그런데 교감 선생님 집 너머에도 불빛이 보였다. 전깃불보다 훨씬 큰 불빛이었다. 저기도 굿을 하나, 중얼거리며 누구네 집일까 거리를 가늠해 보았다. 밝은 기운이 점점 커지고 있었다. 엿공장 쪽이었다. 점차 근방이 훤해지더니 순식간에 불빛이 치솟았다. 그때 쿵작쿵작 울리는 굿소리 사이로 가늘게 들려오는 소리가 있었다.

「불이야」

엿공장에서는 펄펄 끓는 가마솥에 인부가 빠져 화상을 입은 적은 있었지만 한번도 불이 난 적은 없었다. 불은 전선 상태가 엉망인 허름한 집에서 나는 걸로만 알고 있던 나는 여전히 고개를 갸우뚱거리며 불빛의 추이를 지켜보고 있었다. 정말 불이라면 연기가 날 거라며 불빛 상공만 유심히 바라보고 있는데, 이번엔 굿소리를 덮치며 굵직한 소리가 밤 공기를 가르고 있었다.

꾸우울 꿀꿀 꾸울…….

돼지 소리였다. 돼지가 발버둥치며 지르는 비명이라는 것을 단번에 알 수 있었다. 나는 그제야 「할머니 불났어요」 소리치며 방으로 뛰어갔다.

3 무엇에든 몰두를 해야 하느니

　불은 다행히 엿공장을 많이 태우지는 않았다. 대신 그때 부는 바람을 따라 돼지막으로 옮겨 붙어 돼지막 다섯 채가 타고 돼지는 일곱 마리가 죽었다.
　그날 밤 불이 나자 집집마다 방에 불이 켜지며 사람들이 달려 나왔다. 삽시간에 온 마을 사람들이 양동이를 손에 들고 엿공장으로 뛰어갔다. 전기 합선으로 불이 나는 일이 잦았기 때문에 불에 대한 대처만큼은 아주 민첩한 편이었다. 몇 달 전에 지품 댁에서 불이 났을 때도 마치 뱀이 이어달리기를 하듯이 우물에서부터 쫙 늘어서서 물을 날라 불을 끈 적도 있었다.
　사람들이 엿공장 불을 일찍 제압할 수 있었던 것은 마을 가구들의 사분의 일 가량이 엿공장과 어떤 형태든 관련을 맺고 있었기 때문이기도 했다. 전번 철도 부지에서 덕수 형 아버지가 못 쓰는 송진(松津) 가마니를 태울 때 달려왔던 소방차는 이날 불이 났을 때도 오지 않았다.
　날이 새자 아이들은 불이 난 엿공장으로 몰려갔다. 자는 동안에 불이 난 것이 불운하다는 듯 불탄 흔적들을 꼬챙이로 뒤져가며 구경을 했다. 나는 불에 탄 자리를 꼼꼼히 살펴보면서 화재의 원인을 어느 정도 추정할 수 있었다. 엿공장 안쪽 창고에서부터 뒤켠 돼지막까지 검게 탄 골재들이 보였다. 그러니까 불은 엿공장 창고에서 시작되어 다섯번째 돼지막에서 꺼졌음을 알 수 있었다. 바람이 남서쪽에서 북동쪽으로 불었던 것이다. 불이 난 엿공장 안쪽 창고는 한 달 전 미향이의 배드민턴 공이 바람에 날려갔던 자리기도 했다. 화재의 원인이 무엇인가를 내게 암시해 주는 대목이었다. 그리고 어젯밤, 마을 일이라면 곁눈질도 않던 재빈이 엄마의 모습이 보였다. 마을 어른들은 허둥대느라 구별을 못했는지 몰라도 재빈이 엄마는 집에서 나오는 것이 아니라 분명 들어가는 쪽이었다. 그리고 이튿날 오토바이를 부수고 도망쳤던 순진한 덕수 형과는 다르게 아무렇지도 않은 얼굴로 마을을 돌아다녔다.

마을 사람들은 이튿날부터 불에 탄 부분을 고치기 시작했다. 검게 탄 부분들을 뜯거나 헐어내었다. 인부들도 며칠간 엿을 고지 않고 건축일을 할 작정이었다. 이상하게도 불이 났을 때 금세 달려들던 사람들이 오히려 재건할 때는 왠지 무력하게 보였다. 불은 미향 이모 사건 이후로 뒤숭숭한 마을에 조금 충격을 주었을 뿐 사람들의 마음을 더 심란하게 흔들어놓고 있었다.

「왜 불이 났지? 엿공장 쉬는 날이었잖아? 아무도 없었을 텐데」
「합선인가 보지 뭐」
「아냐. 돼지막에서 불이 시작됐대. 둘째 돼지막 앞에 보릿단이 쌓여 있었잖아」
「돼지가 불을 질렀나? 젠장」

어른들끼리 그런 밑도끝도없는 말들이 오갔다. 다행이라면 미향 이모가 죽은 후에 조그만 일로 다투던 어른들이 더 이상 화재의 원인 가지고는 다투지 않았다. 소방차가 달려오지 않았으니 경찰도 나타나지 않았다. 그러니 공연히 화재의 원인을 캔다고 설쳐대면 또 전처럼 한 명씩 경찰서에 잡혀가 문초를 당할지 모른다는 불안감을 가지고 있었다. 공장장은 포항에 있는 사장에게 전화를 걸어, 불이나 돼지막을 조금 태웠는데 며칠 안으로 고쳐놓겠다고 했다.

그해 가을은 무엇보다 어린 우리들에겐 연탄재 싸움에 대한 기억을 오랫동안 지니게 할 것 같았다.

누가 먼저 제안을 했는지 몰라도 느닷없이 시작된 연탄재 싸움에 온 마을 아이들이 빠져들었다. 갑자기 커지는 키와 힘을 감당 못하겠다는 듯이 그동안 가지고 놀던 구슬이나 딱지치기를 내팽개치고 아이들은 연탄을 집어들었다. 대부분 집들은 땔감으로 나무를 썼기 때문에 연탄재는 무척 귀했다. 맞아도 별로 아프지 않는 연탄재는 엿공장과 중학교 교감 선생님 집 앞에만 쌓여 있었다. 아이들은 두 집을 기준으로 해서 큰길과 마을 안쪽으로 편을 나누었다.

연탄재는 그전부터 쌓여 있었는데도 아이들의 놀이감으로 사용된 것은, 그러니까 엿공장에서 불이 난 뒤부터였다. 중학생 형들이 싸움을 할 때처럼 우리들도 일렬 횡대로 도열하고는 심판의 신호에 맞춰 연탄재를 상대편에게 던져댔다. 연탄재가 다 소진될 때까지는 그리 오래 걸리지 않았지만 아이들은 이상스러운 열정으로 싸움에 몰입했다. 해거름이 되어 집으로 돌아갈 때는 옷이나 머리 얼굴 할 것 없이 온통 허연 몰골이 되어 있기 일쑤였다.

연탄재가 주먹만해지고 나중엔 가루가 되었는데도 아이들은 여전히 싸움에 미련을 가지고 있었다. 새로운 연탄재가 생산되기를 기다리느라 교감 선생님 대문 앞을 지키고 있던 아이들 몇몇은 조금 떨어진 윗동네에 가서 연탄재를 날라오기도 했다. 아쉽게도 윗동네에서 연탄을 쓰는 집은 딱 한 집에 불과했다.

윗동네 연탄까지 결판나자 상대편 애들은 자기네들끼리 속닥이를 맞추는 눈치였다.

「강구 가서 리어카에 연탄재 싣고 오자!」

우리편 아이들은 낄낄 웃었다. 우리에게는 아직 연탄재가 비축되어 있었다. 우리편은 나와 재빈이의 지휘 아래 있었으므로 적절하게 아껴서 사용하거나 상대편에서 던진 큰 무더기 연탄재를 재활용했기 때문이었다. 녀석들이 리어카로 실어오겠다고 했지만 강구는 오 리나 떨어져 있어서 허풍으로 끝날 터였다. 하지만 병도 녀석은 우리의 예상을 무너뜨리고 마치 알프스산맥을 넘는 나폴레옹인가 뭔가 하는 장군처럼 다리 건너 강구까지 리어카를 끌고갔다. 강구의 집들은 거의 연탄을 썼다. 녀석의 눈에는 노다지 광산으로 보이는 듯했다.

「형, 우리도 강구 가서 연탄 실어오자」

우리 편 꼬맹이 하나가 나와 재빈이에게 건의했다.

「자아식. 그런 힘은 무식한 놈이나 쓰는 거야」

재빈이는 입가에 음흉한 웃음을 흘리더니 내게 귓속말을 속닥였다. 녀석들이 실어온 연탄을 훔치자는 거였다.

그날 밤. 재빈이와 나는 봉식이네 집 앞에 쌓아놓은 연탄재를 양동이로 날라 수원 아줌마 네 집 앞에다 옮겨놓고 거적으로 덮었다. 눈치를 챘는지 녀석들은 이튿날부터 연탄재를 우리가 알 수 없는 곳에 여기저기 분산해 두었다. 꾀 많은 재빈이는 종이 가면을 만들어 왔다.

재빈이와 나는 아예 자정쯤 만나 가면을 쓰고 연탄재를 찾아다녔다. 어른들은 일찍 잠자리에 들었고 아이들도 곯아떨어질 시간이었으므로 가면을 쓴 것은 들킬 때의 염려 때문이라기보다 순전히 스릴감을 맛보기 위해서였다. 연탄재 찾기도 식은죽 먹기였다. 녀석들은 연탄재를 숨길 줄만 알았지 낮에 잿가루를 질질 흘리며 옮겼다는 사실을 모르고 있다. 우리는 한 곳에 서너 장씩만 훔쳐냈다. 녀석들의 수고를 배려해서가 아니었다. 셈속이 어두운 병도 녀석에게 3 곱하기 5가 15인지, 12인지를 헷갈리게 하기 위해서였다. 꾀 많은 재빈이와 한편이 되면 어려운 문제가 생기지

8장 선과 악 221

않았다.

그런데 이날 마지막으로 녀석들의 구역인 앙고라 토끼집으로 잠입했을 때였다. 앙고라 토끼집 뒤안에 연탄재가 쌓여 있다는 정보를 우리가 가지고 있다.

「야, 저기 저기!」

재빈이가 연탄재를 안고 일어서다가 갑자기 후둥댔다. 나는 빼금하니 눈만 뚫어놓은 가면으로 녀석이 가리키는 쪽을 보았다. 앙고라 토끼집으로 검은 그림자 같은 것이 휙 빠져나오고 있었다. 나는 순간 연탄재를 지키는 놈이 있었구나 싶어 도망을 치려고 했다. 하지만 낮은 토끼집 위로 드러나 그림자 덩어리는 우리 또래의 몸집이 아니었다.

「누가 토끼를 훔쳐가고 있어!」

재빈이가 어깨를 바싹 낮추며 말했다. 나는 그림자의 크기를 보는 순간 그게 누군지 알 수 있었다. 단번에 떠오른 직감 같은 것이었다.

분명 까마귀였다. 사방이 캄캄해서 까마귀가 먹물 덩어리처럼 보였다. 까마귀가 잘 보이지 않아 손에 잡힌 허연 토끼는 얼핏 혼자가 발을 모으고 공중으로 날아가고 있는 것처럼 여겨졌다. 빨리 앙고라 집에 가서 이르자, 재빈이는 혼자서는 무섭다는 듯 나를 재촉했다. 나는 그때 무슨 느낌으로 이런 엉뚱한 말을 했는지.

「안돼 임마! 우리도 지금 도둑질 하고 있잖아」

「응, 그건 그래」

재빈이는 무서움에 질렸는지 사리판단을 못하고 내 말에 동의하고 말았다. 앙고라 토끼 집을 빠져나온 까마귀는 곧장 산을 오르고 있었다. 산 아래 첫집이 앙고라 집이니까 비탈길만 하나 올라서면 바로 산이기도 했다. 재빈이와 내가 연탄재를 들고 엉거주춤해 있는 동안 까마귀의 모습은 완전히 지워지고 토끼도 어둠 속으로 가물가물 사라지고 있었다. 해련사 쪽이 아니라 모랭이산 쪽이었다. 어휴, 도깨비한테 홀린 기분야. 그 자가 까마귀인 것을 아는지 모르는지 재빈이가 연탄재를 다시 안아들면서 혀를 빼 물었다.

 이튿날 낮이었다. 나는 연탄재 싸움을 하다 말고 무슨 용기를 얻었는지 모랭이산으로 올라갔다. 전에 미향이와 함께 까마귀를 만났던 지점을 어림잡아 산길을 걸었다. 이제 와 생각난 것이지만 저번에 까마귀와 마주친 것이 그냥 우연이라고 보기에는 뭔가 미심쩍은 구석이 있었다.

 까마귀와 다시 만난다 해도 무섭지 않을 것 같았다. 언제부턴지 그가 절대 나를 해치지 않을 거라는 확신이 생겼기 때문이었다. 길 아래 3미터쯤 되는 바위가 박혀 있는 곳은 쉽게 찾을 수 있었다. 어이없게도 걸어서 십 분밖에 안 걸리는 거리였다. 예측이 들어맞았다. 미향이를 업었던 곳에서 조금 비탈진 위쪽에 훈련용 반공호가 움푹 패여 있었다. 공비토벌 훈련 때문에 산 곳곳에 드문드문 반공호를 파놓았었다. 대낮에 까마귀가 반공호에 있을 리가 없었다. 조심성 없이 가마니 거적때기가 반공호 옆에 함부로 버려져 있었고 그 안에는 타 다 남은 숯이 있었다. 토끼로 짐작되는 먹다 남은 고기뼈가 보였다. 한 마리 분량 정도만 흩어져 있었다. 마을에 내려온 적이 한번도 없었다는데…… 배가 무척 고팠나 보구나…… 나는 다음에 통조림 공장에서 과일 서리를 하면 한 무더기를 반공호 안에 들여놔야겠다고 생각하며 산을 내려왔다.

 그날 오후에는 가장 치열한 접전이 있었다. 재빈이와 나, 병도 같은 대장들까지도 온통 밀가루를 덮어쓴 듯한 꼴이 되었다. 조무래기 하나가 허연 코밑으로 펑펑 코피를 쏟고 나서야 그날의 싸움이 끝이 났다.

하지만 연탄재 싸움은 그리 계속되지 못했다. 연탄재를 숨기고 훔치는 일이 도열해서 싸우는 것보다 더 중요하게 되면서 자연 흐지부지해져 버렸다.

깊은 바다처럼 푸르렀던 영홍산에 갈색빛이 조금씩 섞여들기 시작했다. 오십천변 갈대 숲은 푸른 강물은 배경으로 서서 쉬르르 쉬르르 소리를 내며 음울한 아름다움을 연출하였다. 연탄재 싸움을 끝낸 우리들은 얼마 동안 몰두할 것이 없어 방황을 하였다. 그러나 할일이 없다고 구슬치기나 딱지치기 같은 애들 놀이는 아무도 거들떠보지 않았다.

그러 때 볼식이가 자기 아버지의 자전거를 끌고 엿공장 앞 공터에 나타났다. 우리들은 빨려들듯 자전거 주위로 몰려들었다. 우리들의 키만큼이나 큰 자전거였다. 칠이 벗겨지고 녹이 슬었지만 우리들은 그 자전거를 배우려고 안간힘을 쏟았다.

물론 사내 아이들은 대부분 자전거를 탈 줄은 알았다. 하지만 아무도 어른처럼 안장 위에 앉아서 자전거를 탈 줄은 몰랐다. 안장에 오른팔 팔꿈치를 대고 다리를 삼각 지지대 사이에 넣어 타는 〈새깔로〉만이 자전거를 탈 수 있는 유일한 방식이었다. 다리가 짧기 때문이었다. 그런데 봉식이는 두 다리로 페달을 밟지 않아도 자전거를 탈 수 있다는 사실을 우리에게 알려주었다. 안장에 척하니 올라앉아 궁둥이를 빼닥거리며 한 발로 페달을 힘껏 밟으면 관성에 의해서 다른 쪽 페달이 올라오고 이번엔 똑같이 그쪽 페달을 힘껏 밟는 식이었다.

봉식이가 자전거 안장에 오르고부터 우리 동네 4학년 아이들에게 〈새깔로〉 타기가 갑자기 사라졌다. 며칠 전까지만 해도 어른 자전거를 옆구리에 끼고 자랑스레 〈새깔로〉를 탔지만 이제 그 따위는 어린 티의 표본이 되었다. 다리가 짧아 페달에 간신히 발끝이 닿으면서도 아이들은 안장에 오르려고 기를 썼다.

「야, 그러다 넘어지면 어떡하누?」

내가 조금 불안해서 물었다. 〈새깔로〉는 넘어질 때 당장 두 발로 땅을 디딜 수는 있지만 〈아장타기〉는 자전거와 함께 나동그라질 수밖에 없기 때문이었다.

「이 곰배자식아. 계속 페달을 밟으면 안 넘어지지!」

재빈이가 깔보는 욕설을 섞여 말했다. 곁의 병도는 스스로 터득한 방식을 가르쳐주었다.

「이렇게 하면 돼. 궁둥이를 베어링처럼 계속 뱅글뱅글 돌리면서 페달을 밟어」

하긴 페달에 힘을 실으려면 궁둥이 한짝을 완전히 기울여야 가능했다.

나는 위험을 무릅쓰고 안장에 올라가 큰 자전거를 타면서 어른들의 세계는 언제나 불안정한 세계라는 사실을 알았다. 어른들의 세계가 공포스럽게 느껴진 것은 불안정을 이기기 위해 어디로든 계속 달려야 한다는 점이었다.

「야, 창고 앞으로 가자!」

우리들은 페달을 밟는 힘이 늘어나기가 바쁘게 마을 공동 창고 앞으로 자전거를 끌고 갔다. 공동 창고 앞길은 아직 우리에겐 위태로운 길이었다. 만만찮은 오르막에다 반대편엔 가파른 내리막이 놓여져 있었다. 아이들은 오르막 아래서 자전거를 힘껏 몰아 내리막길의 쩌릿함을 맛보고자 했다. 엉덩이를 빼닥거리지 않으면 페달에 한 발도 잘 닿지 않는 우리들로서는 그건 무척 위험했다. 그러나 아무도 거부할 수가 없었다. 무릎이 깨어지더라도 무언가를 해야 한다는 이상스러운 분위기가 우리들을 사로잡고 있었기 때문이었다. 우리는 비장한 마음으로 오르막 아래에 자전거를 세웠다.

「누가 먼저 탈래?」

병도가 먼저 자전거에 올랐다. 궁둥이를 뒤틀며 힘차게 오르막을 오른 병도는 바람처럼 비탈길을 내려갔다.

내 차례가 되었다. 봉식이네 집 앞 담배 가게에서부터 자전거를 몰기 시작했다. 나는 사력을 다해 페달을 힘껏 밟으며 오르막을 올랐다. 거의 오르막 윗부분까지 성공적으로 올라왔을 때였다. 문득 비탈길을 내려갈 때 브레이크가 안 잡히면 어떡하나 싶었다. 자칫 자전거를 세우지 못해 윗동네를 지나 소월동까지 가 버릴지도 모를 일이었다. 그런 불안감이 스치자 나는 브레이크가 듣는지 실험 삼아 살짝 잡아보았다. 손끝에 가벼운 힘을 실었는데 자전거의 속도가 조금 늦춰지더니 그만 반대편 페달이 발에 닿도록 올라오질 않았다. 나는 앗차, 싶었지만 이미 자전거가 기우뚱거린 뒤였다. 단한번이라도 페달을 밟지 못하면 자전거는 넘어질 수밖에 없었다.

「자식이, 오르막도 못 오르네!」

병도가 다가와 빈정거리며 넘어진 자전거를 일으켜세웠다. 내 무릎에 잔돌이 박히고 피가 흘렀다.

「오르막 오르다가 브레이크를 잡아서 그래」

「뭐라구, 브레이크는 내리막에서 잡는 거지 오르막에서 잡아?」

재빈이는 어이없다는 듯이 웃었다. 나는 무어라 설명할 수가 없었다. 장황하게 설명해 봤자 녀석은 내 말을 듣기보다 자전거를 타기에 바쁠 것이다. 다음 차례가 재빈이었다.

  나는 무릎에 박힌 잔돌을 뜯어내고 피가 흐르는 부위에 마른 흙을 발랐다. 그리곤 전혀 아프지 않다는 듯 허리를 펴고 가볍게 무릎 운동을 하였다.

  바로 그때였다. 조금 멀리 떨어진 산 아래 대나무숲에서 사람들이 걸어나오는 게 보였다. 하늘을 떠받치듯이 높이 서 있는 컴컴한 왕대나무 숲속에 사람들이 들어가 있는 게 이상스러워 나는 줄곧 그곳을 힐끔거렸다. 「얌마, 내 타는 거 잘 보구 배워!」재빈이는 내게 바락 소리 지르고는 자전거를 끌고 오르막 아래로 내려갔다. 대나무숲 밖으로 그들이 모습을 드러냈다. 뜻밖에도 우리 동네 청년들이었다.

  청년들은 일곱 명쯤 되어보였다. 청년들은 마치 한 사람을 둘러싸듯 뭉쳐져서 우리가 있는 쪽으로 걸어오고 있었다. 산그늘을 벗어나 볕이 있는 곳까지 이르자 나는 한 남자가 끌려오고 있다는 사실을 알았다. 그 사람의 옷섶을 잡아끌고 있는 사람은 옥금이 오빠였다. 끌려오는 사람은 누구인지 알 수 없었다. 검고 너덜너덜한 옷을 입고 있었다. 산뱀을 잡으러 다니는 땅꾼이거나 넝마장수겠거니 싶었다. 「야, 간다!」재빈이가 힘차게 언덕을 올라오며 소리 질렀다.

  우리들은 재빈이를 놔둔 채 청년들한테로 몰려갔다.

  옥금이 오빠한테 옷가슴을 잡혀 있는 남자는 청년들보다 나이가 훨씬 더 들어 보였다. 며칠 동안 감지 않은 머리카락이 귀밑까지 길게 늘어뜨려져 있어서 나이를 잘 짐작할 수는 없었다.

  「야, 너들 자전거 좀 가져와」

  욱진이 작은삼촌이 우리가 자전거 타기를 하고 있는 걸 알고 버럭 소리쳤다. 자전거를 빌리겠다는 것이었다.

「안 돼요」

우리 중에 병도가 나서서 만만찮게 눈을 치떴다.

「요런 콧구멍만한 놈이. 빨리 가져오질 못해!」

욱진이 삼촌이 시퍼렇게 병도를 쏘아보았다. 병도는 울듯이 눈을 껌벅였다. 조금 있자 재빈이가 궁둥이를 삐닥거리며 자전거를 몰고 왔다. 욱진이 삼촌이 한 팔로 재빈이를 안아 내린 뒤, 다리를 뒤로 휙 돌려서 자전거에 올랐다.

「경찰 지프차 불러올 때까지 잘 잡고 있어」

잡혀 있는 남자는 몸을 약간 비틀었다. 옥금이 오빠가 다시 손아귀에 힘을 쓰자 턱을 늘어뜨리고 가만히 있었다. 등이 조금 굽었고 머리카락에 반쯤 가려진 얼굴은 검붉은 색을 띠고 있었다. 운동화 신발이 많이 해져 있어 발바닥이 맨땅에 닿지 않을까 싶었다. 그때 뙤악볕 속을 조신조신 걸어오던 연천댁 할아버지가 잡혀 있는 남자를 살펴보더니 깜짝 놀라했다.

「젊은 사람들이 이 무슨 짓이야!」

청년들이 머뭇거리자, 연천 할아버지는 지팡이로 땅을 치며 다시 소리쳤다.

「말해보게! 이 무슨 짓이냐고」

「영감님」

「허어. 대관절! 대관절!」

연천 할아버지는 눈을 부라리고 옥금이 오빠의 가슴을 찌를 듯이 지팡이를 흔들었다. 봉식이 큰형이 손으로 지팡이 끝을 잡으며 말했다.

「영감님. 제 말 좀 들어보세요. 이 까마귀가 동네에 도둑질하러 내려오질 않나, 엿공장에 불을 지른 것 같기도 하구. 그간에 뭔가 수상한 일이 한두 가지가 아니었어요. 그래서 우리가 까마귀 양반 버릇을 고쳐주려고 잡았더니 글쎄, 이 놈이 여자 팬티를 입고 있지 않겠수?」
「뭐라구?」
「여자 빤쭈요」
「허! 그렇다고 끌고 가?」
「영감님, 모르면 좀 가만 계세요!」
「영감님, 우리가 산노루 같은 이 놈을 잡느라 얼마나 고생했는데, 공연히 그랬겠어요?」

아이들은 까마귀라는 말에 눈이 휘둥그레졌다. 저 이가 바로 까마귀로구나, 한번도 까마귀를 가까이서 본 적이 없는 아이들은 넋을 놓고 행색을 살폈다. 나는 차마 까마귀를 바로 볼 수가 없었다. 고개를 돌렸다. 햇볕이 들녘에 가득 내리쬐고 있었고 갈라진 논에는 껍질만 남은 벼가 힘없이 흔들리고 있었다.

벼 대궁이 사이로 돌아다니던 참새들이 가맣게 떼를 지어 날아올랐다. 허옇게 마른 논 한가운데서 별안간 돌풍이 일어난 것 같았다.

4 맑고 투명한 소리

석축으로 쌓은 방파제는 이백여 미터쯤 바다로 뻗어 있었다. 구름이 잔뜩 깔리고 파도가 험하게 치는 날이면 동해의 깊푸른 바다 속으로 방파제가 침몰하는 것 같았다. 방파제 끝에 우두커니 서 있는 등대는 빨간 불을 힘없이 깜박이며 외로움에 떨고 있는 듯보였다.

오후 한시경. 사람들이 현장 검증을 보기 위해 방파제로 몰려들었다. 백여 명은 넘을 것 같았다. 아침부터 거세게 몰아치던 파도가 조금 잔잔해지고 있었다.

「허, 오진리 까마귀가 여자를 죽였다더만」

「살쾡이처럼 산을 돌아다니더니 언제 여기까지 내려와서……」

「그 이가 심씨네 자손인데 설마하니……」

「예전에 고문을 많이 받아 기억 상실증에 걸렸다던데, 지가 심씨네 종손인지 심씨네 종놈인지 어찌 알겠누」

「하여간 오늘 그 자식 상판때기나 구경하게 생겼네」

인근 오진3동에서뿐만 아니라 강구에서 온 사람들도 많았다. 그들은 분분하게 풍문에 듣거나 알고 있는 까마귀의 내력을 입에 올렸다. 지프차에서 경찰이 내렸고 이어 포승에 묶인 까마귀가 모습을 드러냈다. 헝클어졌던 머리카락이 거칠게 잘려 있었다. 옷도 검은 외투가 아니라 허름한 회색 남방을 입고 있었다. 긴 머리카락과 검은 외투에서 보였던 야성스러운 느낌이 완전히 지워지고 초췌한 사내의 모습으로 바뀌어 있었다. 뺨과 눈 주위엔 검은 반점들이 보였다. 피멍 자국인지 원래의 피붓빛인지 알 수 없었다.

「저리 비켜서요! 뭐 구경할 게 있다고」

경찰들이 호각을 불며 사람들을 한쪽으로 몰아세웠다. 청년들은 많이 보이지 않았다. 저번 현장 조사 나왔을 때처럼 팬티 검사를 당하는 따위의 혼쭐을 염려했을 터였다. 우리 마을 어른들은 최씨와 병도 아버지만 나와 있었다.

나이 어린 순경 하나가 지프차 뒷자리에서 뭔가를 꺼내들고 오자 사람들이 사이에 놀라는 소리가 들렸다. 나도 깜짝 놀랐지만 그건 플라스틱으로 만든 사람 크기의 여자 인형이었다. 여자 인형은 팬티만 입고 있었다. 경찰은 등대에서 십 미터쯤 떨어진 곳

에 인형을 눕히고서는 그에게 소리쳤다.
「이리 와. 심석호!」
아 저이의 이름이 심석호구나, 나는 우리 동네 아이들과 함께 서서 입으로 그의 이름을 되뇌어 보았다.
「그때 어떻게 했어? 그대로 숨김없이 재현해 봐!」
「……」
까마귀는 무엇을 잃어버린 사람처럼 방파제 바닥만 내려다보고 있었다. 나는 믿을 수 없었다. 아무리 생각해도 까마귀가 미향 이모를 죽였을 리가 없을 것 같았다. 바싹 타는 내 입 안에 속말만 옹알거렸다. 까마귀가 죽인 건 미향 이모가 아니라 앙고라집 토끼라구요.
나는 뭔가 잘못되어 가고 있다고 울먹였다. 죽이지도 않았는데 어떻게 재현할까 싶었다. 경찰관이 우두커니 서 있는 까마귀의 어깨를 거칠게 잡아당겼다. 까마귀는 방파제 위에서 위험스럽게 몸이 휘청거렸다. 그때 까마귀의 왼쪽 귀가 내 시선에 꽂히듯이 들어왔다. 전에는 긴 머리카락에 가려져 있어 몰랐는데 왼쪽 귓바퀴는 반쯤 잘려나가고 없었다. 잘린 부위가 뭉턱한 걸로 보아 이미 오래전에 그리 된 것 같았다.
경찰관이 그의 어깨를 눌러 인형 앞에 주저앉혔다. 사람들의 소란스러움이 일제히 잦아들었다. 철썩철썩, 방파제를 때리고 물러서는 파도 소리만 들렸다.

까마귀는 고개를 한번 흔들고는 수갑을 찬 양손을 뻗어 인형의 목으로 가져갔다. 목을 조르는 시늉을 했다. 다시 씨글씨글 소란이 일었다. 혀를 차기도 했고 욕설을 내뱉는 이들도 있었다. 까마귀는 목을 조른 손을 거둬들인 뒤 초점 잃은 눈으로 인형을 망연히 내려다보고 있었다. 고운 살색 피부를 가진 인형도 방파제에 누워서 하늘을 바라보고 있었다. 미향 이모의 살결도 저토록 희고 투명했단 생각이 불현듯 치밀었다. 새벽 방파제는 얼음처럼 차가웠을 것이다. 벌거벗은 미향 이모는 얼마나 추웠을 텐가. 새카만 게 한 마리가 인형 머리 옆을 으적으적 지나갔다.

「그 담엔 어떻게 했어!」

「빨리 해, 이 자식아」

경찰관들이 고함을 쳤다. 까마귀는 정신이 퍼득 든 듯 눈을 껌벅였다. 그리고는 조금 빠른 동작으로 손을 뻗어 인형의 팬티에 가져갔다. 나는 숨을 멈췄다. 레이스가 달린 분홍색 팬티가 수갑을 찬 그의 손을 따라 조금씩 아래로 내려왔다. 검은 그의 손등과 분홍색 팬티가 이상스런 대비를 보여주고 있었다.

까마귀가 살인자는 아닐 거라고 믿었던 나는 팬티를 벗겨내는 까마귀의 행동을 보고 갈피를 잡을 수가 없었다. 현장 검증은 있었던 범죄 행각을 그대로 재현하는 것이라고 했다. 그럼 정말 죽이기라도 했단 말인가. 나는 가슴이 답답했다. 팬티가 벗겨지자 사람들의 시선은 벗겨진 인형의 하복부에 머물렀다. 까마귀는 팬티를 손에 잡고 몸을 일으켰다. 그리곤 어이없게도 한쪽 다리를 들어올렸다. 고무신을 신은 발이 팬티를 쏙 꿰고 있었다.

나는 그 순간 까마귀가 정말 미향 이모를 죽였을지 모른다고 생각했다. 죽이지 않고는 저렇듯 행동에 옮길 수 없을 것 같았다. 그러다가 곧 미향 이모를 직접 죽였다기보다 그녀의 팬티를 한번 입어보았으면 하는 소원을 가졌을 것이다, 고 생각을 바꾸었다. 소원하는 것과 실제로 행동에 옮기는 것의 차이는 무엇일까. 그 둘의 차이를 까마귀가 혼동하고 있는지도 모를 일이었다. 며칠 전 미향이의 피리를 훔쳤던 내가 현장 검증을 받으면 어떻게 될까, 자꾸만 내 역할을 까마귀가 대신하고 있다는 생각이 들었다.

현장 검증은 오래 걸리지 않았다. 사진을 찍고 종이에 뭔가를 기록하던 사복 경찰관이 손을 들어올리자 이쪽 경찰관이 까마귀를 일으켜세웠다. 포승에 묶인 까마귀를 경찰관이 지프차로 데려갔다. 둘러싸고 있던 사람들이 우르르 길을 비켰다. 갈매기 세 마리가 등대 언저리에서 날아올랐다.

어린 순경이 차에 올라 시동을 걸었다. 차 문이 열렸다. 나는 속이 바싹 타는 것 같았다. 왠지 이대로 끝나서는 안 된다는 생각이 들었다. 지프차 앞에 이른 까마귀가 바로 차에 오르지 않고 걸음을 멈췄다. 마지막 떠나는 마당이라선지 경찰들도 난폭하게 그의 등을 떠밀어넣지 않았다. 그는 이날 처음으로 고개를 들었다. 나는 재빠르게 그의 눈을 살폈다. 짙은 눈썹 아래 움푹한 그의 눈두덩에서 눈물 같은 것은 볼 수 없었다. 눈자위에 핏기가 어린 걸 보아 속울음을 울고 있는지도 몰랐다. 그는 거무튀튀한 얼굴을 돌렸다. 우리 동네 오진이나 영흥산을 보고 있는 것 같았다. 영흥산 너머 옻골에 있는 그의 옛집을 향해 있는지도 알 수 없다. 나도 까마귀의 시선을 따라 정박한 선박들 너머로 영흥산을 바라보았다. 솜털 같은 구름이 산중턱을 타고 피어오르고 있었다. 그런데 바로 그때였다. 까마귀는 무언가를 말하려는 듯 입술을 움직였다. 그의 움직임을 낱낱이 살피고 있던 나는 그 순간, 내가 범인이 아니오, 라는 말이 입에서 터져나올 것이라는 예감을 받았다. 구경꾼들과 경찰들도 그제서야 뭔가 입을 떼려는 그를 본 것 같았다. 찬물을 끼얹은 듯 주위가 잠잠해졌다. 그런데, 그의 입술을 젖히고 나온 소리는 사람들을 깜짝 놀라게 하였다.

「까아악 까악, 까아악 까악」

한 차례 기이한 음성을 반복한 그는 허리를 굽혀 차에 올랐다. 멀뚱하게 서 있던 경찰들도 그를 따라 차를 탔다. 지프차가 서둘러 사람들 사이를 헤집고 떠나갔다. 이상스런 침묵에 잠겨 있던 사람들이 지프차가 사라졌을 때에야 웅성대기 시작했다.

까아악 까악, 까아악 까악…… 떠날 때 마지막으로 남긴 까마귀의 소리가 자꾸만 내 귓전을 맴돌았다.

나는 까마귀가 정말 미향 이모를 죽였느냐고 아무에게도 묻지 않았다. 마을 사람도 터놓고 미향 이모나 까마귀에 대해서 얘기를 주고받지를 않았다.

그러나 나는 현장 검증을 보면서 까마귀가 적어도 여자 팬티를 입고 있었을 거란 생각은 하였다. 목을 조르는 동작은 어색했는데 팬티를 벗기고 입는 동작은 다소 자연스러워 보였기 때문이었다. 그리고 마을을 엷게 흘러다니는 실낱 같은 풍문들 안에도 그는 한결같이 여자 팬티를 입고 있었다. 풍문은 대충 세 가지로 나눌 수 있었다. 까마귀가 정말 처녀를 죽이고 팬티를 바꿔입었다는 것이다. 다음은, 맨 처음 까마귀를 잡아 경찰에 넘겼던 청년들 중 누군가가 그에게 여자 팬티를 강제로 입혔다는 얘기가 있었다. 그리고 해마다 추석이 다가오면 마을에서 영흥산 뒤에 있는 그의 집 앞에 음식물을 놓아두는데, 누군가가 음식물 옆에

(올해는 흉년이라 음식물은 놔두지 않았다는 얘기도 있었다) 겨울 옷가지와 여자 팬티를 함께 두었다는 풍문도 엷게 흘러다녔다. 그러나 그 어느 것도 언제 누가 그랬냐는 등, 더이상 구체적인 대목으로 연결되지 않았다.

  그가 떠난 뒤, 나는 묘한 사실을 하나 깨달았다. 까마귀 소리가 들려오지 않았는데도 그가 없다는 것이 조금도 의식되지 않았다. 어떻게 보면 당연한 일이었다. 전에도 까마귀 소리를 귀담아 들은 적이 없으니 안 들린다고 돌연 생각날 일도 없을 터였다. 나는 처음으로, 까마귀 소리가 마을 뒷산에 있는 하나의 나무처럼 오랜 풍경에 지나지 않았음을 느꼈다.

  미향이는 이사를 하였다. 실제 미향이가 이사를 간 것은 현장 검증이 있던 날보다 빨랐다. 그렇지만 내 기억에는 현장 검증이 끝나고 미향이가 우리 마을을 떠난 걸로 되어 있다. 왜냐하면 현장 검증이 있고 난 며칠 뒤 미향이와 만난 강렬한 인상 때문이었다.

  그날 마루에서 창호지로 가오리연을 만들고 있을 때 우리 집에 우편배달부가 들어왔다. 「어이, 여기 오공오(505)번지 맞지? 최희진 씨라고 있냐?」

  「최희진요?」

  우편배달부는 새로 부임을 해와 잘 모르는 것 같았다. 우리 집에서부터 연자네 집까지 여섯 채가 모두 같은 505번지를 쓰고 있었다. 나는 배달부가 말한 최희진이라는 이름을 입에 되뇌어보다가 깜짝 놀랐다. 최희진은 미향 이모의 이름이었기 때문이었다. 나는 직감적으로 그 화가가 보낸 편지구나, 생각했다. 최희진은 얼마 전에 방파제에서 죽은 사람인데요 하고 일러주려다, 「이사를 갔어요」 하고 말했다. 실제로도 미향이가 그끄저께 이사를 갔었다.
　「이사를 갔어? 허허참. 양쪽 다 이사를 가다니. 어거 어떡하지?」
　「예?」
　「이건 반송 편지야. 최희진 씨가 대구로 보낸 편진데, 그쪽 수취인이 이사를 해서 되돌아온 거라구」
　우편배달부는 편지를 가방에 되집어 넣으며 투덜댔다. 나는 잠시 어찌된 영문인지 혼란스러웠다. 그러니까 미향 이모가 죽기 전에 보낸 편지였고 화가는 연락도 없이 이사를 가버려 되돌아온 모양이었다. 나는 마당을 나서는 우편배달부에게 후다닥 달려갔다. 그때 내가 왜 그랬는지, 강구에 있는 그 여자 집을 아니까 내가 전달해 줄 수 있다고 말해버렸다. 뒷집 매실나무집 할머니에게 주면 된다고 하질 않고. 그때 내 머릿속에는 그 집 어른들이 둘 사이를 떼어놓으려고 했기 때문에 편지가 그들 손에 들어가면 안 될 것 같다는 생각이 든 것이다.
　나는 배달부가 맡기고 간 편지를 가방 속에 넣어놓았다. 내일 학교에서 미향이를 만나 전해줄 작정이었다. 그런데 그날 저녁이 되고, 밤이 늦도록 나는 가방에 넣어둔 편지에 온 신경이 가 있었다. 갑작스런 죽음 때문에 유서가 돼버린 편지구나, 라는 야릇한 생각이 꼬리를 물다가, 급기야 죽은 이모가 명부에서 보낸 편지일지도 모른다는 착각마저 들 지경이었다.
　가방을 앉은뱅이 책상 밑에 쑤셔넣어 놓았지만 도무지 잠이 오지 않았다. 자정쯤 되었을 때 나는 정말이지 그 안에 무엇이 씌어져 있는지 궁금해서 미칠 지경이었다. 어쩌면 미향 이모를 죽인 범인의 단서가 발견될지도 모른다는 데 생각이 미치자, 가슴이 쿵쾅쿵쾅거렸다. 할머니는 곤히 자고 있었다. 연필깎기 칼을 꺼냈다. 봉투의 풀 붙인 자리에다 칼 끝을 예리하게 밀어넣었다.

 다음날 수업을 마친 뒤, 오후 늦게 밴드부 연습을 끝내고 나오는 미향이를 만났다. 미향에게 감쪽같이 다시 봉한 편지를 내밀었다. 우편배달부가 번지가 같아서 우리 집에 두고 갔다는 얘기를 하면서. 편지봉투를 받아든 미향이의 손이 바들바들 떨고 있었다.

 교문을 나서면 다리로 이어진 길과 오일장터로 가는 길목인 삼거리가 나왔다. 거기서 헤어지려고 하는데 미향이가 작은 소리로 「같이 가」 하며 내 소매를 끌었다. 우리는 나란히 지서 앞을 지나 강구다리로 접어들었다. 미향이는 편지를 든 손을 가슴에 붙이고 걸었으므로 나는 아무런 말도 꺼낼 수가 없었다. 강구다리 한쪽에 높이 솟아 있는 철구조물은 언제 보아도 장쾌한 느낌을 자아냈다. 철구조물이 세워져 있는 난간을 지나 다리 가운데쯤에서 미향이가 걸음을 멈췄다. 오른편으로 보이는 강물은 더 없이 푸르렀다.

 「뭣하려고?」

 내가 깜짝 놀라 물었다. 미향이가 가슴에 붙이고 있던 편지를 다리 밑으로 떨어뜨리려고 했기 때문이었다. 편지를 떨어뜨리려는 것보다 편지를 뜯어보지 않았다는 사실에 내가 더 놀랐는지 몰랐다.

 「응. 편지를 읽을 자신이 없어. 너무 슬플 것 같애. 너라면 이 세상에 없는 이모가 마지막 말하던 목소리를 들을 수 있을 것 같아?」

 「……」

 나는 심한 부끄러움을 느꼈다. 어젯밤에 뜯어본 편지에는 죽음의 단서 같은 것은 없었다. 실제로 미향이 말처럼 이모의 슬픈 목소리만 들리는 것 같았었다.

　미향이 손에서 떨어진 편지가 몇 차례 공중에서 팔랑거리더니 수면에 닿고 말았다. 나는 다리가 그렇게 높은 줄 몰랐다. 물 위에 떠 있는 편지는 너무나 작아보였다. 미향이와 나는 난간에 팔을 걸치고 오랫동안 떠내려가는 편지를 바라보았다. 편지는 작은 너울에 실려 아주 천천히 바다로 움직이고 있었다. 몇 달 전 집 앞 도랑에 띄우던 미향 이모의 종이배 같은 느낌이 문득 들었다.

　미향이는 젖어 있는 속눈썹을 깜박이며 엷게 웃어보였다. 갑자기 미향이가 나보다 훨씬 성숙된 것 같았다. 스웨터 앞가슴이 조금 도드라져 보였고, 머리카락도 뒷목이 덮일 듯 귀밑까지 드리워져 있었다. 우리는 난간에 등을 기댄 자세로 얼마 동안 서 있었다. 이날 따라 영홍산을 돌아가는 강 상류 쪽에는 황혼이 눈부시도록 아름답게 물들고 있었다. 금빛으로 반짝이는 새털구름이 긴 꼬리처럼 굽이져 있는 강물 위로 내려와 있는 듯하였다.

　「고맙다 준일아. 너들 언제 또 통조림 공장 가니? 또 가면 나도 끼워줘」

　미향이가 말했다. 나는 입안에 넣어둔 말이 있었다.

　「나, 겨울 되면 전학간다」

　「어디로?」

　「대구로」

　「……」

　미향이가 손을 내밀었다. 나도 손을 내밀었다.

　「내 마음에 너의 모습이 언제까지나 남아 있을 거야」

　「나두 그래」

　미향이도 동감한다는 투였다. 하지만 내가 그렇게 말한 것은 대구로 전학가면 어차피 더 이상 미향이와 만나지 못할 거라고 여겼기 때문이었다. 내 입에서 나온 말은 미향 이모의 비극적인 편지에서 옮겨온 것이었다. 〈……견딜 수 없어. 너를 잊도록 노력할 거야……. 정말 너를 잊는 날이 오더라도, 내 마음에는 너의 흔적이 언제까지나 남아 있을 테지……〉

미향이와 헤어져 다리를 되돌아오며 나는 다시 강물을 내려다보았다. 편지가 보이지 않았다. 강물이 바다로 섞여드는 미묘한 조류가 흐르는 곳까지도 종이배처럼 떠내려간 하얀 편지는 보이지 않았다. 편지는 물이 돼버린 것 같았다. 그 순간 나에게, 꿈도 죽음도 저러한 모습이겠거니, 하는 느낌이 와락 다가왔다.

미향이는 처음 우리 마을로 왔을 때처럼 이사를 갔다. 다른 게 있다면 지프차는 오질 않고 트럭만 왔으며 미향 이모 대신 미향이가 탔다는 것뿐이었다. 그러나 미향이는 이사를 가면서 뜻밖의 작은 추억거리 하나를 마지막으로 나에게 선물하였다.

그날 재빈이는 부지런히 이삿짐을 거들었다. 나는 피리를 바꿔치기했다는 말을 할까 말까 망설이며 내내 우리 집 마당을 서성였다. 나는 트럭 소리가 나자 살짝으로 나갔다. 미향이 집에서 출발한 트럭이 꾸물꾸물 골목길을 내려오고 있었다. 트럭이 이사 올 때처럼 닭장 뒷길 도랑에 빠지게 되면, 트럭에서 내린 미향이에게 놀란 척 피리를 잘못 주었다며 진짜 피리를 돌려주려고 생각했다. (그리고 시간의 순서가 전혀 맞지 않는 거지만 내 오랜 기억 속에는, 이모의 편지를 뜯어본 사실도 고백하겠다, 는 것까지 보태져 있었다)

하여간 나는 그때 미향이의 하얀 피리를 소매 안에 감춘 채 초조하게 트럭의 움직임을 관찰하고 있었다. 트럭은 비좁은 골목길을 꾸물꾸물 느리게 내려왔다. 트럭 바퀴가 길섶을 위태롭게 구르며 내려오다가 샘터를 조금 지나 시동이 꺼졌다. 다시 부릉부릉 시동을 거는 트럭을 보던 나는 깜짝 놀랐다. 언제부턴가 내 눈에 〈푸른 빛〉이 보이던 그 지점이었다. 땅 속에 전류가 흐르듯 늘 내 발밑을 저리게 했던 그 길 위에서, 트럭도 감전이 된 양 시동이 꺼져버린 것이었다.

그 기이한 우연을 보면서 나도 모르게 소매 속에 손을 넣어 감춰둔 피리를 꼭 거머쥐었다. 하지만 다시 바퀴를 움직이기 시작한 트럭은 우리 집 닭장 뒷길을 그냥 통과해 버렸다. 미향이가 삽짝에 우두커니 서 있는 나를 보고 차창 밖으로 손을 흔들었다.

추석에 대구에서 내려온 엄마는 벼를 거둬들이는 날까지 함께 있었다. 그해 농사는 아주 흉년이었다. 벼 알은 여물기도 전에 수분을 못 받아 말라버렸다. 껍질만 남은 벼가 알이 찬 벼보다 훨씬 많았다. 어떤 동네에서는 벼를 베어 타작마당으로 가져가질 않고 바로 소여물통으로 가져간다는 소문도 나돌았다. 하지만 예년처럼 면내 잔치는 열렸다. 면내 잔치에서 뜻밖에 우리 마을이 꽤 힘을 썼다. 병도네 황소가 오십천변에서 열린 소싸움에서 이등을 하였고 동대항 축구 대회에서는 우리 마을 청년들이 일등을 차지하였다. 모처럼 엿공장에서는 엿이 동이 났다. 하루 종일 굴뚝에서 검은 연기가 펑펑 솟아올랐다.

그해 이른 겨울 아버지는 나를 대구로 전학시켰다. 내가 대구로 전학 가는 시기는 이미 예정되어 있었다. 큰형도, 작은형도 모두 4학년 겨울 방학에 앞서서 대구로 진학시켰기 때문이었다. 아버지는 방학 직전에 전학을 시키는 것이 전학할 때의 심리적인 위축을 가장 덜 가져온다고 믿었다.

전학을 가는 날, 나는 대구로 가는 빨간 직행 버스를 탔다. 정류장에서 버스가 시동을 걸어놓고 손님을 기다렸다. 나는 가방을 들고 총총히 버스에 다가갔다. 버스 문이 열렸다. 할머니가 먼저 버스에 올랐다. 할머니를 따라 버스 탑승구에 막 발을 올리려던 나는 주춤, 거렸다. 내 귀에 어떤 소리가 들리는 것 같았다. 까마귀 소리였다. 귓전을 울리는 까마귀 소리는 그렇게 투명하고 청아하게 느껴질 수가 없었다. 까아악 까악, 까아악 까악…… 내 귀에는 이런 소리로 들렸다. 잊으라 잊으라, 까아악 까악, 생을 잊으라……

내가 두 발을 땅에서 떼기가 무섭게 차장이 손바닥으로 차 옆구리를 두드리며 「오라이」하고 소리쳤다.

에필로그
—— 유년이 가르쳐준 삶의 환유

　초등학교 때 대구로 전학을 온 후, 몇 차례 이사를 하는 와중에 미향이의 피리를 잃어버렸다. 피리를 잃은 사실조차 오래전에 잊었다.
　그런데 내가 헤어진 그 여자와 한창 사랑을 나누고 있을 때였다. 어느 날 그녀와 입을 맞추려는 순간, 오래전 내 입술 위에 얹혀졌던 피리의 감촉이 떠올랐다. 그건 참으로 신기한 일이었다. 나는 그 피리의 모양이나 음색 따위를 기억해 내려고 노력해 보았지만 아무것도 기억해 낼 수 없었다. 그런데도 피리의 감촉은 입술 위에 아주 생생하게 떠올랐다. 피리는 내게 감촉만으로 존재하고 있었다.
　내가 신기하게 여기는 것은 기억으로 존재하지 않고 피리처럼 감촉으로 존재하는 세계가 있다는 점이다. 기억은 시간과 관계를 맺지만 감촉은 시간과 관계를 갖지 않는다. 이 말은 나를 아주 즐겁게 해주었다. 얼마 전에 나를 훌쩍 떠나간 그녀는 나를 시간 저편으로 내던질 수는 있겠지만 〈감촉〉 너머로는 팽개칠 수 없을 것이다. 감촉은 바로 의식과 관계를 지닌 부분이기 때문이다.

　유년도 그러하다. 한 성인에게 유년은 기억을 통해서 존재하지 않고 의식 속에 숨어서 존재한다. 그렇기 때문에 유년은 상징적이고, 때로는 환유적인 모습을 띠고 있다.

　나는 그날 유년이 가르쳐준 삶의 환유를 보았다.

　미향이의 피리처럼, 나는 아름다운 강 오십천에 대해서도 오랫동안 잊고 있었다. 일년마다 한번씩 오십천의 〈천지〉를 찾아가 보겠다던 어린 시절의 포부도 전학을 가면서 아예 고향에 두고 가버렸다. 그날, 걸어서 포항에 도착한 날. 나는 대구로 돌아가기 위해 포항역으로 갔다. 포항역 대합실에서 대구행 열차를 기다리는 동안 피로에 겨워 잠이 들었다.

　한번도 거슬러 가보지 못했던 영흥산 너머 오십천의 상류가 눈에 보였다. 내가 강을 따라 올라가고 있는 중이었다. 듣던 대로 강은 수십 줄기의 지류로 이루어져 있었다. 수면 아래에 미꾸라지와 은어가 헤엄치고 암소 한 마리가 송아지를 옆구리에 붙이고 좁아진 강폭을 건너고 있었다. 나는 강 한줄기를 끝없이 따라갔다. 이윽고 주전자 물처럼 졸졸졸 흐르는 곳까지 이르렀다. 드문드문 자라고 있는 산딸기 사이에 〈천지〉가 보였다. 옹달샘은 별로 아름답지가 않았다. 추한 것도 아니었다. 거기엔 까마귀 한 마리가 서식하고 있었다. 까마귀는 아주 오래전부터 거기에 살고 있었는 듯 한가롭게 남루한 깃털을 다듬고 있었다.

　내가 얼마동안 까마귀를 바라보고 있었을까. 깃털을 다듬고 있던 까마귀가 고개를 들었다. 울음을 울려는 듯 부리를 조금 열었다. 후드득, 어깨를 떨며 내가 잠에서 깨어났다.

작가의 말

　이 글을 쓰는 동안 나는 행복했다. 지금까지 한번도 글로써 고향을 불러본 적이 없었기 때문에 더 그랬다.
　등단하면서 마흔이 되면 고향 이야기를 쓰겠다고 생각했다. 마흔이 되기 전까지는 현실 사회에 직접적인 시비를 걸어야 한다고 여겼다. 이제 등단 십년이 되고 무릇 마흔이란 나이가 되었다. 제대로 현실에 접근하지도 못했으나 나와 약속한 나이가 돼버려 고향 이야기를 쓸 수밖에 없었다.
　그럼에도 불구하고 고향의 산하를 글로 옮기는 일은 행복했다. 언제 글쓰기가 고통스러웠냐 싶게 그지없이 편안했다. 잊혀진 동무들이 다시 살아나고 지금은 아스팔트 밑에 깔린 도랑과 풀, 고무신 종이 장갑 등등이 마치 되찾은 영혼처럼 내 속에서 활동하였다. 나는 일년에 수 차례씩 고향을 찾곤 한다. 이제는 글 속에서 고향을 만날 수 있고 고향에 가서도 문장으로 변한 옛 흔적들을 뒤적일 수 있게 되었다. 이런 작업들이 글쓰기의 전부라면 얼마나 즐거우랴.

불필요한 첨가지만 작품 속에 나오는 인물들과 사건들은 물론 죄다 만들어진 것이다. 얼핏 연상되는 인물마저도 이야기의 도정에서 발생된 우연일 뿐이다.

고마운 분들의 얼굴을 떠올리는 일은 책을 펴내는 것만큼 기쁜 일이다. 오래전에 소식이 끊긴, 나와 같이 유년을 보낸 동무들. 가르침을 주신 이문열 선생님. 많은 노고를 아끼지 않은 민음사 박상순 시인, 조영남 형. 대구의 〈반월〉 사람들. 그리고 아내 순임 씨와 경중이란 놈.

2000. 5.
우록 작업실에서

엄창석

1961년 경북 영덕 출생.
1990년 ≪동아일보≫ 신춘문예에 중편「화살과 구도」가 당선되어 등단하였다.
1992년 중단편집『슬픈 열대』와 장편『태를 기른 형제들』을 출간하였다.

어린 연금술사

1판 1쇄 찍음 2000년 5월 10일
1판 1쇄 펴냄 2000년 5월 15일

지은이 · 엄창석
펴낸이 · 박맹호
펴낸곳 · (주)민음사

출판등록 1966. 5. 19. 제 16-490호
서울 강남구 신사동 506번지 강남출판문화센터 5층 (우)135-120
대표전화 515-2000 팩시밀리 515-2007
www.minumsa.com

값6,500원

ⓒ 엄창석, 2000. Printed in Seoul, Korea
ISBN 89-374-0346-3 03810